D1141297

Carpe diem

# Carpe diem

## Autumn Cornwell

DIENST OPENBARE BIBLIOTHEEK DEN HAAG
HAAGSE HOUT

the house of books

Voor J.C., mijn man en mede-avonturier

Oorspronkelijke titel: Carpe Diem
Oorspronkelijke uitgave: Feiwel and Friends, New York
Copyright © 2008 Tekst Autumn Cornwell en Feiwel and Friends
Copyright voor het Nederlandse taalgebied © 2008 The House of Books,
Vianen/Antwerpen

Vertaling: Valérie Janssen
Vormgeving omslag: Nanja Toebak
Binnenwerk: ZetSpiegel, Best
Illustraties binnenwerk: Samantha Loman

ISBN 978 90 443 2037 4
NUR 284
D/2008/8899/69

www.autumncornwell.com
www.thehouseofbooks.com

Alle rechten voorbehouden. Niets uit deze uitgave mag worden verveelvoudigd en/of openbaar gemaakt door middel van druk, fotokopie, microfilm of op welke andere wijze ook, zonder voorafgaande schriftelijke toestemming van de uitgever.

# Proloog

'*27 juli: ik heb het ijskoud. Mijn hoofd jeukt. Ik kan me niet herinneren wanneer ik voor het laatst heb gedoucht of iets te eten heb gehad, afgezien van wat kleefrijst. Zo had ik mijn zomer niet willen doorbrengen – of een eind aan mijn leven maken. Hadden we op die regenachtige avond in mei de voordeur nu maar niet opengedaan...*'

(Met een blauwe BIC-pen gekrabbeld op een vel gelinieerd papier met watervlekken uit een notitieblok.)

# Deel 1

# Amerika

## Hoofdstuk 1

## Je kunt je leven plannen

Het pakje arriveerde tijdens het Uur van Reflectie, het heilige tijdstip na het avondeten waarop we de die dag behaalde doelen overdenken en de doelen voor de volgende dag vaststellen. We zaten in onze woonkamer, mijn favoriete plek in huis met zijn stenen open haard en boeken van vloer tot plafond – allemaal geordend volgens het Dewey Decimal System. Mijn vader was bezig met het redigeren van zijn nieuwste boek: *Vergroot uw persoonlijke productiviteit in 2000 gemakkelijke stappen*; mijn moeder schreef in haar *Dagboek van voortreffelijkheid*; en ik had me aan mijn Levensdoelen gezet. (Nu was dit niet per se mijn eerste keus als manier om mijn avonden door te brengen, maar het maakte mijn ouders blij.) Ik was tot zover gekomen:

VASSAR SPORES LEVENSDOELEN:
1. Als beste leerling van de klas tijdens de diploma-uitreiking als Valedictorian de afscheidsrede geven op Seattles Academie voor Academische Uitmuntendheid (Met een cijfergemiddelde van minimaal 9).
2. Cum laude afstuderen in (Nader In Te Vullen) aan de universiteit van Vassar (– en een erecertificaat overhandigd krijgen in verband met het namengedoe) en dan promoveren.
3. Op mijn vijfentwintigste uit liefde trouwen met een 1 meter 90 lange, blonde chirurg (of rechter) en voor mijn vijfendertigste drie kinderen krijgen. (Twee meisjes, een jongen.)
4. Op mijn zevenendertigste het gezaghebbendste boek over (NITV) publiceren.
5. De Pulitzerprijs winnen.

Het doel dat me die avond met name in beslag nam was nummer 2. Promoveren was al over zes jaar aan de orde, dus ik mocht geen minuut verspillen.

Zie je, ik ben niet de uitgesproken favoriet om Valedictorian van mijn klas te worden omdat ik heel begaafd ben of bijzonder slim. Helemaal niet. Ik ben het, omdat ik aan de Grote P doe: Plannen. ('Het toeval begunstigt alleen die erop voorbereid waren.' Louis Pasteur).

Mijn rivale op Seattles Academie voor Academische Uitmuntendheid, Wendy Stupacker, plant nooit iets – ze schuift altijd alles voor zich uit en stampt het dan in één keer in haar hoofd. Gelukkig voor haar is ze zo'n beetje een genie en heeft ze een fotografisch geheugen. We staan samen op de eerste plek voor Valedictorian – voorlopig tenminste.

Natuurlijk had ik ook andere persoonlijke levensdoelen – niet alleen de doelen die voor mijn ouders' ogen waren bestemd. Zoals het plannen van mijn eerste vriendje. Ik had hem zelfs al uitgekozen: John Pepper. Niet dat pap en mam John Pepper niet zouden goedkeuren, hoor. Hij was een van de eerste jongens die tot Seattles Academie voor Academische Uitmuntendheid werden toegelaten toen deze ophield een meisjesschool te zijn. Hij was lang en blond, droeg alleen primaire kleuren, was van plan neurochirurg te worden, had heel weinig last van puistjes en hoefde dankzij laserchirurgie geen bril meer op. Precies het prototype dat ik zocht. Helaas had hij niet eens in de gaten dat ik ook een op koolstof gebaseerde levensvorm was die bij hem op school zat. Wanneer ik echter iets plan, kun je ervan uitgaan dat het voor elkaar komt. Alleen beweren mijn ouders dat ik geen tijd heb voor een serieuze relatie, als ik tenminste een plek wil bemachtigen op een van de elite-universiteiten.

'Vriendjes zijn als water – altijd beschikbaar,' zei mijn moeder eens tegen me. 'Studeren aan een van de beste universiteiten is een kans die je maar één keer krijgt.'

Ik heb maar niet tegen haar gezegd dat water altijd beschikbaar is zolang je toevallig niet in een tent in de Sahara woont.

'Wat vind je hiervan?' Ik gaf mijn lijst aan mijn moeder, die hem vluchtig doorlas en weer teruggaf.

'Hoe gaat het verder na de Pulitzerprijs? Je moet groter leren denken, Vassar.'

Ik onderdrukte het gebruikelijke gevoel van milde irritatie, omdat ze, zoals gewoonlijk, gelijk had. Dus voegde ik er Levensdoel nummer 6 aan toe: '*De Dr. Vassar Spore Stichting oprichten die minder gefortuneerden overal ter wereld leert hoe ze net als ik hun leven kunnen plannen*' en gaf hem nogmaals aan haar. Dat spelletje kan ik ook spelen.

Ze lachte. 'Uitstekend! Dat noem ik nog eens in het groot denken. Was dat geen leuke oefening? Om met W. Clement Stone te spreken: "Je moet op de maan mikken en als je mist, raak je misschien wel een ster." Levensdoelen geven je iets om je op te richten. Tegenwoordig hebben veel te veel tieners geen flauw idee wat ze willen. Ze zijn verdwaald, zwalken doelloos rond. Liliths dochter heeft zich bij nog niet één universiteit aangemeld – en ze doet dit jaar al eindexamen! Geen wonder dat ze elk moment een zenuwinzinking kan krijgen.' Ze gaf een tikje op mijn hand. 'Niet alle ouders hebben het geluk dat ze een dochter als jij hebben, Vassar.'

Mijn moeder was vroeger levenscoach. Toen ik werd geboren, gaf ze haar carrière op. Of, zoals ze het zelf zegt: 'Ik ben van carrière geswitcht: van levenscoach naar Vassars coach.' Tegenwoordig een fulltimebaan.

Ik vind deze momenten van bezinning elke avond trouwens niet erg – en vooruitkijken naar de toekomst al evenmin. Oké, het heeft misschien iets sulligs en het is niet bepaald mijn favoriete manier om de avond door te brengen, maar het zorgt er wel voor dat ik georganiseerd bezig ben. En aangezien ik naar een elite universiteit wil, kan ik alle hulp die ik krijg goed gebruiken. Amber – een van mijn drie beste vriendinnen (en medetopscholieren) – bezoekt trouwens één keer per maand ons Uur van Reflectie, zodat mijn moeder haar dagelijkse, wekelijkse en maandelijkse doelenlijsten kan controleren. Amber kan ook alle hulp die ze krijgt goed gebruiken, want haar ouders zijn fanatieke sporters die zich alleen bezighouden met de verrichtingen van haar drie oudere broers op het gebied van American football en basketbal op universitair niveau. De academische wereld vinden ze totaal niet interessant. Zonder onze steun en mijn moeders begeleiding zou ze maanden geleden al uit de National Honor Society voor uitmuntende leerlingen zijn gezet.

Ik was klaar met het afwegen van de voors en tegens van een doctoraat in de natuurwetenschappen, en wilde net beginnen aan de voors en tegens van archeologie toen Amber me een sms'je stuurde: *Heb je het al gevraagd?*

Ik schraapte mijn keel. 'Ehm, ik vroeg me af of ik vrijdagavond voor een keer – één keertje maar – mijn privéles kansberekening zou mogen overslaan, zodat ik naar het feest van de openbare school...?' Niet dat we ooit door een jongen ten dans werden gevraagd – we dansten altijd in een "moleculair cluster van vier meiden." Alsof we het zélf zo wilden. Wij hebben geen jongens nodig, hoor. Bedankt, maar toch maar niet. Het is veel beter om te doen alsof het je niets kan schelen – alsof het je niets kan schelen dat Wendy Stupacker altijd de eerste keus van iedere jongen is. *Altijd.*

Mijn vader keek op van zijn manuscript. Hij is een efficiency expert en adviseur. Bedrijven en fabrieken huren hem in om te laten uitzoeken dat ze tijd, geld en mankracht verspillen – en dat dan recht te zetten. In zijn vrije tijd schrijft hij. Dit is zijn tweede boek. Het eerste heeft hij samen met mijn moeder geschreven: *Plannen is geen woord van zeven letters.*

'Zei je iets?' zei mijn vader en hij klikte met zijn vulpotlood.

Mijn moeder legde haar pen neer en vroeg: 'En waar wordt dat feest gehouden?'

Nu werd het lastig. 'Op de openbare middelbare school.' Voordat ze kon reageren, gooide ik snel mijn beste argumenten in de strijd: 'Amber, Laurel en Denise mogen ook van hun ouders.'

In het geval van Denise dwongen ze haar zelfs om te gaan. Ze vonden dat ze sociale vaardigheden ontbeerde en moest oefenen in de noodzakelijke interactie tussen mannen en vrouwen.

'Je weet hoe we over evenementen op de openbare school denken. Het gaat niet om het feit dat je iets creatiefs wilt doen ter ontspanning. Als *iemand* wat tijd zou mogen verspillen aan vrijetijdsbezigheden, dan ben jij het wel.'

'Maar jullie vertrouwen me toch...'

'Natuurlijk vertrouwen we *jou*, Vassar. Het gaat erom dat we de jongelui van de openbare school niet vertrouwen.'

Impasse.

'Zoals je echter weet, zullen we je niet vertellen wat je moet doen,' zei mijn moeder. 'Je vader en ik hebben je zo opgevoed dat je zelf de juiste beslissing neemt. Zo is het toch, Leon? Leon?' In het besef dat hij zijn claus had gemist, antwoordde mijn vader snel bevestigend: 'Precies, precies. De keus is geheel aan jou.'

Ik vind het vreselijk wanneer ze dat doen. Dat is het hele probleem met ouders als de mijne: je bent zo genetisch voorgeprogrammeerd dat je hen niet kunt teleurstellen.

'Ik zal erover nadenken,' zei ik. We wisten echter allemaal wat mijn 'beslissing' zou zijn. Ik kon de teleurgestelde uitdrukking op hun gezichten niet verdragen.

Toen mijn moeder en mijn vader hun aandacht weer op respectievelijk hun dagboek en boek hadden gericht, sms'te ik aan Denise: *Ze hebben NEE gezegd. Zei ik toch.*

Er werd aangebeld.

'Verwachten jullie iemand?' vroeg mijn moeder.

Mijn vader en ik schudden ons hoofd. Bezoekers waren ten strengste verboden tijdens het Uur van Reflectie.

'Ik handel het wel af.' Mijn moeder stond met een koninklijk gebaar op uit de zachte leunstoel die dreigde haar in haar geheel op te slokken.

Hoewel mijn moeder een minuscule 1 meter 55 mat, liep ze alsof ze 1 meter 80 was en een kroon op haar korte blonde haar droeg. Een klein vogeltje – maar dan wel een vogeltje van staal. Geen tere eigenschap te bekennen. Mijn vader was maar een paar centimeter langer dan zij, had verward rossig haar dat heel kort was geknipt, lichtblauwe ogen, sproeten en een gedrongen lichaam dat in puike conditie was voor iemand van zijn leeftijd – met dank aan de acht kilometer die hij elke dag hardliep en zijn grote hekel aan bier. Waar ik mijn slungelachtige lijf van 1 meter 75 en mijn donkerbruine haar en ogen vandaan had, was voer voor genetici.

13

Mijn moeder legde een lichtbruine envelop met een mozaïek van buitenlandse postzegels naast de theespullen op de salontafel. 'UPS. Voor jou, Vassar.'

Voor mij? Ik verwachtte helemaal niets. Ik had mijn megagrote muurkalender voor volgend schooljaar al ontvangen. Wat had ik nog meer besteld bij www.planning.com?

Mijn moeder goot kokend water over onze theezakjes. Kruidenthee. In het huis van de Spores geen cafeïne. ('Wij halen onze energie uit de opwinding over een goed uitgevoerde taak,' zou mijn moeder zeggen.)

'Van wie is het, Althea?' vroeg mijn vader zonder zijn blik van *Vergroot uw persoonlijke productiviteit in 2000 gemakkelijke stappen* af te wenden.

'Jouw moeder,' zei mijn moeder op vlakke toon en ze liet hem de afzender zien: Gertrude Spore.

*Vergroot uw persoonlijke productiviteit in 2000 gemakkelijke stappen* tuimelde op de vloer en een handvol pastelkleurige Tumsmaagtabletten vloog mijn vaders mond in. De Tums zaten altijd veilig binnen handbereik in zijn borstzakje, omdat emoties in welke vorm dan ook maagzuurklachten veroorzaakten. Vooral emoties die te maken hadden met oma Gerd. Volgens mijn vader ging het om terugvloeiing van maagzuur, maar mijn moeder zei dat het psychosomatisch was.

'Wat wil ze? Zeg me alsjeblieft dat ze niet hiernaartoe komt.' Hij kauwde razendsnel en in zijn mondhoeken hoopte het calcium zich op.

Ik veegde de regendruppels weg en bekeek de poststempels. 'Het komt uit Maleisië.' Het poststempel was gedateerd op 1 april – mijn zestiende verjaardag, anderhalve maand eerder.

Mijn vader boerde zachtjes.

Ik sneed de envelop met een botermesje open en haalde er een effen witte envelop uit plus een kaart gemaakt van houtpulp versierd met bruine rijstkorrels in een sterrenregenpatroon. Ik vouwde de kaart open en las hardop voor:

'*Gefeliciteerd met je verjaardag, Spriet! Niet te geloven, hè? Ik ben voor de verandering eens min of meer op tijd! Tja, zestien*

14

*worden is dan ook EEN BELANGRIJKE GEBEURTENIS.*
*Maak snel de witte envelop open.'*
Het was een retourticket. Naar Singapore.
*'Ta-da! De hele zomervakantie lang op mijn kosten met een rug-*
*zak door Zuidoost-Azië trekken – samen met MIJ! Gooi een*
*paar kreukvrije spullen in een rugzak, vraag een paspoort aan en*
*bereid je voor op het grootste avontuur van je leven...'* Ik was zo
verbaasd dat ik niet verder kon lezen.
'Dit is duidelijk Gertrudes idee van een grap.' Mijn moeder pakte
haar *Dagboek van voortreffelijkheid* weer op en schreef verder
met haar vulpen. (Dit is haar enige inefficiënte trekje.)
'Het ticket ziet er anders echt uit,' zei ik.
'O, ze is iets van plan. Dat voel ik,' zei mijn vader, terwijl hij over
zijn buik wreef.
Arme papa. Niet alleen was hij geadopteerd, maar ook was mijn
opa overleden toen mijn vader zes was, waarna mijn oma helemaal was doorgedraaid – en bohemienne was geworden. Ze bleef
vaak dagenlang weg om de bloemetjes buiten te zetten met sjofele kunstenaars die in de sjofele wijken van Seattle woonden.
Mijn vader was gedwongen volwassen te worden. Hij droeg een
blauw minipak, nam zijn eigen oppassers aan en ontsloeg hen
ook weer, deed de boodschappen, maakte het huis schoon en be-
heerde zelfs de lopende rekening. Mijn moeder noemde dit het
'Enig Kind Met Een Onpraktische Ouder-Syndroom': wanneer er
geen volwassene is die de verantwoordelijkheid op zich neemt,
moet het kind dit bij gebrek aan beter wel doen om een min of
meer normaal leven te kunnen leiden. Toen mijn vader mijn moeder leerde kennen, kon hij zich eindelijk een beetje ontspannen en
de assertievere zaken in het leven overlaten aan een vrouw die
nog ongeduldiger, agressiever en fanatieker was dan hijzelf. Een
expert op het gebied van efficiëntie en een levenscoach – een
combinatie die in de zevende hemel leek te zijn gemaakt. (Of, om
preciezer te zijn: in een kantoorartikelenwinkel. Ze grepen op
hetzelfde moment naar hetzelfde pakje memoblokjes.)
'We bedanken haar netjes en slaan het aanbod beleefd af. Op
haar leeftijd moet ze toch beter weten,' zei mijn moeder en ze

zette haar theekopje met een vastberaden tikje terug op het schoteltje. Ze glimlachte naar me en haar kuiltjes werden zichtbaar. 'Oma Gerd heeft geen flauw benul wat de verantwoordelijkheden van een begaafde leerling inhouden.' Mijn moeder stond erop me begaafd te noemen, hoewel ze heel goed wist dat mijn cijfermatige successen het product waren van uitstekende planning. Ik had mijn oma Gerd zelfs nog nooit ontmoet. Of foto's van haar gezien – mijn vader beweerde dat hij ze 'was kwijtgeraakt'. (Hoogst verdacht bij een man die zijn sokken in keurige rijen bewaarde. Op kleur gesorteerd.) Het enige wat ik wist was dat ze een soort nomadische kunstenares was. Wel kreeg ik altijd een verjaardagscadeau van haar, ook al arriveerde het meestal een maand of vijf te laat. Op mijn achtste een Vietnamese tropenhelm. Op mijn tiende een paar puntige, mosterdgele Marokkaanse slofjes. Op mijn twaalfde een reusachtige leren wombat. En op mijn vijftiende een 'collage' bestaand uit een rubberen bal en vijftien roerstaafjes. Verder waren er nog de telefoongesprekken vanuit verre derdewereldlanden met veel rumoer op de achtergrond en echoënde klikjes.

'Vreemd,' zei ik en ik stopte het ticket terug in de envelop. 'Ik vraag me af waarom ze me dit heeft gestuu...'

Toen ging de telefoon.

# Hoofdstuk 2

## Oma's chanteren niet

Het was oma Gerd. Ze belde collect vanuit Malakka, Maleisië. Voor een kunstenares had ze een erg goed gevoel voor timing. Ze drong er bij mijn vader op aan dat hij haar op de luidspreker zette en hij werkte nog wat Tums weg. Haar geestdriftige stem bulderde ons vanaf de salontafel tegemoet. Oma praatte nooit als ze ook kon loeien.

'Laat me eens raden: het is jullie Uur van Refractie. Hoe maakt mijn Leonardo het?'

Mijn vader haat zijn hoogdravende naam en staat erop met Leon te worden aangesproken. Uiteraard doet oma Gerd dat nooit.

'*Reflectie*,' zei hij met ingehouden stem.

Een hees gegrinnik en toen: 'Van harte gefeliciteerd met je verjaardag, Spriet! Hoe is het om zestien te zijn?' En zonder op mijn antwoord te wachten: 'Heb je je eerste zoen al gehad?'

'Ze heeft na de universiteit nog meer dan voldoende tijd voor jongens, Gertrude,' zei mijn moeder op een beschaafde en tegelijkertijd mondsnoerende toon.

'Zonde. Al zestien en nog nooit gezoend. Hoe heb je het gevierd? Vertel me alsjeblieft dat je wel een groots feest hebt gehad?'

Mijn moeder zei: 'Vassar heeft na afloop van de Latijn Triatlon een samenzijn gehad met een klein gezelschap. Enkele bijzonder aardige meisjes uit haar...'

'Meisjes, getver.'

Mijn moeder deed haar mond open, maar sloot hem ook weer.

'Zeg, Spriet? Wat vind je van mijn cadeau?'

Voordat ik kon reageren, antwoordde mijn moeder – wier kuil-

tjes inmiddels twee kraters vormden – met een kunstmatige glim-
lach:
'Het was werkelijk zeer attent van je, Gertrude. Slechts anderhalve maand te laat in plaats van de gebruikelijke vijf. Helaas
staat het niet op De Lijst.'
'De lijst? Welke lijst?'
'Vassars zomer is al heel lang van tevoren helemaal gepland. Op
De Lijst staan Engels voor gevorderden, een schoolkamp Latijn
voor gevorderden, een cursus Submoleculaire Theorie...'
'Nou en? Wat ze deze zomer mist, kan ze in de volgende wel inhalen.'
Aarde aan oma! Ik had de komende *drie* zomers al nauwkeurig
gepland – vol met cursussen voor gevorderden en buitenschoolse
activiteiten.
'Als ik die cursussen niet volg, haal ik geen cijfergemiddelde van
9,' zei ik. 'Dan wordt Wendy Stupacker Valedictorian...'
'Ho, ho, ho. Ben je ooit in een rijstboot de Mekong afgezakt, in
slaap gesust door de ruisende bamboe?'
We wisselden een berustende blik met elkaar uit.
'Het je ooit de ruïnes van Phnom Bakheng in Angkor beklommen
om de meest fantastische technicolor zonsondergang van je hele
leven mee te maken?'
In gedachten zette ik me schrap. Oma Gerd kan af en toe een
tikje zenuwslopend zijn.
'Valedictorian en een gemiddelde van 9 zijn *heel* belangrijk. Voor
het geval je het nog niet wist: ze staan garant voor toelating tot
Vassar als een elite-universiteit...'
'Zou de beschaving zoals wij die kennen echt ophouden te be-
staan als je naar een openbare universiteit ging?'
Aan onze kant werd collectief de adem ingehouden. Een open-
bare school!?!
'Kom op, Spriet, wil je dan niet leven, voelen, onderzoeken, er-
varen...'
'Gertrude, zelfs *jij* moet toch beseffen dat dit op zo'n korte ter-
mijn onmogelijk is,' onderbrak mijn vader haar. Hij sprak oma
Gerd nooit aan met 'mama'. Echt nooit.

18

'Flauwekul. Ze heeft twee weken om alles te plannen. Dat is meer dan genoeg tijd.'

'In feite is het een week en zes dagen,' antwoordde hij.

Mijn moeder wierp mijn vader een aansporende blik toe. Dat doet ze vaak, omdat hij een 'conflictvermijder' is. Als iemand voorkruipt in de rij bij de kassa – dan doet hij net alsof hij het niet ziet. Als een serveerster per ongeluk een extra portie crème brûlée op de rekening zet – dan betaalt hij die gewoon. Hij zal er altijd alles aan doen om een confrontatie uit de weg te gaan. Onwillig schraapte hij zijn keel en hij zei: 'Gertrude, het is een bijzonder vriendelijk aanbod, maar het is... het is werkelijk absoluut onuitvoerbaar.'

'*Kopi dua* – bedankt.' We hoorden het geluid van proostende glazen en wat statisch geruis, en toen: 'Goed, Leonardo, je dwingt me hét ter sprake te brengen. In het bijzijn van anderen nota bene...'

*Het?*

Mijn moeder greep mijn arm vast en haar helder gelakte nagels kerfden in mijn huid. 'Vassar, gooi jij de benzinetank even vol.' Het was een commando, geen verzoek. Haar kuiltjes waren compleet verdwenen.

'Niet naar Gus' benzinestation gaan – zijn tanks zijn niet correct gekalibreerd,' zei mijn vader automatisch. 'En rij via Franklin Avenue. Dat is twee minuten sneller dan Main.'

Normaal gesproken doe ik niets liever dan in de Volvo ergens naartoe rijden nu ik mijn rijbewijs heb. Nu wilde ik echter graag horen hoe oma Gerds pogingen om mijn ouders tot medewerking te dwingen faalden.

Oma Gerds stem verbrak opnieuw de stilte. 'Hallo? Is daar iemand? Leonardo, het wordt tijd dat ze de waarheid te horen krijgt over...'

Voordat ze haar zin kon afmaken, graaiden mijn moeder en vader gelijktijdig naar de telefoon.

De waarheid over wat? Ach, ik kwam er snel genoeg achter. Mijn moeder en vader hadden nooit geheimen voor me.

Terwijl ik de Volvo voorzichtig onze doodlopende straat uit manoeuvreerde in de richting van de dichtstbijzijnde benzinepomp/ winkel/restaurantje (niet Gus'), voelde ik me opeens beledigd door wat oma Gerd blijkbaar suggereerde over mijn leven: dat ik niet compleet was, alleen maar omdat ik nog nooit van ons werelddeel af was geweest of met een rugzak door Europa had gezworven. Kon ik het helpen dat mijn vader doodsbang was voor vliegen? Of dat mijn moeders afschuw voor het buitenleven ('te veel variabelen') ertoe leidde dat kamperen nooit op de agenda stond? Ik was dus niet bereisd. Nou en? In welk opzicht zou die kleine leemte mijn leven ook maar in het minst beïnvloeden? Of, nog belangrijker: mijn cijferlijst? Hoeveel musea, galerieën, symfonieorkesten en toneelstukken had ik tenslotte al niet bezocht? Hoeveel boeken had ik wel niet gelezen? Als *ik* niet cultureel ben onderlegd, wie dan in vredesnaam wel?

Haar insinuatie dat ik op een of andere manier abnormaal was, omdat ik nog nooit was gezoend, maakte me razend. Niet een van mijn vriendinnen had een vriendje. Het enige meisje op Seattles Academie voor Academische Uitmuntendheid met enige ervaring in afspraakjes was Wendy Stupacker, die in groep acht van de basisschool de jongens had ontdekt – wat haar neiging tot uitstellen beslist geen goed had gedaan. Een fotografisch geheugen en het uiterlijk van een model – het leven was zwaar.

Ik reed zo snel als de snelheidslimiet toestond terug. Nadat ik de auto met grote precisie had geparkeerd, sloop ik geluidloos door de voordeur naar binnen. Mooi. Ze zaten nog steeds aan de telefoon en gingen zo volledig op in hun discussie dat ze de auto niet hadden gehoord. Ik probeerde stiekem mee te luisteren, maar ving alleen hier en daar een los woord op: 'Cocon... geboorte... te jong... rubberen bal... sterft... ei...'

Toen siste mijn moeder: 'Gertrude! Dat is chantage en dat weet je!' Vooral de woorden 'sterft' en 'chantage' trokken mijn belangstelling – dat wil zeggen, tot mijn moeder vroeg: 'Is ze al terug?'

'Ik ga wel even kijken,' zei mijn vader – die alles zou aangrijpen om zich te kunnen onttrekken aan het gekeuvel tussen oma Gerd en Althea.

Ik schoot de keuken in en rukte net de koelkast open toen mijn vader in de deuropening opdook. Op zijn sproetige voorhoofd stonden zweetdruppeltjes en op zijn grijze poloshirt zaten inktvlekken van transpiratie. 'Vassar? Wil je even hier komen?' 'Tuurlijk,' zei ik zogenaamd nonchalant en ik trok een blikje appelsap open.

Ik liep achter mijn vader aan door de keuken naar de woonkamer. Mijn moeder keek me niet aan. Ze krabbelde aandachtig doelloze tekeningetjes in haar *Dagboek van voortreffelijkheid*. Ik had mijn moeder nog niet eerder doelloos zien krabbelen. Het was een ruwe schets van een peer. Toen ze zag dat ik het zag, sloeg ze snel een pagina om. Mijn vader depte zijn gezicht droog met een papieren servetje en er bleef een klein reepje blauw vlak boven zijn wenkbrauw achter.

Ik boog me over de luidspreker heen.

'Hallo, oma Gerd. Ik ben weer terug...'

'Ze heeft opgehangen,' zei mijn moeder met een trillende stem.

'Leon, vertel jij Vassar maar wat we hebben besloten.'

Ze maakten een plekje vrij op de bank, dus ik perste me tussen hen in. Met een bevende hand stopte mijn moeder een losgeschoten plukje haar terug in mijn paardenstaart. Mijn vader klopte bemoedigend op mijn knie, streelde toen met zijn hand door zijn rode haar, klopte weer op mijn knie, streek zijn haar glad, klopte, streek, klopte, streek. Ik had hem nog nooit zo onrustig gezien, zo onbeholpen, zo on-Spore-achtig. Zelfs afgelopen jaar niet, toen Wendy Stupacker me versloeg in een regionale spellingswedstrijd met het woord 'ectexine' en doorstoomde naar de vierde plek bij de Nationale Spellingswedstrijd.

'Goed, Vassar, we hebben besloten dat een reis met oma Gerd door Zuidoost-Azië... Dat zo'n reis van onschatbare waarde is... je mogelijk helpt te formuleren... zou verbeteren...' Mijn vader stamelde nog even op hoogst inefficiënte wijze verder. Wat hij zei, deed er niet toe. Wat belangrijk was, was dat ze wilden dat ik mijn educatieve taken opgaf voor een simpele vakantie! Zodra mijn vader zijn gebrabbel staakte, zei ik dit ook.

Ze antwoordden voorzichtig dat ze dachten dat het goed voor

21

me zou zijn als ik ging, dat ze graag wilden dat ik ging, dat ik *moest gaan.*

Hè? Waren dit dezelfde ouders die de woorden 'oma Gerd' eerder uitspraken met dezelfde afschuw waarmee ze 'onsystematisch' zeiden, of 'tijdverspilling' of 'ongepland?' Die haar *nu* toestemming gaven om mij – hun *enige* kind – mee te nemen, het onverschrokken oerwoud van Zuidoost-Azië in? Terwijl ze me er zojuist nog van hadden weerhouden naar een dansfeest te gaan bij een openbare school zes straten verderop?

'Waardoor zijn jullie dan van gedachten veranderd? Jullie veranderen *nooit* van gedachten.'

Mijn vader graaide in zijn borstzak – leeg. Hij kreunde.

Mijn moeder zei zonder me aan te kijken: 'Bedenk eens hoeveel het voor oma Gerd betekent. Ze is tenslotte je enige andere levende familielid. Ze heeft het volste recht wat tijd door te brengen met haar enige... kleinkind.' Ik merkte dat het haar moeite kostte dit te zeggen.

Het was gewoon niet logisch. Een dochter hebben die Vassar heette, maar *niet* tot Vassar zou worden toegelaten was *heiligschennis.* Om niet te zeggen gênant. Bovendien zou het mijn moeders theorie onderuithalen: als iemand die zich aanmeldde voor Vassar, de elite-universiteit voor vrouwen, naast een topsupercijferlijst ook nog eens Vassar heette, konden ze haar onmogelijk weigeren. Haar hele planning voor gevorderden zou voor niets zijn geweest – en ik zou bekendstaan als 'die mislukkeling van een Vassar Spore die naar de openbare universiteit hier in de staat gaat. Een van de dingen die mijn moeder het meest betreurde, was het feit dat ze niet tot Vassar College was toegelaten. Ze had het idee dat het leven net *iets* prettiger was geweest als haar droom was vervuld. Ze had gezworen dat ze, als ze een dochter kreeg, ervoor zou zorgen dat zij wel werd toegelaten. 'En of ze er dan voor koos aan die universiteit te studeren, was geheel aan haar. Maar zij zou de keuze krijgen die ik nooit heb gehad.'

En nu had dat opeens geen hoge prioriteit meer?

*Waar chanteerde oma Gerd mijn ouders in vredesnaam mee?* Het werd tijd om recht voor zijn raap te vragen:

'Chanteert ze jullie? Is "ei" een geheime code?'

Mijn moeder verstijfde en haar theekopje bleef halverwege haar mond in de lucht hangen. 'Luistervinken is een akelige eigenschap, Vassar! Ik schaam me voor je, ik schaam me *diep* voor je.'

'Akelig,' beaamde mijn vader zwakjes. Zijn gezicht was zo wit dat zijn sproeten net chocoladestrooisel leken dat op koffie verkeerd dreef.

'Oké,' ging ik verder terwijl ik alles verwerkte. 'Wat jullie dus zeggen is dat ik deze reis móét maken, ten koste van mijn cijfergemiddelde.'

Mijn moeders gezicht rimpelde. Ze ademde even piepend uit. Voordat ik doorhad wat er aan de hand was, rende ze keihard naar boven en smeet ze de deur achter zich dicht.

'Excuseer me even, Vassar.' Mijn vader stond moeizaam op en liep traag de trap op, met zijn hand strak om de leuning gekneld.

De definitie van het *American Heritage*-woordenboek van een zenuwinstorting is een *ernstige of verlammende emotionele aandoening, met name wanneer deze plotseling voorkomt en wordt gekenmerkt door een depressie*. Voor zover ik me kon herinneren was mijn moeder nog niet eerder ingestort. Ze had altijd stevig in haar schoenen gestaan en wankelde echt nooit.

Mijn vader deed de deur van hun slaapkamer dicht en op slot, maar ik hoorde het onbeheerste gesnik toch wel – dit van een vrouw die in mijn bijzijn nog nooit had gehuild. (Zelfs niet het minste spoortje vocht toen mijn vader *Jody en het hertenjong* voorlas.) Mijn vaders zachte, troostende gemompel kon ik amper horen.

Toen steeg het volume van mijn moeders stem: 'Ze komt erachter – je *weet* dat ze erachter zal komen! Gertrude vertelt het haar ongetwij...'

Mijn vaders vriendelijke, maar vastberaden stem onderbrak haar: 'Nee, dat doet ze niet. Zelfs Gertrude zou niet zo laag zinken dat ze...' Toen klonk alles gedempt en was het niet meer van elkaar te onderscheiden.

Na een halfuur kwam mijn vader haastig de slaapkamer uit (hij deed wel de deur voorzichtig achter zich dicht) en vertrok in de Volvo. Twintig minuten later reed hij met gierende banden de oprit weer op en rende hij met een witte papieren zak in zijn ene hand geklemd en een verkeersboete in zijn andere het huis weer binnen. Terug de slaapkamer in, met de deur achter hem op slot. Veertien minuten en zesendertig seconden daarna hield het huilen op.

Ik kwam in de verleiding Denise, Amber en Laurel te bellen of e-mailen. Ik zag er echter als een berg tegenop te moeten doorgeven dat het gezin Spore niet was wat het leek. Mijn vriendinnen hadden altijd naar mijn ouders opgekeken en gewenst dat ze hun ouders waren.

'Wie heeft er met ouders als die van jou nog wilskracht nodig?' zeiden ze vaak.

(Wendy Stupacker was minder vleiend geweest. Zij zei dat mijn ouders 'mafkezen' waren en dat mijn moeder 'overcompenseerde voor verborgen tekortkomingen'. Maar ik wist dat ze gewoon jaloers was, omdat haar ouders allebei hoge pieten waren in de financiële wereld en nooit tijd voor haar hadden.)

Ik zat roerloos op de bank. Wat was het in vredesnaam wat mijn gewoonlijk zo koud-als-een-kikker moeder in een personage uit een toneelstuk van Tennessee Williams had doen veranderen? En mijn gewoonlijk zo rustige vader in een wetsovertreder?

Het Grote Geheim. Dat dus.

Ik had het gevoel alsof ik uit school was gekomen en per ongeluk het verkeerde huis was binnengegaan.

Ik had het gevoel dat ik me niet in de juiste context bevond.

Ik had het gevoel dat ik verdoofd was.

# Hoofdstuk 3

## De Latijns voor
## gevorderden-meidenstudiegroep – min een

Amber boog zich voorover: 'Moet je horen: Sam Westman uit mijn huiswerkgroep zei dat Tony Keeler die naast John Pepper woont zei dat John van plan is deze zomer een boot op te knappen en ermee naar Crescent Island te varen om er te kamperen. En hij zei óók dat er een bepaald meisje is dat hij graag wil meenemen – een meisje dat *heel toevallig* in de groep Latijn voor gevorderden zit.'

Ze gooide vol verwachting haar haren naar achteren en pikte een boerenfrietje van het dienblad dat Laurel in haar rechterhand vasthield. Een hele prestatie voor de minuscule Laurel die amper tot Ambers schouders reikte en polsjes als twijgjes had.

'Geruchten,' zei Denise zonder op te kijken uit het Latijnse lesboek waarin ze geleund tegen het beregende raam stond te lezen. Denise, Amber, Laurel en ik bevonden ons op de veerboot van 07.04 uur die de Puget Sound overvoer op weg naar Seattles Academie voor Academische Uitmuntendheid. De lucht was donker met stroken grijs, plukjes wit en flarden zonlicht. Het miezerde. Al onze medeleerlingen die in Port Ann woonden, maakten elke dag de één uur durende overtocht naar en van Seattle. We vonden het niet erg – het gaf ons twee uur tijd per dag om ons huiswerk voor de lessen voor gevorderden te maken, ons Latijn te oefenen en frietjes te kopen. Zodra we aan boord waren, holden we altijd naar het restauratiegedeelte om een tafeltje te bemachtigen. Helaas was dit het geliefdste gedeelte van de boot. Dus bleven we rondhangen tot er eentje vrij kwam.

Dat was wat we nu deden: rondhangen.

Ongeduldig door mijn gebrek aan reactie zei Amber met haar

mond vol friet: 'Wees niet zo traag van begrip. Wie kan hij nu anders bedoelen dan jou, Vassar? Het meisje naar wie hij staart wanneer hij eigenlijk werkwoorden moet vervoegen.'

Ik voelde dat mijn wangen warm werden.

'Misschien heeft de laserchirurgie hem wel opgezadeld met foutieve dieptewaarneming,' zei Denise, terwijl ze een bladzijde omsloeg.

Amber en Laurel schonken geen aandacht aan haar.

Is er een kansje dat John Pepper weet dat ik besta? Mijn plan was werkelijkheid geworden – veel sneller dan ik had verwacht. Ik liet mezelf even gaan in een dagdroom: de wind woelt door zijn zongebleekte haar (woel, woel, woel), zonlicht weerkaatst glinsterend op zijn glanzende tanden, we lachen terwijl we samen aan verschillende touwen trekken om het grootzeil te hijsen. De paar puistjes die hij heeft, zijn onzichtbaar door zijn gebruinde huid. Hij heeft een witte spijkerbroek met opgerolde pijpen aan en zijn bootschoenen. Ik houd zijn zongebruinde, gespierde arm vast om mijn evenwicht niet te verliezen. Hij legt een arm om mijn middel en trekt me zachtjes tegen zijn stevige, brede... O, waarom word ik uitgerekend *nu* naar Malarialand verbannen!?!

'Vassar? Aarde aan Vassar. Geef antwoord, Vassar.'

Ik stond weer met beide voeten op aarde. Terug in de werkelijkheid.

'Duuuus... Wat denk je ervan?'

Voordat ik kon antwoorden:

'Tafeltje,' riep Amber en ze rende voor een zakenman van een jaar of veertig uit die ook regelrecht op het zojuist vrijgekomen tafeltje afstevende. We gristen onze rugzakken mee en baanden ons met onze ellebogen een weg langs hem. Hij bleef verbluft met een croissantje en de *Wall Street Journal* tegen zijn borst geklemd staan, terwijl wij vlotjes een voor een langs hem glipten en aan het tafeltje gingen zitten: vel-over-been Laurel met haar Laura Ashley-outfit en lavendelkleurige bril; Amber met haar brede heupen en haar Doc Martins; en de stevige Denise met haar ronde, platte gezicht, haar blonde jongenskopje en haar voorliefde voor surfhemden. En ik.

Laurel zette het blad met friet midden op tafel.

'U mag er wel bij komen zitten, meneer,' zei Amber liefjes. Ze knipperde met haar valse wimpers en gooide haar roodgeverfde haar zwierig naar achteren. 'Er is genoeg ruimte.' Hij beende geërgerd weg door het gangpad.

'Jammer. Het was best een schatje om te zien,' zei Amber, terwijl ze een patatje in haar mond stopte.

'Voor een kalend en saai persoon van middelbare leeftijd, bedoel je zeker,' zei Denise.

Amber slaakte een zucht. Niemand zou in haar ooit Seattles heersende schaakkampioene zien. Ze leek wel een figurant uit *Pretty in Pink*. En ze was altijd hevig verliefd – soms op wel drie jongens tegelijk. Of vier, als ze net naar de sportschool was geweest.

'Hij had me de geheimen van de aandelenmarkt kunnen bijbrengen... de romantiek van winststijgingen...'

'Vassar, wat is er?' vroeg Laurel plotseling en ze staarde me door haar lavendelkleurige bril aan.

'Ja. Je vindt het zo te zien maar niets dat John Pepper je *misschien* graag mag,' zei Amber.

Denise keek op uit haar Latijnse boek.

Ik haalde diep adem: 'Ik heb slecht nieuws.'

Toen ik hen alles had verteld, viel er een diepe stilte. Er werd zelfs niet op een frietje gekauwd. Toen: 'Een reis naar Zuidoost-Azië op kosten van je oma! Ik wou dat mijn grootouders zulke cadeaus gaven. Maar nee, ik krijg een voetenbad van Scholl,' zei Amber.

'Tja, het komt wel een beetje uit de lucht vallen. Ze is je zelfs nog nooit komen opzoeken,' zei Laurel. Ze doopte haar frietje met een sierlijk gebaar in de saus met *ranch*-smaak.

Denises gezicht zag lichtpaars. 'Snappen jullie het dan niet? Begrijpen jullie niet wat dit betekent? Nu wordt die Medusa-Cycloop-Hydra van Hades-Heks Valedictorian! God bestaat dus niet!'

'Ssttt, Denise,' zei ik, en ik gebaarde naar de vijfenzestigplussers aan het tafeltje naast ons, die hun hoofden in onze richting draaiden.

'Och ja, natuurlijk – *Wendy Stupacker*.' De normaal gesproken zo beschaafde Laurel spuugde de naam bijna uit.

'Alsof het niet genoeg is dat ze rijk is, in een cabrio met vergulde velgen rijdt en in de zomer als parttimemodel werkt – nu wordt ze nog Val ook!' Ambers gejammer klonk bijna net zo hard als dat van Denise.

Ze namen het zwaarder op dan ik had verwacht. Ze waren altijd verontwaardigd geweest over de manier waarop Wendy me had behandeld: Wendy en ik waren op de lagere school, de middenschool en tijdens de eerste jaren van de middelbare school elkaars beste vriendin geweest. 'De toekomstige Valedictorian en Salutatorian' schreven we altijd in onze jaarboeken en het maakte ons niet uit wie wat werd. Vanaf de derde klas was ik echter opeens niet goed genoeg meer om haar beste vriendin te zijn. Op een dag belde Wendy me niet meer terug, beantwoordde ze mijn e-mails niet meer, begroette ze me niet meer in de gang en zat ze niet meer naast me tijdens de lunch. Wat dus ooit als een vriendschappelijke strijd op school was begonnen, sloeg om in een felle academisache rivaliteit.

'Jij was onze enige hoop. Het lukt Denise nooit haar nog in te halen,' zei Laurel.

Denise had in de derde klas de ziekte van Pfeiffer gehad (ook ironisch: de 'kusziekte' hebben zonder dat je ook maar één keer met iemand had gezoend), waardoor ze een klein beetje achterliep bij de vakken voor gevorderden. Dus hoewel ze officieel een genie was met een IQ van 150, kwam ze op de tweede plaats, na Wendy en mij.

'Ik kan niet geloven dat je oma ons dit aandoet,' zei Laurel hoofdschuddend.

'Waarom laten je ouders je eigenlijk zomaar gaan? Zijn ze bij een sekte gegaan of zo? Hebben ze misschien geëxperimenteerd met geestverruimende middelen?' vroeg Amber halfserieus.

Denise richtte haar onverzettelijke blik op me – een blik die erom bekendstond dat hij tijdens debatwedstrijden talrijke tegenstanders wist te ontwapenen. 'Zal ik eens met hen gaan praten, hen tot rede brengen? Het schadelijke effect benadrukken dat dit niet alleen op jouw educatieve carrière zal hebben, maar op de gehele Seattles Academie voor Academische Uitmuntendheid. De weerslag zal dodelijk zijn. Dan heb ik het nog niet eens over wat dit met Wendy's gigantische ego gaat doen. Seattle is niet groot genoeg om dat te omvatten.'

'Ze hadden weinig keus...'

Denise snoerde me de mond. 'Kom, Vassar, het is het proberen waard. Ik heb er alles voor over om te voorkomen dat we moeten toezien hoe die zelfvoldane troela als Valedictorian de afscheidsrede mag houden. Alles. Inclusief mezelf verkopen als proefpersoon voor wetenschappelijke experimenten of cheerleader worden – geen offer is me te groot.'

De gedachte aan de nuchtere Denise die in een klokkend rokje en met pompons in haar handen met rekenkundige precisie danspassen uitvoerde – leidde kortstondig onze aandacht af.

'Zo grappig is dat nu ook weer niet,' merkte Denise op.

Toen we eindelijk waren uitgelachen, liet ik mijn blik langs de tafeltjes in onze buurt glijden en zei toen zachtjes: 'Mijn ouders zijn er eigenlijk toe gedwongen. Onder extreem zware druk.'

De veerboot slingerde en we staken allemaal een hand uit om de frieten tegen te houden voordat ze van tafel konden vallen.

Ze staarden me alledrie aan en ik fluisterde: '*Chantage*.'

'Chantage!?' zeiden ze in koor en hun ogen lichtten op als de bunsenbranders in het lab voor scheikunde voor gevorderden. Denise klapte met een vinnig gebaar haar Latijnse boek dicht. Ze bogen zich allemaal naar me toe.

'Vertel!'

'Verklap!'

'Verklaar!'


We hadden elkaar een jaar geleden leren kennen bij de groep Latijn voor gevorderden. We mochten de groep Latijn voor beginners allemaal overslaan, omdat we op de basisschool en in de eerste klassen van de middelbare school al Latijn hadden gehad. Er zaten vier jongens bij – waaronder John Pepper – en één ander meisje. Wendy Stupacker.

29

Ik had er inmiddels schoon genoeg van in mijn eentje de van huis meegebrachte lunch te moeten verorberen, terwijl Wendy met de crème de la crème van Seattles Academie voor Academische Uitmuntendheid aan tafel zat. Ik beklaagde me hierover bij mijn moeder. Ze zei dat ik moest leren 'voor mezelf op te komen' en 'met voorbedachten rade te werk moest gaan' bij het uitzoeken van een nieuwe beste vriendin, en dit op een georganiseerde, wetenschappelijke wijze moest benaderen – 'alsof het een opdracht betrof voor de jaarlijkse wedstrijd exacte vakken of biologie voor gevorderden.'

Ze had gelijk.

Dus stelde ik het volgende overzicht op:

*VASSAR SPORES ZOEKTOCHT NAAR EEN POTENTIËLE BESTE VRIENDIN (PBV)*
*DOEL: Een nieuwe beste vriendin vinden.*
*KANDIDATEN: Denise, Laurel, en Amber uit de groep Latijn voor gevorderden.*

*DENISE:*
*ACHTERGROND: Product van twee universitaire docenten – de een met een doctorsgraad in natuurkunde en de ander met een doctorsgraad in kinetica. Woont in een luxe appartement met uitzicht op de Puget Sound. Haar oudere zus Fran had de familiegenen niet geërfd en haar universitaire studie voortijdig afgebroken om te gaan zingen in een plaatselijke rockband.*
*BUITENSCHOOLSE HOOGTEPUNTEN: leider van het debatteam; vicevoorzitter van de National Honor Society voor uitmuntende leerlingen; spreekt vloeiend Spaans en Duits; bekwaamt zich in het Japans; winnaar van de wedstrijd exacte vakken; winnaar van de titel Waardevolste Deelnemer Wiskundeknobbelmarathon; speelt hoorn in de schoolband.*
*CIJFERGEMIDDELDE: 9,6.*
*VOORKEUR VOOR UNIVERSITEIT: Harvard.*
*LEVENSDOEL: Het verrichten van medisch onderzoek om een geneesmiddel te vinden voor allergiën, tandbederf of klassieke*

*kaalheid bij mannen. ('Van die problemen die weliswaar geen kwestie van leven of dood vormen, maar nog door niemand zijn opgelost.')*
TEGENS: *Kan erg intimiderend zijn – heeft geen geduld met minder intelligente wezens in haar omgeving. Weet niet hoe ze moet genieten.*
DIV.: *Hoewel ze het in het bijzijn van anderen zal ontkennen, verzamelt ze nijlpaarden: beeldjes, foto's, pluche beesten. Ze heeft er honderden. Overtuigd atheïst. Haar enige niet-academische doel: leren surfen.*
PBV-CIJFER: *Goed.*

LAUREL:
ACHTERGROND: *Woont in een compleet gerestaureerd appartement daterend van rond 1920 boven de winkel van haar moeder – het soort waar je bosjes gedroogde rozen, handgemaakte leren dagboeken en flesjes olie met feromonen kunt kopen. Alleenstaande moeder die ook tenger en bloemrijk is – dus wanneer Laurel in de winkel helpt, denken de klanten altijd dat ze zussen zijn. In tegenstelling tot mij vindt zij het vreselijk om enig kind te zijn. ('Je mag wel een van mijn broers hebben,' heeft Amber aangeboden. 'Graag, zelfs!')*
BUITENSCHOOLSE HOOGTEPUNTEN: *Voorzitter van de Etymologieclub (huidige aantal leden: 3); secretaris van de National Honor Society voor uitmuntende leerlingen; captain van het vlaggenteam van de schoolband; negen jaar lang pianoles gehad; spreekt de Scandinavische talen vloeiend; werkt op woensdag vrijwillig als huiswerkbegeleider voor kinderen uit de binnenstad.*
CIJFERGEMIDDELDE: *8,0.*
VOORKEUR VOOR UNIVERSITEIT: *Dartmouth.*
LEVENSDOEL: *Moet kiezen tussen kinderarts, kindertherapeut en -psycholoog, en rector van een privéschool voor minderbedeelde kinderen. Is dol op – nee, DÓÓÓÓL op kinderen. Wil zelf tien kinderen adopteren met verschillende etnische achtergronden van overal ter wereld.*
TEGENS: *Haar moeder naait al haar kleren zelf. Hoewel dat*

31

*niet per se een tegen is, kan een teveel aan bloemen en bladeren zeer vermoeiend zijn voor de ogen...*
DIV.: *Is de enige van ons die al eens uit is gevraagd door een jongen. (Maar ze wacht tot één jongen in het bijzonder voldoende moed heeft verzameld om haar te vragen: Garrett, de assistent van de schoolbibliothecaresse. Een beetje een kakker, maar heel aardig – haast zo aardig dat hij een beetje onnozel overkomt. Maar dat is hij niet. Hij is gewoon... heel aardig.)*
PBV-CIJFER: *Heel goed.*

AMBER:
*(In het begin dacht ik dat ze op weg naar de toneelaudities per ongeluk bij de groep Latijn voor gevorderden verzeild was geraakt.)*
ACHTERGROND: *Woont in een van de voorsteden – compleet met boot, camper en drie crossmotoren. Haar ouders hebben allebei een saaie managementbaan en komen in het weekend pas echt tot leven. Ze zouden graag willen dat Amber een betere fysieke conditie had, zodat ze net als haar drie broers kon uitblinken op sportgebied. ('Amber, de laatste keer dat een grote peer een volleybalbeurs won, was nóóit.')*
BUITENSCHOOLSE HOOGTEPUNTEN: *Schaakkampioen van Seattles Academie voor Academische Uitmuntendheid; lid van de National Honor Society voor uitmuntende leerlingen (met de hakken over de sloot); doet de make-up voor de voorstellingen van de toneelclub.*
CIJFERGEMIDDELDE: *7,0.*
VOORKEUR VOOR UNIVERSITEIT: *Nog geen – NITV.*
TEGENS: *Zegt eerst iets en denkt dan pas na. Smokkelt kreteksigaretten aan boord van de veerboot. Heeft geen flauw idee wat ze later wil worden – geen LEVENSDOEL. (En dus ook niet wat ze straks wil studeren.)*
DIV.: *Werkt in het weekend in een winkel in tweedehands kleding – en geeft al haar geld uit aan kleding uit de jaren tachtig. Verzamelt ska-elpees.*
PBV-CIJFER: *Goed – met hier en daar een klein voorbehoud.*

Uiteindelijk bleek echter dat ik niet één PBV hoefde te kiezen. Door onze gezamenlijke weerzin tegen Wendy Stupacker ontstond er onmiddelijk een hechte band tussen ons viertjes. Bij de zesde bijeenkomst voor Latijn voor gevorderden waren we allemaal beste vriendinnen.

En ik miste Wendy... totaal... niet... meer.

Laurel, Denise en Amber nuttigden een tweede portie frieten en cola light, en staarden naar de woorden die netjes in blauwe inkt in mijn notitieblok stonden geschreven.

*Cocon. Geboorte. Te jong. Rubberen bal. Sterft. Ei.*

'Te jong voor wat? Om te sterven? Ei als in roerei?'

'Vooruit, gebruik je hersenen, Amber... wat kan dat nu met chantage te maken hebben?' Denise schudde haar hoofd.

'Hé, we zitten hier wel onze hersenen te kraken, oké? Het is niet toegestaan om welk idee dan ook neer te sabelen. In elk geval niet totdat is aangetoond dat de hypothese niet...'

'Vassar, weet je zeker dat je bijvoorbeeld geen "dij" hebt gehoord?' vroeg Laurel.

'Nee, ik weet heel zeker dat het "ei" was.'

'Misschien is Pasen wel het thema van het geheim.' Amber slurpte het laatste beetje van haar frisdrank naar binnen.

*Rubberen bal.*

Denise kauwde ritmisch op een frietje en tuurde in het luchtledige. 'Met name de rubberen bal is intrigerend. Zo onschuldig. Ogenschijnlijk zo onbelangrijk – maar misschien bevat het de sleutel tot het hele raadsel.'

'Dat moet haast wel verwijzen naar de collage die ze me vorig jaar voor mijn verjaardag heeft gestuurd.'

'Ogenschijnlijk irrelevant – en daarom waarschijnlijk bijzonder relevant,' ging Denise verder.

*Te jong.*

'Er zijn een *heleboel* dingen waarvoor Vassar te jong is...' snoof Amber.

Denise trok een wenkbrauw op. 'Dank je wel, Amber. Een vlijmscherpe observatie.'

33

*Geboorte.*
'Geboortedag? Wedergeboorte?'
'Nageboorte?' zei Laurel en ze sloeg onmiddellijk een hand voor haar mond.
'Getver!' zeiden we allemaal.
*Cocon.*
'Cocon, bal en ei zijn allemaal ronde dingen.'
'Ook deze keer weet jouw talent om het voor de hand liggende op te merken ons weer te verbijsteren, Amber...'
'Zijn ze niet schattig?' Ze gebaarde naar een klasje kleuters die in uniform voorbij waggelden.
We keken elkaar aan.
Denise wierp een strenge blik in Laurels richting. 'Blijven we even bij de les?'
'O, sorry, sorry,' zei Laurel op haar eigen zweverige wijze.
Na nog een paar minuten onze hersens te hebben gekraakt, keek Denise ten slotte naar mij en ze zei: 'Het zal ons pas lukken dit te ontwarren wanneer jij in Zuidoost-Azië bent. Te veel variabelen, zou je moeder zeggen. We hebben meer gegevens nodig.'
'Vassar, meid. Ik bedoel, het zou een ongelooflijk gave reis zijn... maar natuurlijk niet als het ten koste gaat van het Valedictorianschap, een elite universiteit en al je levensdoelen. Dat is nog eens balen. Je hele leven wordt op zijn kop gezet,' zei Amber.
De veerboot slingerde weer. Nee, wacht. Deze keer was het mijn maag.

# Hoofdstuk 4

## Laatste riten

*Amicus certus in re incerta cernitur.*
Een ware vriend onderscheidt zich in onzekere kwesties.

Tijdens de lunch hielden we een begrafenis.
Voor mijn Valedictorian.
Amber zei dat het cathartisch zou werken – voor ons *allemaal*. We begroeven mijn dromen in een hoek van het voetbalveld. Denise leidde de riten. We droegen allemaal een zwarte band om een arm, die Laurel had gemaakt van karton. We schepten allemaal aarde op een kopie van mijn cijferlijst. Na afloop zaten we in een kleine kring en probeerden we onze meegebrachte lunch op te eten. Niemand had honger. Behalve Amber, die nooit *geen* honger had. We negeerden de blikken en het hoongelach van andere scholieren.
'Filistijnen,' mompelde Denise zachtjes toen een groep jongetjes uit de derde klas voorbij kwam lopen en ons met M&M's bekogelde. Laurel schonk echter totaal geen aandacht aan de regen van chocolade. Prikkend in haar spinaziesalade met zonnebloempitjes en yamboontjes vroeg ze: 'Waarom kan je oma je niet meenemen naar Oxford of Londen? Denk eens aan de eruditie, de grote denkers die daar vandaan kwamen. En dan heb ik het nog niet eens over Stratford-upon-Avon,' zei Laurel.
'Of Italië. De Sixtijnse Kapel, het Vaticaan, David... David... de o, zo goddelijke *David*...' zei Amber met een smerig lachje. Smerig vanwege de cheddar van haar sandwich die nu tussen haar beugel zat.
'Angkor Wat in Cambodja wordt wel een van de grootste wonderen ter wereld genoemd. Het moet er zelfs mooier zijn dan de

Chinese Muur,' zei Denise. En toen tegen Amber: 'Er zit mayonaise op je kin.'

Amber veegde haar kin af en wees naar Laurel. 'Nou, zij heeft anders spinazie tussen haar tanden.'

Laurel verwijderde met een subtiel gebaar het stukje spinazieblad en zei toen tegen mij:

'Ik hoop maar dat je van rijst houdt, want daar zul je echt hele bergen van eten. Mijn pianolerares, mevrouw Kawasaki, zegt dat ze bij *elke* maaltijd rijst eet. Zelfs bij het ontbijt.'

We zaten allemaal te peinzen over een leven van eeuwige rijst.

'Maleisië, Cambodja en Laos. Waarom kon ze je niet eerst meeslepen naar iets gemakkelijks – zoals Japan?' zei Amber. 'En waar ligt Laos trouwens?'

Denise haalde de miniatlas tevoorschijn die ze altijd in haar rugzak had zitten. 'Even kijken... Laos. Hier. Het grenst aan Thailand en Vietnam. De lengte- en breedtegraad van de hoofdstad Vientiane: 17°58 N.B., 102°36 O.L..'

'Laos. Ik hoop dat je geen luizen krijgt!'

'De juiste uitspraak is "Lao" als in "dauw",' zei Laurel tegen Amber.

Er viel een sombere stilte. We probeerden allemaal iets positiefs te bedenken om te zeggen. Wat ons niet lukte. Het enige geluid was het gekraak van Amber, die probeerde een zakje pretzels met honing-mosterdsmaak open te maken.

Denise sloeg haar atlas met een klap dicht. 'Krijg toch wat! We hebben met ons drieën een gezamenlijk IQ van meer dan 400. Ik zou zo zeggen dat we dan toch zeker wel een oplossing voor Vassars Valedictorian-probleem bij elkaar moeten kunnen brainstormen. Heb ik gelijk of niet?'

'Je hebt gelijk,' zeiden Amber en Laurel.

'Tijd dus voor het Voortbrengen van Ideeën! We nemen tien minuten om een oplossing bij elkaar te brainstormen voor het probleem van Vassars bedreigde cijferlijst. Pak allemaal een pen en papier. Neem dit serieus – doe maar alsof het voor negentig procent meetelt voor je toelatingstest voor de universiteit. Operatie Schadebeperking – gaat nu van start!'

Denises ogen glommen terwijl ze het gelinieerde vel papier volkrabbelde. Ze was gek op lastige problemen. Ze bloeide op onder druk. De enige keren dat ik Denise zenuwachtig had gezien, was wanneer er jongens in de buurt waren. Ze wist gewoon niet wat ze tegen hen moest zeggen. Niet dat ik er zo veel beter in was – maar ik kreeg tenminste niet spontaan last van rode uitslag wanneer ik een mannelijke partner kreeg toegewezen tijdens een scheikundepracticum.

Ambers lip stak uit – wat duidde op een extra ingespannen concentratieniveau. Wanneer ik bedacht dat ze thuis geen aandacht kreeg, werd ik razend. Haar ouders waren zelfs nog nooit bij een schaaktoernooi komen kijken. 'Als er geen bal meedoet, heeft het geen zin,' zei haar vader altijd. Over filistijnen gesproken.

En Laurels hand trilde opgewonden, terwijl ze in haar eigen speciale steno schreef. Haar supervrouwelijke uitstraling was bedrieglijk. Hoewel er Duitse herders bestonden die groter waren dan Laurel, liet ze zich door niets tegenhouden wanneer ze haar zinnen ergens op had gezet. De manier waarop ze Garrett subtiel manipuleerde, zodat hij dacht dat het *zijn* idee was geweest om haar mee uit te vragen – dat was echt geniaal.

En nu zaten ze alledrie hier om mij te helpen.

Er drupten tranen langs mijn neus. Wie ter wereld had er nu zulke geweldige, trouwe vriendinnen?

'Pas op – je lekt op mijn ideeën,' zei Amber en ze schoof haar vel met rode stiftinkt uit mijn buurt.

Tien minuten later waren ze eruit:

Ik zou het schoolkamp voor Latijn voor gevorderden gewoon naar de volgende zomer verschuiven en de cursus Submoleculaire Theorie tijdens de kerstvakantie inhalen. Verder moest ik onze directeur Ledbetter zien over te halen me toestemming te geven een roman te schrijven, die dan niet alleen moest gelden voor de cursus Engels voor gevorderden – maar ook voor Engels voor *gevorderde* gevorderden.

'Waar moet die roman dan over gaan?' vroeg ik.

Denise keek me ongelovig aan. 'Je reis, natuurlijk. Je hoeft het wiel niet opnieuw uit te vinden. Beschrijf gewoon alles wat jou overkomt als fictie. Verander de namen en klaar ben je.'

'Indien nodig verfraai je hier en daar wat,' zei Laurel.

'Of je verzint gewoon iets,' zei Amber met haar mond vol pretzels.

'Het verhaal gaat over een hoofdpersoon die probeert Het Grote Geheim te ontrafelen. Net een detectiveverhaal,' zei Denise.

'En als ik er nou nooit achterkom?'

'Dan wordt dat het eind.'

'Stel nou eens dat het ontzettend saai is? Denken jullie dat ik er dan nog steeds een cijfer voor krijg?'

Denise haalde haar schouders op. 'Waarom niet? Kijk maar eens hoeveel saaie boeken er elke dag worden uitgegeven onder het mom van de literatuur?'

'Boeken die zelfs prijzen winnen omdat ze zo saai zijn,' zei Laurel.

'Ja, het lijkt haast wel alsof saaiheid een vereiste is,' zei Amber.

Het was de moeite van het proberen waard.

Ik snoot mijn neus. Mijn ouders hadden me dan misschien laten vallen, maar mijn vriendinnen beslist niet.

'Universiteiten vinden zo'n interculturele/crossculturele ervaring trouwens hartstikke cool,' zei Laurel. Denise voegde daaraan toe: 'Ik garandeer je: een roman over jouw reizen in Zuidoost-Azië vergroot absoluut jouw kansen om tot Vassar te worden toegelaten.'

'En het beste van alles is nog wel dat je dan een voorsprong hebt op Wendy!' Laurel kon haar opwinding nauwelijks bedwingen.

'Dus? Wat zeg je ervan?' vroeg Amber.

Ik keek een voor een in de verwachtingsvolle gezichten. Toen zei ik: 'Wendy zal als de nummer twee van de klas en dus Salutatorian vast en zeker ook een heel goede openingsspeech houden,' zei ik.

'*Euge*!' juichten ze – Latijn voor 'hoera!'

Een groene M&M suisde door de lucht en ketste af op Denises voorhoofd. Hoe moeilijk kon het tenslotte zijn om een roman over *mezelf* te schrijven?

# Hoofdstuk 5

## Laat maar

Ik kon bijna niet wachten om mijn ouders over Het Briljante Plan te vertellen. Ik hoopte vooral dat mijn moeder zich er iets beter door zou voelen – dat niet mijn hele opleiding nu verloren zou gaan. Ik was vastbesloten de beste roman van een zestienjarige aller tijden te schrijven. Mijn plannen hielden niet op bij Valedictorian. Echt niet. Ik zou het boek publiceren en een beroemde tiener worden. Met verkopen die in de miljoenen liepen. Interviews. Een tournee. Tijdschriftomslagen. Mijn eigen fanclub.
In dat grote geheel zou Wendy Stupacker tot een nietig vliegje worden gereduceerd.
En John Pepper zou de benodigde reden hebben om me mee uit te vragen.
Elke elite-universiteit zou me vragen – nee, *smeken* – hun campus met mijn aanwezigheid te sieren.

Normaal gesproken trok mijn vader altijd meteen zijn gele joggingpak met groene strepen aan om te gaan hardlopen wanneer hij thuiskwam van zijn werk. En noteerde hij zijn tijden op de kaart die op de koelkast hing, naast mijn dagschema. En ik hielp na schooltijd mijn moeder in de tuin. Voor iemand die gewoonlijk zo onberispelijk was, vond ze het vreemd genoeg heerlijk om in de aarde te wroeten en rottende groenten op haar composthoop te gooien. Als het regende, deden we een potje Boggle of Scrabble, tot mijn vader klaar was met hardlopen – hij liep altijd, weer of geen weer. Daarna maakten mijn vader en ik het eten klaar, terwijl we op de radio naar een van de publieke omroepen luisterden.

Op deze avond echter niet.

Op deze avond had mijn moeder zich als een kluizenaar opgesloten in haar kamer, en zat mijn vader met hangende schouders over de keukentafel gebogen. Zijn anders altijd kraakheldere overhemd was gekreukt en op zijn linkerkaak glinsterde een dun rijtje gemiste haartjes.

'Hallo, pap.'

Hij sprong op. 'Vassar!' Hij keek alsof de basset van de buren op twee poten de keuken was binnengekomen en hem bij zijn naam had aangesproken. Toen zette hij het van zich af. 'Hoe was het op school?' Maar voordat ik antwoord kon geven:

'We zullen je van de zomer zeker missen. Hadden je moeder en ik maar...'

'Wat?'

'Laat maar. Laat maar. Je weet toch dat je pa een oude sufferd is,' zei hij. Hij stond op en schonk een glas water in.

Ik omhelsde hem. 'Ik zou je voor geen enkele andere vader in de wereld willen ruilen.'

Dat ontroerde hem enorm. Hij omhelsde me stevig terug, waardoor hij water morste op de vloer.

Voordat ik mezelf kon tegenhouden, vroeg ik: 'Pap, wat is Het Grote Geheim?'

Hij verstijfde en deinsde achteruit. Hij keek zelfs een beetje... *bang*.

'Toe, je kunt het me wel vertellen. Ik beloof dat ik niets tegen mama...' Hij stond daar alleen maar en zei niets. Alsof hij niets durfde te zeggen zonder haar erbij om op hem te letten.

Toen draaide hij zich om en hij scheurde precies één velletje van de rol keukenpapier om de vloer mee droog te deppen. 'Het spijt me, Vassar. Ik kan... ik kan er niet over praten.' Hij keek me niet aan.

Hij haalde snel gesneden groenten en vlees uit de koelkast, alsof hij verdere vragen wilde voorkomen, en begon het avondeten te bereiden. Mijn ouders reserveerden de zondagavond altijd om alle maaltijden voor de komende week te plannen en voor te bereiden. Elke weekdag had zijn eigen plastic bewaarbak. *De dins-*

*dagmaaltijd*: roerbak. 'Beseften mensen maar dat "plan" niet zomaar een vierletterig woord is. "Plan" staat voor vrijheid. Wanneer je goed plant, hoef je niet elke dag tijd te verspillen aan het nadenken over dezelfde dingen, het nemen van dezelfde beslissingen,' zei mijn vader vaak.

Op een geforceerd joviale toon zei hij: 'Vandaag een exotische maaltijd voor je, Vassar: champignons, spruitjes, ui en stukjes lendenbiefstuk – met rijst. Roerbaketen. Hiermee worden je smaakpapillen vast voorbereid op Zuidoost-Aziatische gerechten.' Hij deed de koelkast open. 'Even kijken. Waar is de ketchup?'

Ik besefte dat ik bij hem geen steek verder zou komen. Dus vertelde ik hem, terwijl ik de tafel dekte, over Het Briljante Plan. Hij was er net zo van onder de indruk als ik.

'We kunnen altijd een nieuwe schrijver in de familie gebruiken. Ik kan niets beters bedenken om je moeder op te vrolijken. Waarom ga je niet even naar boven om het haar te vertellen? O ja, het eten is over precies acht minuten en vijftien seconden gereed.'

Toen ik de trap op liep, ging de telefoon. Mijn vader nam op. 'Hallo? O, Amber, wat kan ik voor je doen? ... Te laat voor wat? ... Vanavond? ... Anthea zal helaas een nieuwe afspraak met je moeten maken. Vanavond wordt er geen Uur van Reflectie gehouden in het huis van de Spores...'

Toen ik hun slaapkamer binnenkwam, schoof mijn moeder snel een boek onder het mintgroene dekbed. Ik zag nog net het omslag: een weelderige jongedame, zoenend met een gespierde boerenknul die blijkbaar zijn shirt was kwijtgeraakt.

Ik zuchtte. Mijn talrijke pogingen om mijn moeder in de richting van literaire werken te loodsen waren mislukt. Op haar boekenplank in de slaapkamer stonden *Don Quichot*, *Tristam Shandy* en *Portret van een dame* – onaangeroerd – geduldig op een rij naast elkaar. Voor een vrouw die in elk ander aspect van haar leven zo intellectueel was – en bijvoorbeeld een voorliefde koesterde voor Puccini – was ze wat romans betreft wel erg laag gezonken.

Mijn moeder zag er zonder make-up, met haar bifocale bril op en in haar beige katoenen ochtendjas bijzonder breekbaar en kwetsbaar uit. De combinatie van mosgroene muren en het mintgroene dekbed creëerde de illusie dat ze in een ton erwtensoep verdronk.

Ze ging wat rechterop zitten en schoof het kussen achter haar rug.

'Het spijt me van gisteravond. Ik voelde me niet lekker, ik zal wel iets verkeerds hebben gegeten. Nu gaat het al veel beter.'

Sinds wanneer werd iemand ziek van boeuf stroganoff?

Mijn oog viel op een potje met pillen op haar nachtkastje. Geweldig: oma Gerd zet mijn moeder aan tot zelfmedicatie.

'Zin in een spannend potje Boggle?' Ik schudde verleidelijk met de plastic doos met dobbelstenen. 'Kom op, je weet best dat je dat leuk vindt. We hebben acht minuten tot het eten klaar is. En ik wil een kans krijgen om gelijk te komen met jou.'

Ze glimlachte flauwtjes. 'Misschien straks.'

Ik zette het spelletje op haar nachtkastje.

Zo energiek mogelijk zei ik: 'Ik heb een nieuwtje waar je wel vrolijk van moet worden.'

Het Briljante Plan maakte echter blijkbaar geen enkel verschil. Uit haar ogen sprak nog steeds een akelig voorgevoel. Zo te zien waren mijn kansen om wel of niet Valedictorian te worden ondergeschikt aan Het Grote Geheim.

Ze staarde me een tijdje aan en vroeg toen: 'Vassar, ben je gelukkig?' Zodra ze dit had gezegd, zag ik dat ze wilde dat ze het maar niet had gedaan.

'Gelukkig? Hoe bedoel je?'

'Och, je weet wel...' Haar stem klonk geforceerd luchtig. 'Is je leven tot dusver gelukkig geweest?'

Ik had er eigenlijk nooit echt over nagedacht. 'Waarom zou het dat niet zijn?' Ze dacht even na en schudde toen zacht haar hoofd.

'Laat maar. Ruik ik nu een roerbakmaaltijd?'

'Zal ik je wat brengen?'

'Nee. Ik heb geen honger. Eet jij maar samen met papa. Ik eet wel

42

wat brood en bouillon. Na afloop kunnen we een begin maken met je inpaklijst. Er zijn tenslotte nog maar twaalf dagen te gaan voordat... voordat je...' Ze stak een hand uit om een papieren zakdoekje te pakken.

Ik glipte door de deur weg.

## Hoofdstuk 6

# Je kunt je niet goed genoeg voorbereiden

Je kunt niet zomaar naar Zuidoost-Azië gaan. Al helemaal niet naar Malarialand. Nee, zeg. Je moet injecties hebben, malaria-pillen, een paspoort en een hele apotheek aan 'voor het geval dat'-medicijnen.

Gelukkig hadden mijn vooruitdenkende ouders onze huisarts ge-instrueerd me door de jaren heen alle mogelijke beschikbare vac-cinaties te geven – 'Je weet maar nooit wat je tegenwoordig alle-maal kunt oppikken in de straten van Seattle – of op school,' zei mijn moeder. We hadden alledrie een eigen paspoort – 'Voor het geval we het land ooit op stel en sprong moeten verlaten,' zei mijn vader. Niet dat we ze ooit hadden gebruikt, hoor. Het feit dat ik over dertien dagen zou vertrekken bleek dus een minder grote logistieke nachtmerrie te zijn dan eigenlijk had gemoeten.

Hoe dan ook. Aangezien ik de dag na de laatste schooldag al zou vertrekken, had ik geen tijd om me in te lezen over Maleisië, Cambodja en Laos. Geen tijd om te *plannen*. Hiervan kreeg ik een beetje de kriebels. Ik ging er echter van uit dat oma Gerd wel een of ander reisschema had voor de zomer. Ik moest in het vlieg-tuig maar zo veel mogelijk lezen – ik had tenslotte ruim twintig uur in de lucht om al mijn reisgidsen door te nemen.

In de dertien dagen vóór mijn vertrek wisselden mijn stemmin-gen elkaar nogal af. Het ene moment bonk-bonkte mijn hart bij het vooruitzicht van het exotische avontuur dat op me lag te wachten, en het volgende moment werd ik overspoeld door een golf van enorme heimwee – hoewel ik nog geen voet in het vlieg-tuig had gezet.

En dan waren er nog de gesprekken tussen mijn vader en mijn moeder die werden afgekapt wanneer ik de kamer binnenkwam. Plus het feit dat ze me allebei nauwelijks durfden aan te kijken. Mijn moeder schreef niet meer in haar *Dagboek van voortreffelijkheid*. De tuin werd aan zijn lot overgelaten. Zelfs haar beste vriendin Lilith wist haar buien niet te verdrijven, ondanks ellenlange roddelgesprekken via de telefoon, brunches aan de waterkant of haar favoriete activiteit buiten de deur bij goed weer: Puccini in het Park. Het was alsof ze inwendig in een soort niemandsland verkeerde – in afwachting van iets. Iets slechts. Haar normaal gesproken optimistische kijk op het leven werd vervangen door een schimmige onzekerheid. Ze zuchtte. Vaak.

Mijn vader werkte, liep hard, en redigeerde zijn boek. Hoewel hij zich stug aan zijn vaste bezigheden hield, gebeurde dat op de automatische piloot... omgeven door een mentale nevel. Tijdens het avondeten at hij zijn bord niet meer leeg. Hij liet zelfs de helft van zijn lievelingsvoorgerecht (gegrilde zalm met mangochutney en okra) staan.

Laurel, Denise en Amber genoten echter met volle teugen. Ze beenden naast elkaar door de gangen van de school met een geheimzinnige uitdrukking op hun gezicht, alsof ze deelnamen aan een samenzwering. (Wat misschien ook wel een beetje zo was...) En konden om niets in lachen uitbarsten. Wanneer Wendy Stupacker voorbijkwam, fluisterden ze zacht: 'Schaakmat, Stupacker!' (Amber.) '*De inimico non loquaris sed cogites*!' ('Wens je vijand geen kwaad toe; *plan* het!') (Denise.) Laurel was te damesachtig om bedreigingen te uiten. In plaats daarvan kneep ze haar ogen tot spleetjes en tuitte ze haar mond in een poging er gevaarlijk uit te zien – waardoor ze er alleen maar uitzag alsof ze last had van constipatie.

Ze deelden hun hele zomer in: lessen voor gevorderden, lezingen op de universiteit, en dagelijkse bijeenkomsten in de koffiebar om huiswerk te maken, mij te e-mailen en de pagina's van mijn manuscript te redigeren.

Ik besefte dat ik er alles voor over zou hebben om met hen van plaats te ruilen.

Maar dat zou ik nooit toegeven.

Ze rekenden op mij.


'Adresstickers voor ansichtkaarten?'

'Heb ik.'

'Draagbare reisplanner?'

'Heb ik.'

'Ticket, paspoort, bankpas, extra contant geld?'

'Heb ik, heb ik, heb ik en heb ik.'

'Laptop met onderdelen?'

'Heb ik.'

'De complete set reizigersvriendelijke reisaccessoires van Traveler's Friend?'

'Heb ik.'

'Alledrie de edities van de *Gids voor respectabele reizigers* en alledrie de versies van *Reisboek voor bezonnen bezoekers*?'

'Heb ik.'

'Waterzuiveringsapparaat?'

'Leuk geprobeerd, pap. Je weet heel goed dat die onder de subcategorie reizigersvriendelijke reisaccessoires van Traveler's Friend valt.'

'Alle honderddrieënvijftig voorwerpen zijn aanwezig. Goed gedaan, Vassar,' zei mijn vader en hij gaf me een overzichtelijk ingedeelde inpaklijst met een roze markeerstift.

'*Numquam non paratus* – nooit onvoorbereid.'

Hij glimlachte flauwtjes. 'Dan ga ik nu mijn rugbrace zoeken, zodat ik de auto kan inladen.' Hij liep de trap op.

Kreunend en steunend sloot ik de laatste van de sloten op de set zwarte bagagestukken die de hele woonkamer in beslag nam, de reden waarom we met twee auto's gingen. Ik borg de sleutels zorgvuldig weg in de huidkleurige moneybelt die onder mijn linnen bloes van Traveler's Friend verborgen zat en ritste hem dicht. Denise, Laurel en Amber, samengeperst tussen mijn koffers, keken allemaal plechtig toe.

Dit was een gewichtig moment. Laurel en haar moeder waren nooit verder weg geweest dan de Grand Canyon. Ambers familie ging 's winters naar Vail om te skiën en 's zomers naar Newport Beach om te jetskiën. Denises familie was helemaal naar Banff in het noorden geweest en naar Cancun in het zuiden. En van de Spores was nog nooit iemand het land uit geweest.

Tot nu dan.

*Oem pa pa*! *Oem pa pa*! Ik controleerde mijn DRP – draagbare reisplanner. Een afscheidscadeau van mijn ouders. Een dagplanner, handcomputer, horloge, minicomputer en gsm in één. Heel handig gesitueerd op de plek waar normaal gesproken mijn horloge zit.

'Mijn DRP heeft me zojuist laten weten dat ik nog vier uur heb voordat mijn vliegtuig opstijgt. We vertrekken dus over precies dertig minuten naar het vliegveld.'

'Wat was dat voor liedje? Het klonk net als de schoolfanfare,' zei Amber en ze maakte de wikkel van een Red Vines-trekdrop open.

'John Philip Sousa. Mijn vader heeft hem geprogrammeerd.'

Laurel snoot damesachtig haar neus en stopte toen het papieren zakdoekje in haar bebloemde rokzak. 'Vassar, vergeet je mijn lepels niet?' Ze had me honderd dollar meegegeven om in elk land dat ik aandeed een verzilverde suikerlepel voor haar te kopen. Het was een gewoonte die ze van haar oma had overgenomen – die toevallig een van de traditionelere onder alle oma's was. 'Ik wil mijn verzameling graag uitbreiden. ('Verzameling' hield in haar geval twee in: de Grand Canyon en Yosemite.)

'Tja, het staat op de lijst van dingen die ik moet doen en als het op de lijst staat van dingen die ik moet doen...'

'...dan kun je ervan uitgaan dat het wordt gedaan,' zeiden Amber, Laurel en Denise in koor.

Laurel gaf me een stapel witte envelopjes.

'Per dag één citaat dat op een of andere manier betrekking heeft op je reis,' zei Laurel.

'Ze zijn in het Latijn,' zei Amber.

'Om je geestelijk soepel te houden,' zei Denise.

Ik maakte de eerste open waarop 'Dag van vertrek' stond en las: '*Da mihi sis crustum Etruscum cum omnibus in eo...*'

Amber en Laurel lachten uitgelaten.

'Ik snap hem niet...'

'Vervang *crustum* door pizza en je vergaat van het lachen,' zei Denise droogjes.

'"*Ik wil graag een pizza met alles erop en eraan.*" Ach ja, dat zal me zeker van pas komen in de jungle.'

Ik las er nog een: '*Ben je in omnia paratus?*' Ik glimlachte. 'Ja, ik *ben* inderdaad "op alles voorbereid".' Ik gebaarde naar mijn berg bagage. 'Alles wat ik mogelijk nodig zou kunnen hebben, zit hierin. Zelfs een opvouwbare plastic douche.'

Mijn vader kwam langs met zijn zwarte rugbrace om. 'Dames, jullie hebben zes minuten en veertig seconden om afscheid te nemen van Vassar.' Hij liep naar buiten. Ik hoorde het piepje van de beveiliging van de Volvo.

Denise zei zakelijk: 'Goed, het plan is dus dat je ons elk hoofdstuk e-mailt via een internetaansluiting of internetcafé – daar zijn er blijkbaar massa's van overal in Zuidoost-Azië. Vooral op plaatsen waar rugzaktoeristen rondhangen. Wij fungeren als proeflezers en laten het je weten wanneer iets niet duidelijk is. Aan het eind van de zomer zou je dan een complete eerste versie moeten hebben, die je zo kunt inleveren.'

'Dan heb je twee weken de tijd om de tekst te redigeren voordat je hem bij directeur Ledbetter inlevert,' zei Amber.

Die lieve, goede directeur Ledbetter. Na heel wat overredingskracht had ze het goed gevonden dat ik een roman schreef voor de cursussen Engels voor gevorderden/Engels voor gevorderde gevorderden, maar onder één voorwaarde: 'Om mee te tellen moet hij op de eerste schooldag worden ingeleverd. Is dat duidelijk, Vassar? Er wordt geen uitstel meer gegeven, geen uitzondering gemaakt.' Het zou krap worden – maar het was absoluut de moeite waard.

Mijn ogen begonnen te tranen. Ik had me de afgelopen twee weken vaker door mijn emoties laten overmannen dan in de rest van mijn leven bij elkaar. 'Meiden...'

'Vassar, jij zou voor ons hetzelfde doen,' zei Laurel en ze snoot nogmaals haar neus. De zakken van haar rok stonden inmiddels bol van de gebruikte papieren zakdoekjes.

'Verspil alsjeblieft geen tijd aan het e-mailen van persoonlijke berichtjes of reisdetails aan ons,' zei Denise.

'Of het kopen van souvenirs voor ons,' zei Amber.

'Behalve mijn lepels,' zei Laurel.

'Bewaar je energie voor het schrijven van de hoofdstukken,' zei Denise.

Toen haalde Amber een klein doosje uit haar rugzak. 'Dit is van ons allemaal. Goede reis!'

'*Bona fortuna*!' zei Laurel.

Veel geluk. Dat zou ik zeker nodig hebben.

Ik maakte het open. Een ketting met daaraan een zilveren medaillon met een inscriptie: *Nulla dies sine linea.*

'Geen dag zonder een regel,' vertaalde Denise. 'Een eenvoudige, maar voortdurende herinnering aan wat je daar moet doen.'

'Het is echt zilver,' zei Laurel.

'O, meiden toch!' Ik pakte een van Laurels zakdoekjes.

'Pas op – straks wordt hij dof,' zei Amber.

'Als John Pepper naar je vraagt, geven we hem jouw e-mailadres,' zei Laurel.

'Maar alleen als hij erom vraagt,' zei ik ferm.

Amber knikte. 'Jazeker. Doen alsof je onbereikbaar bent. Zo moet je het aanpakken.'

Denise rolde met haar ogen. 'Welk een wijsheid, gij ervarene.'

'De tijd is om, dames,' riep mijn vader.

We stortten zichtbaar in.

Ik deed de ketting om en omhelsde Laurel, Amber en Denise.

'O, wacht even. Wil je dit aan je moeder geven?' Amber propte een verkreukeld stukje papier in mijn hand. 'Mijn doelenlijst voor deze zomer. Die had ik eigenlijk tijdens het laatste Uur van Reflectie moeten inleveren, maar...'

'Waarom is het zo plakkerig?' Ik hield het met een vies gezicht bij een hoekje vast.

Ze likte haar vingers af. 'Honing-mosterddressing?'

En terwijl ze met hun drieën naar de deur liepen, merkte Denise nog op:

'Ik heb trouwens nagedacht over die woorden die je hebt opgevangen. Volgens mij moet je je concentreren op het kraken van dat "ei" – figuurlijk, natuurlijk. Mijn zesde zintuig zegt me dat het de sleutel is van het geheel. Misschien betreft het een trage-die die gerelateerd is aan pluimvee. Zieke kippen die besmette eieren leggen – van hen naar ei naar dood. Volg je de gedachte-gang?'

'Bedankt, Denise. Dat zal ik in gedachten houden.'

Toen waren ze weg.

Ik poetste mijn medaillon op.

Ik miste hen nu al.

## Hoofdstuk 7

## Wat er ook gebeurt

Toen we op het internationale vliegveld Tacoma in Seattle bij Singapore Airlines incheckten, moest mijn vader bijbetalen voor mijn extra kilo's bagage. Terwijl hij daarmee bezig was, trok mijn moeder aan mijn arm – een bekend teken dat ze iets in mijn oor wilde fluisteren – en ik boog mijn hoofd omlaag naar haar hoogte. Ze hield de gebruikelijke Spores Aanmoedigingsspeech Voor Veelbelovende Gelegenheden en sloot af met de woorden:
'O ja, oma Gerd zal je misschien vreemde dingen vertellen, geloof er maar geen woord van. Vooral niet wanneer ze heeft gedronken...'
Voordat ze haar zin kon afmaken, dook mijn vader weer op met mijn bagagebewijzen. Ze kuchte en zei toen: 'En dat is de reden waarom waterinname zo belangrijk is in een vochtig klimaat.'
Als mijn vader al iets vermoedde, dan liet hij het niet merken.
'Een paar honderd dollar is een kleine prijs om er zeker van te zijn dat je op elk mogelijk noodgeval bent voorbereid,' zei mijn vader, terwijl ik – *rits rats*! – de bewijsjes in de moneybelt onder mijn bloes stopte.
Mijn vader overhandigde me een rechthoekig ingepakt cadeau. 'Voor in het vliegtuig.'
Toen ik het uitpakte, fluisterde hij tegen me: 'Stuur alsjeblieft alleen positieve e-mails en ansichtkaarten. Ik denk niet dat je moeder zelfs maar de kleinste aanwijzing dat je niet gelukkig bent zou kunnen verdragen. Tenzij er natuurlijk een noodgeval is – God verhoede het – dat is een heel ander verhaal.'
Tijdens de afgelopen twee weken waren mijn vader en moeder

51

volledig van rol verwisseld. Nu nam híj de leiding en zíj liet dat maar al te graag toe. Ik werd er een tikje onzeker van.

'*De efficiënte tiener – speciale geannoteerde editie.* Dank je wel, pap.' Eigenlijk zou het boek een blok aan het been kunnen vormen, aangezien het de bedoeling was dat ik tijdens de vlucht zo lang mogelijk wakker bleef.

Al heel snel stonden we bij Gate 24. Ik deed de sluitingen van mijn handbagage en mijn laptoptas-schuine-streep-aktetas-combinatie op slot en controleerde nogmaals of mijn moneybelt goed was dichtgeritst.

Mijn moeder stopte iets in mijn hand. 'Een internationale belkaart. Omdat de gsm op je DRP het daarginds misschien niet doet. Bel ons als er iets – *wat dan ook* – gebeurt. Beloof je dat?' 'Ik beloof het.'

'Zenuwachtig?' vroeg mijn vader en zijn lichtblauwe ogen begonnen te tranen.

Ik kuste zijn sproetige wang. 'Ik ben goed voorbereid. Zoals jullie altijd zeggen: voorbereiding sluit angst uit. Waarom zou ik zenuwachtig zijn?' Inwendig tolde mijn maag echter rond als een gemotoriseerd stropdassenrekje.

Mijn vader werkte een paar Tums weg. Mijn moeder nam snel een van haar nieuwe pillen toen ze dacht dat ik niet keek.

'Passagiers van vlucht 273 van Singapore Airlines kunnen instappen...'

Groepsomhelzing. Ik drukte een zoen op mijn moeders korte blonde haar en mijn vaders verwarde rossige kruin – en trok me toen snel los. Tijd om aan boord te gaan. Ik wilde niet dat mijn moeder me emotioneel zag worden.

Ik overhandigde de stewardess mijn instapkaart en keek niet één keer om toen ik door de tunnel naar het vliegtuig liep. Ik kon hun trieste, sombere gezichten niet verdragen.

Hun stemmen galmden achter me aan:

'Denk eraan dat je op je stoel de isometrische oefeningen doet!'

'Minstens een kwartier vóór blootstelling aan de zon insmeren met zonnebrandcrème!'

'Elk uur je vitamine C slikken!'

'Vergeet niet dat je een Spore bent!'
Ze wilden gewoon ouderachtig doen. Hun ware gevoelens verbergen. Me laten merken dat het 'prima' met hen ging.
'*Masker*!'
O ja. Het witte operatiemasker dat mijn neus en mond bedekte. 'Je moet geen risico's nemen met je gezondheid, vooral niet in vliegtuigen, die een waar oorlogsgebied vormen voor zich door de lucht verplaatsende bacteriën,' had mijn moeder gezegd. Ze had me ook instructies gegeven het in het vliegtuig *altijd* te dragen. 'Je zult als laatste lachen wanneer je griepvrij in Singapore landt.'
O, gelachen worden zou er zeker – spottend, door het cabinepersoneel en mijn medepassagiers. Ik propte het operatiemasker diep weg in mijn handbagage. Wat mijn moeder niet wist, zou haar ook niet deren. Ik was al bij de deur van het vliegtuig toen mijn moeders laatste woorden de lucht doorboorden:
'We houden van je – *wat er ook gebeurt*!'

Ik zat naast een zakenman met een sikje, een knalrode stropdas en een blauw overhemd met MCT op het borstzakje gestikt. Hij dronk bier en las een krant – die hij direct opvouwde zodra ik mijn riem had vastgemaakt.
'Hoi! Eerste keer naar Singapore? Mijn zeventiende. Ach ja, het voorrecht (of is het een vervloeking? Ha ha!) van een servicemonteur in de buitendienst in de mondiale halfgeleiderindustrie. Wel eens van halfgeleiders gehoord? Nee. Dat zou anders wel moeten. Er zit een halfgeleider in die laptop van je. Zie je dit?'
Hij wees naar zijn dasspeld, die uit een vierkantje van glanzend metaal en koper bestond. 'Deze schoonheid hier zorgt ervoor dat jouw elektrische onderdelen werken...'
Hij vergastte me op de complete geschiedenis van de halfgeleider tot hij gelukkig na drie biertjes in slaap viel.
Ik zag dat iedereen om me heen sliep en zette stiekem het witte operatiemasker op. Voorkomen is tenslotte beter dan genezen. Ik blies het reiskussen op, stopte de oranje oordoppen in mijn oren, klapte een opvouwbaar voetenbankje uit en haalde mijn laptop tevoorschijn.

Geen dag zonder een regel!
Ik typte: '*Een roman door Vassar Spore.*'
Toen stopte ik. Het Grote Geheim lonkte. Ik typte de woorden in die ik nauwelijks twee weken geleden had opgevangen:
*Cocon. Geboorte. Te jong. Rubberen bal. Sterft. Ei.*
Gezamenlijk betekenden ze iets wat mijn vader naar Tums deed grijpen en mijn moeder naar valium.
Voordat ik echter verder kon brainstormen viel ik in slaap.

# Deel 2

# Maleisië

# Hoofdstuk 1

## De Maleisische cowboy

Waar was koffer nr. 8? Koffers nr. 1 tot en met 10 waren allemaal aanwezig, met als enige uitzondering koffer nr. 8. Ze stonden stram als soldaten in een rij, elk zwart bagagestuk getooid met een reusachtige chromen 'VS'. ('Veel efficiënter wanneer je eenmaal bij de bagageband staat. Bespaart je bij het identificeren minstens dertig seconden per koffer,' had mijn vader gezegd. Hij had helemaal gelijk: geen van de andere reizigers had reusachtige chromen monogrammen.)

Ik ging dichter bij de lopende band staan om elke koffer te inspecteren die voorbij denderde.

Ha! Daar kwam de vertraagde koffer nr. 8 eindelijk door de goot gegleden, gemakkelijk te herkennen tussen alle andere zwarte koffers. Geholpen door twee vriendelijke zakenmannen laadde ik koffers nr. 1 tot en met 10 op vier bagagekarretjes.

'Ga je soms je eigen import-exportbedrijf beginnen?' vroeg de dikste van de twee met een knipoog naar de dunste toen hij de laatste koffer op de stapel legde.

'Nee, ik ben gewoon overal op voorbereid,' zei ik.

De rest van de vlucht was saai verlopen – behalve toen ik in de rij stond voor het toilet en vergat dat ik mijn operatiemasker nog op had. Bijzonder gênant. Vooral toen ik een peuter aan het huilen maakte.

Ik raadpleegde mijn DRP en nam de LIJST VAN DINGEN DIE IK NA AANKOMST MOET DOEN door. Nr. 1: Veilig aankomen, om 15.05 uur uitstappen (niets vergeten!) en bagage halen. (Heb ik!) Nr. 2: Me in de hal van het vliegveld bij oma Gerd melden. Nr. 3: Van Singapore naar Malakka, Maleisië rijden (tijdsduur ongeveer drie uur).

Er was aardig wat stuurmanskunst voor nodig om de vier karretjes allemaal naar de hal te krijgen – plus de hulp van diverse mannen van middelbare leeftijd die niet konden staan toekijken hoe ik me in slakkengang een weg baande over het internationale vliegveld van Singapore. Terwijl ik de wacht hield bij mijn tien stuks VS-bagage, liet ik mijn blik over de krioelende Aziaten, Amerikaanse en Canadese twintigplussers met rugzakken, en zakenmannen en -vrouwen glijden. Iets verderop verzamelde zich in een hoek een groep internationale servicemonteurs onder een helderblauw spandoek waarop stond: JAARLIJKSE HALFGELEIDERSCONFERENTIE MODERNE COMPONENTEN TECHNOLOGIE! Ze droegen allemaal een witte polo of een blauw overhemd met het helderblauwe MCT-logo, of ze nu uit Amerika, Afrika of Azië kwamen.

Ik kon echter niemand ontdekken die er oma-achtig uitzag. Niet dat ik me zorgen maakte, hoor. Mijn vlucht was tenslotte te vroeg geland. Oma Gerd had nog precies negen minuten en vierentwintig seconden om haar kleindochter te komen halen.

'Hé, dametje. Je hebt je moneybelt laten vallen,' zei een hese, licht nasale mannenstem.

Een Aziatische knul die een paar centimeter korter en een paar jaar ouder was dan ik wees naar de huidkleurige moneybelt bij mijn voeten. Hij droeg een strooien cowboyhoed, een wildwestoverhemd, een spijkerbroek en laarzen – en had dikke zwarte bakkebaarden die aan weerszijden van zijn mond in een punt waren geschoren. Het witte stokje van een lolly stak uit een mondhoek. Ik deinsde onwillekeurig achteruit.

'Nee, hoor. De mijne zit om mijn...' Voordat ik 'middel' kon zeggen, raapte hij de moneybelt op; hij ritste hem open, haalde het paspoort eruit, sloeg het open en las voor: 'Vassar Spore – wat, geen doopnaam? Geboren in 19..'

Ik griste het paspoort uit zijn hand en liet daardoor mijn leren aktetas vallen – zodat alle zes de reisgidsen over de vliegveldvloer gleden en ternauwernood de voeten van twee langslopende Thaise stewardessen misten.

'Goed gemikt,' zei hij lijzig. 'Je hebt duidelijk veel gebowld.'

Ik raapte snel de gidsen en de tas van de grond. Hij kwam achter me aan en zijn laarzen roffelden onregelmatig op de tegelvloer.

'Juf-frouw Vas-sar Spore. Hoe is het om met zo'n naam opgezadeld te zitten?'

Aangezien *negeren* niet werkte, probeerde ik het met *afwijzend*: 'Bedankt voor mijn moneybelt en mijn paspoort. Goedendag.' Ik vond het ongelooflijk dat mijn moneybelt zomaar van me was afgegleden! Dat moest haast wel zijn gebeurd door al die fysieke inspanningen met de koffers nr. 1 tot en met 10. Van nu af aan zou ik de riem extra stevig moeten vastzetten. Gelukkig was het in een relatief veilige omgeving gebeurd. Ik drukte op de opnameknop op mijn DRP:

'Aantekening voor mezelf: veiligheidsspeld kopen om moneybelt strak te trekken.'

Toen ik me omdraaide, greep een warme hand mijn arm vast.

'Waar ga je zo haastig naartoe, dametje? Hanks Lee,' zei hij en hij stak zijn hand uit. 'Hanks meervoud, geen enkelvoud.'

Ik aarzelde en vroeg me af of het raadzaam was de hand van een vreemde man te schudden, en dan ook nog één wiens betreurenswaardige gezichtsbeharing John Wayne voor de geest riep – of was het Elvis?

'Hanks, het busje is er,' riep mijn vliegtuigbuurman, de Amerikaanse servicemonteur met het sikje, naar hem en hij gebaarde dat hij bij de rest van de Moderne Componenten Technologiegroep moest komen staan.

Terwijl 'Hanks' hierdoor werd afgeleid, liep ik achteruit bij hem weg en liet ik hem met uitgestoken hand staan. Ik duwde moeizaam alle vier de bagagekarretjes in de richting van de hoofduitgang – wat gemakkelijker gezegd was dan gedaan, met name omdat ik één hand beschermend om mijn middel hield. *Waren alle Zuidoost-Aziaten zo vrijpostig?* Afgaand op de films die ik had gezien, had ik sierlijke, beleefde, terughoudende types verwacht. Ik zou in die 'cowboy' trouwens nooit een technicus hebben gezien! Wat was dit een rare wereld.

Terwijl ik mijn vier karretjes langzaam door de glazen deuren van het gebouw duwde, omvatte de vochtigheid me als een warme, natte handdoek. Mijn huid wist niet wat hij van dit klimaat moest denken. Elke porie opende zich op eigen houtje en scheidde vocht af.

Lichamen schoten op me af, wuivend met vellen papier waarop RAFFLES, DE LAMBERTS, STEPHEN CHO, MR. JOHAANSON, PENSION MOOIE BLOEM en ANNE MILKY stond geschreven – maar geen Vassar Spore.

'Hé daar, nou moet je niet zomaar weglopen. Ben jij niet de Vassar Spore die naar Malakka moet?' Daar was hij weer. Hij haalde een opgevouwen stuk papier uit zijn achterzak.

Hij werpt één blik op mijn paspoort en denkt dan dat hij me kan meetronen naar… tja, waar dan ook naartoe?

Ik besloot korte metten te maken. 'Bedankt voor je belangstelling, maar ik heb jouw hulp niet nodig.'

Zonder zelfs maar met zijn ogen te knipperen vouwde hij het briefje weer op en stopte hij het terug in zijn zak.

'Voor een onervaren reiziger ben je aardig eigenwijs.'

Hoe wist hij dat ik een onervaren reiziger was?

'Ik ben geen onervaren reiziger. Ik weet precies wat ik doe.'

'Ook goed, hoor,' zei Hanks. Hij liep achterwaarts weg, met zijn armen in een gebaar van overgave en tegen elkaar tikkende laarzen.

Ik controleerde mijn DRP: nog één minuut en zeventien seconden te gaan. Mijn eerste verblijf in een vreemd land en geen oma Gerd om me op te halen. Waarom verbaasde dat me niet? Ik had moeten *inplannen* dat ze me in de steek zou laten. Misschien was ze gewoon echt vergeten dat ik vandaag zou aankomen. Ik transpireerde nog heviger. Een milde paniek brak uit. *Adem in, adem uit*. Met mijn hoofd tussen mijn knieën en een paardenstaart die over de grond slingerde hapte ik naar adem, terwijl ik me probeerde te concentreren.

Ondersteboven zag ik *hem* vanuit de MCT-groep naar me staren, zonder ook maar enige moeite te doen om te verhullen dat hij me uitlachte. Hij zei iets tegen de andere technici en ze lachten met hem mee. Toen liepen ze allemaal naar een rij zilverkleurige busjes met het logo van Moderne Componenten Technologie op de zijkant.

Moest ik een taxi nemen? Ik wist tenslotte de naam van ons pension in Malakka: De Gouden Lotus.

Ik probeerde mijn gsm uit. Geen ontvangst.

De internationale belkaart dan maar!

Hoewel ze waarschijnlijk lagen te slapen, nam mijn moeder al op toen hij pas één keer was overgegaan en haar stem klonk akelig wakker.

'Wat is er? Wat is er gebeurd? Ben je gewond? Ergens gestrand? Ziek? Gevangengenomen? Ontvoerd?' Het drong tot me door dat ik omwille van mijn moeder rustig moest blijven. 'Het goede nieuws is dat ik veilig ben geland – afgezien van het feit dat de oersaaie zakenman die naast me zat me de oren van het hoofd heeft gepraat en mogelijk op het punt stond verkouden te worden – vrees niet, ik had mijn masker op. Het slechte nieuws is...'

Voorzichtig nu, Vassar! 'Ehm, niet zozeer slecht als wel een tikje *onfortuinlijk*... dat oma Gerd er niet is om me op te halen...'

'Wat!?!'

Oh-oh. Ik hoorde mijn vaders slaperige, maar ook bezorgde stem op de achtergrond. 'Geef mij de telefoon maar, Althea. Ik los dit wel op. Vooruit, laat de hoorn nou los...'

Ik zei met een geforceerd opgewekte stem: 'Mam, maak je niet druk, ik red me heus wel. Ik neem gewoon een taxi...'

'In je eentje!? Helemaal alléén!? Hou op, Leon, ik praat met Vassar!'

Er klonk een ritselend geluid en toen kwam mijn vader aan de lijn. 'Vassar, wat is er aan de hand?'

'Het spijt me, pap. Het is alleen...'

'Vassar Spore?'

Ze was me dus niet vergeten! Ik draaide me gretig om en zag een Aziatische man van middelbare leeftijd in een smetteloos witte MCT-polo met een licht gefronst voorhoofd staan. Hij liep een beetje krom, had zijn haren over zijn kalende schedel gekamd en droeg een bifocale bril met een zilvergrijs montuur.

'Ja, ik ben Vassar Spore. Bent u...'

'Deze bagage kan onmogelijk allemaal van jou zijn,' zei hij met een emotieloze, kortaangebonden stem.

61

'Nou, ja, dus wel...'

'Ik had begrepen dat je alleen deze zomer zou blijven. Blijkbaar ben ik verkeerd geïnformeerd.'

'Nee, het klopt inderdaad...'

'Henry Lee senior,' zei hij en hij stak zijn hand uit. 'Ik had mijn zoon erop uitgestuurd om je te zoeken. Hij is echter niet in staat zelfs de eenvoudigste opdracht tot een goed einde te brengen.'

'O, dus dat was uw...'

'Gertrude wacht in Malakka op je. Ze kon je niet van het vliegveld komen halen. Gelukkig moesten wij hier toch zijn om de technici op te halen voor de conferentie.'

Ik voelde me gek genoeg volledig uitgeput. Henry Lee senior was zo'n type dat alle energie uit een kamer zuigt nog voordat hij ook maar een voet over de drempel heeft gezet.

'Pap? Oma is me toch niet vergeten. Zeg maar tegen mama dat alles in orde is. Ik e-mail jullie later wel.'

Nadat ik de verbinding had verbroken, liep ik achter meneer Lee aan naar het laatste MCT-busje.

Ik had het kunnen weten. Hij schoof de zijdeur open en onthulde zes technici met reiskreukels – en Hanks die met een meesmuilende grijns op de achterbank zat. Hij vouwde zijn briefje open en toonde de woorden VASSAR SPORE die er met een dikke zwarte stift op waren geschreven.

Meneer Lee fronste naar hem. 'Junior, ze stond gewoon daar. Hoe kon je haar nu over het hoofd zien?'

'Moeilijk om iets te zien achter al die bagage...'

'Dit is mijn zoon, Henry Lee junior,' zei meneer Lee zonder al te veel enthousiasme.

'Hallo, *Junior*,' zei ik.

'Hallo, *Spore*.'

Hoewel er naast Hanks een lege plek was, verkoos ik de zitplaats naast mijn voormalige vlieggenoot, de servicemonteur met het sikje, die inmiddels met zijn mond wagenwijd open en zijn hoofd tegen het raam geleund zat te snurken.

'Je hebt te veel koffers. We zullen ze met een andere auto moeten vervoeren,' zei Henry Lee senior.

'Maar... maar...' zei ik. Ik klom nog net op tijd uit het busje om te zien dat de rest van mijn bagage – koffers nr. 2 tot en met 10 – in een zwart met lichtblauwe taxi werden gepropt.

'Weet u heel zeker dat koffers nr. 2 tot en met 10 niet zullen kwijtraken?' vroeg ik aan Henry Lee senior. 'Ze bevatten het grootste deel van mijn bovenkleding en belangrijke zaken voor noodgevallen...'

'De taxi rijdt achter ons aan,' zei hij vanaf de passagiersstoel voorin. Zodra ik weer zat, reden we van het vliegveld af en de hoofdstraat in.

Singapore zag er net zo uit als Seattle – afgezien van de hogere wolkenkrabbbers en het feit dat het er groener en veel schoner was. Ik zag nergens afval liggen, echt *nergens*. De vochtigheid vormde echter de grootste schok. Tot mijn opluchting zette de bestuurder de airco voluit.

Ik wierp een blik over mijn schouder. Hanks lag languit gestrekt over de lege stoel naast hem met zijn cowboyhoed over zijn ogen getrokken. Hij leek totaal niet op de jongens die ik van Seattles Academie voor Academische Uitmuntendheid kende, zoveel stond wel vast.

'Waar kent u mijn oma van?' vroeg ik aan Henry Lee senior. Hij sliep echter al. Ik keek om me heen: het hele busje was vast in slaap. *Hoe kunnen ze in zo'n exotisch vreemd land nu slapen!?*

Toen we de kraakheldere metropool van Singapore achter ons lieten en Maleisië inreden, drong het eindelijk echt tot me door: ik was in Zuidoost-Azië. En een uitgebreide eerste indruk was van cruciaal belang voor mijn roman! Ik haalde mijn laptop tevoorschijn en typte:

Gammele bussen boordevol mensen. Apen in palmbomen. Rook boven vuurtjes van afval in de velden. Kraampjes langs de weg die stapels rood fruit met een stekelige schil verkopen.

Zulke beschrijvingen zouden mijn verhaal een waas van authenticiteit verlenen. Hoe zou ik mezelf noemen in het boek? Even denken... Sarah Lawrence.

Inmiddels klonk in het hele busje één grote symfonie van adem-
halingen, gepiep en gesnurk.
Ik keek stiekem nogmaals naar Hanks – maar deze keer waren
zijn ogen opengesperd. Hij knipoogde naar me. Ik draaide me ge-
geneerd weer om.

Na aankomst op het vliegveld van Singapore werd Sarah aangesproken door een bizarre verschijning die gekleed was alsof hij zojuist een dag lassowerpen achter de rug had. Zijn naam was
Wayne...

## Hoofdstuk 2

# De Gouden Lotus

Ruim drie uur later hield het MCT-busje halt voor een hotel, een super-de-luxe, modern, marmeren wonder met een keurig geüniformeerde portier naast de glazen deuren. De technici werden wakker en rekten zich uit. Een voor een grepen ze hun ene compacte stuk bagage en gingen ze de luxueuze lobby binnen.

'De Gouden Lotus ziet eruit als een Ritz Carlton,' zei ik aangenaam verrast. Ik was een tikje bezorgd geweest over de keuze van onze accommodatie door mijn oma de bohemienne. Dit voldeed echter uitstekend.

'Dit is ook een Ritz Carlton. De Gouden Lotus is de volgende stop,' zei Henry Lee senior, terwijl hij een bejaarde Koreaanse technicus hielp op de stoep te stappen en hem naar de grote glazen deuren begeleidde. Hanks liep achter hem aan met de koffer van de technicus.

'Wat schrijf je?' vroeg hij toen hij langs me liep.

Ik klapte mij laptop ferm dicht. 'Niets.'

Toen de technici zich hadden ingecheckt in hun tijdelijke weelderige nieuwe huis, stapten meneer Lee en Hanks weer in het busje.

Ik pakte mijn *Gids voor respectabele reizigers: Maleisië* en *Maleisisch reisboek voor bezonnen bezoekers* om me te helpen de bezienswaardigheden te interpreteren.

We reden een zijstraatje in en haalden langs de smalle rivier die zich door het stadje slingerde fietstaxi's (riksja's met een fiets) en fietsers in. Traditionele *kampongs* (dorpshuizen) werden afgewisseld door *kedais* (voedselkraampjes).

Toen kwamen we door Chinatown met zijn vele winkels en antiekzaakjes. Zwarte Chinese tekens op rode borden. Enkele in het Engels: MEMORABELE MODE, HOTEL DE FANTASTISCHE HERBERG, DE GELUKZALIGE BAR. Ik zag heel veel van wat mijn reisgidsen 'huizen der geesten' noemden – in feite miniatuurtempels op platformpjes voor de gevels van huizen en winkels. Elk had zijn eigen offerandes in de vorm van wierookstaafjes, fruit, cake en vreemd genoeg zelfs een enkele fles Fanta Orange compleet met gestreept rietje.

Toen raasden we door een ander zijstraatje, en nog een, en nog een...

Was dat een A&W Root Beer-restaurant, inclusief een levensgrote dansende beer?

Nog een paar bochten en toen bleven we abrupt stilstaan – de taxi die ons volgde kon maar net voorkomen dat hij ons van achteren aanreed.

'We zijn er,' zei meneer Lee met zijn emotieloze stem.

Pension De Gouden Lotus was een koloniaal herenhuis met afbladderende witte verf en vervagende goudkleurige sierranden die betere tijden hadden gekend. Versleten rotanstoelen met kussens met een vaag honingraatmotief en bijzettafeltjes met bruine koffiekringen stonden her en der verspreid door de lobby. Het ergst van alles: geen airconditioning. Aan het plafond wiebelde slechts lusteloos een ventilator.

Mijn kleren voelden aan alsof ik ze zo uit de wasmachine had aangetrokken.

'*Selamat malam*,' zei de joviale Maleisische eigenaresse en ze gaf me een *salaam*-begroeting – met haar handen in elkaar gevouwen op borsthoogte. Haar gepermanente zwarte haar was strak naar achteren getrokken met een paarse hoofdband die perfect paste bij haar paarse bloes, paarse oogschaduw en paarse nagels. Ze zwaaide in een sierlijk paars gebaar met haar hand. 'Goedenavond en welkom in De Gouden Lotus. Ga zitten alsjeblieft. Jij bent *cik* Vassar, ja? Ik ben *paun* Azizah. Mijn zoon brengt jou zo iets te drinken.'

Ik leefde even op, omdat ik me herinnerde dat *paun* 'mevrouw' betekende, *cik* 'juffrouw' en *selamat malam* 'goedenavond'. Zo snel maakte ik me de cultuur dus al eigen!

De bestuurders en Hanks droegen koffers nr. 1 tot en met 10 naar binnen. Henry Lee senior rondde een haperend en verwarrend gesprek met Azizah af, keek mij aan en haalde zijn schouders op.

'Je zult op je oma moeten wachten – ze heeft de enige sleutel meegenomen. Paun Azizah heeft haar de reservesleutel meegegeven nadat ze de eerste was verloren. Ze verwacht haar echter snel weer terug.'

'Ja, jouw oma, zij is zo vergeetachtig,' zei Azizah en ze schudde vrolijk haar hoofd. Ze hield een geborduurde portemonnee omhoog. 'Vanochtend laat ze wéér haar portemonnee op mijn balie liggen. Gisteravond vergeet ze dit.' Ze liet een gedroogde zeester zien. 'Kunstenaars.' Ze lachte.

Op weg naar buiten bleef Hanks even met een vragende uitdrukking in zijn donkere ogen bij me staan. 'Red je het wel?'

'Natuurlijk,' loog ik. 'Bedankt voor het dragen van al mijn...'

'Graag gedaan. Fijne avond, dametje.' Hanks lichtte zijn hoed een stukje op en liep toen achter zijn vader aan naar het busje.

Ik ging op de bobbelige rotanbank zitten en keek op mijn DRP: 18.16 uur. Waar was oma Gerd? Wat was er allemaal aan de hand? Door de metalen ventilator, die krakend en onbeholpen warme lucht door de vochtigheid wapperde, ging ik me alleen maar nog meer ergeren. Azizah zette de zwart-wittelevisie achter de balie aan en leunde gemakkelijk achterover om van een bombastische Maleisische soapserie te genieten. Twee broodmagere geelbruine katten slenterden naar binnen en lieten zich op de cementen vloer ploffen.

Een jongen op blote voeten in een rode korte broek en een Spiderman-shirt bood me sterke zwarte koffie aan met heel veel suiker en gecondenseerde melk – Maleisische *kopi*. Langzaam en precies las ik van de pagina Handige Maleisische Zinnetjes uit mijn reisgids voor: '*Terima kasih.*' Hij antwoordde langzaam en precies, alsof ik achterlijk was: 'Graag gedaan.'

Ik vond de Maleisische koffie niet lekker. Hij was te sterk en te zoet, en ik ging er nog meer van zweten. De schelle stemmen van de dramaserie bezorgden me bovendien hoofdpijn.

Ik wilde douchen. Ik wilde eten. Ik wilde uitrusten. En ik wilde dat oma Gerd hier was. Nu meteen.

Ik maakte mijn Latijnse citaat van de dag open: '*Non calor sed umor est qui nobis incommodat.*'

Het komt niet door de warmte, het komt door de vochtigheid.

Daar hadden ze helemaal gelijk in, dacht ik bij mezelf, en ik wuifde mijn gezicht koelte toe met mijn reisgids.

Om de tijd te doden keek ik de kamer door op zoek naar details voor mijn roman. Mijn blik viel op iets wat achter de balie aan de muur hing: een stuk karton met daarop vijf sneden wittebrood gespijkerd – en op elke snede zaten vijf keeltabletten met kersen-smaak gelijmd.

Azizah glimlachte. 'Mooi, ja? Jouw oma noemt het: "Brood Hoest".'

Ik verslikte me en spuugde *kopi* over de voorkant van mijn linnen Traveler's Friend-bloes.

# Hoofdstuk 3

## Oma Gerd

*Fssshttt!*
'Fantastisch!'
Ik werd wakker en ontdekte dat een vrouw een polaroidfoto van mijn borst maakte.
'Hoe kom je aan die vlek? Kijk eens naar die galachtige bruingele tinten – fantastisch! In de vorm van een vogelbekdier – fantastisch! Kijk, daar zitten zijn bek en zijn zwemvliespoten. Fantas-tisch... Azizah, is dit niet de meest fantastische vlek die je ooit hebt gezien?'
'U bent hier de kunstenares,' zei Azizah zangerig.
'Fantastisch!'
Een kunstenares die dus wel een synoniemenboek kon gebruiken, dacht ik bij mezelf.
Een gebruinde, slungelige vrouw van begin zestig met ongeveer mijn lengte torende boven me uit. Ik bekeek haar nauwgezet van top tot teen.
Een ongelijke, warrige bos zilvergrijs haar. (Had ze het zelf bijgeknipt? Met een heggenschaar?)
Een bril met een gevlekt montuur en groene, ontspiegelde glazen. Een van de gevlekte poten van het montuur was vervangen door een zwarte die er niet bij paste.
Een ketting met een uit ivoor gesneden draak.
Wijde, bruine broek.
Teenringen.
Ze stopte de camera terug in haar megagrote tas van op-een-weefgetouw-geweven stof en probeerde toen door mijn haar te woelen. Aangezien dat echter nat aan mijn hoofd kleefde, drukte

ze het alleen maar plat. 'Hallo, Spriet. En, wat vind je van Maleisië?'

'Oma Gerd?' Niet helemaal zoals ik me haar had voorgesteld, maar die galmende stem zou ik overal herkennen.

'Ze zeiden al dat je begaafd was.' Ze glimlachte en knipperde een paar keer razendsnel met haar ogen. Toen draaide ze zich om en ze haalde een gigantische rode zakdoek uit haar broekzak om haar neus te snuiten.

Toen ze de zakdoek weer in haar zak had gepropt, tuurde ze naar mijn kin. 'Dat is een flinke kuil die je daar hebt.'

Ik bedekte met een hand mijn kin. Ik ben er overgevoelig voor, ook al noemt mijn vader het 'schattig' en zegt mijn moeder dat het mijn gezicht 'iets pikants' geeft. Als ik per se een kuiltje moet hebben, waarom dan niet in mijn wang, zoals mijn moeder?

Ze boog zich naar me toe: 'En dát is echt een sensationele vlek.'

Was de muffe lucht die van haar afstraalde sandelhout of patchoeli? Ik wist nooit het verschil wanneer ik langs de sjofele muzikanten bij Pike's Place Supermarkt kwam.

Ik streek mijn haar terug op zijn plek, wrikte me los van de bank en bewoog mijn hoofd heen en weer om de stijve plek in mijn nek los te maken. Ze wapperde de polaroid heen en weer, en keek hoe mijn verwilderde gezicht in focus kwam – samen met de inmiddels beroemde galachtige vlek. Aan haar vingers zaten zilveren ringen en om haar polsen rinkelden zilveren armbanden.

Ze draaide zich om en ik zag:

*Een kleine zilveren neusring.*

Denise, Amber en Laurel zouden nooit geloven dat deze verschijning mijn oma was – en al helemaal niet dat dit degene was die mijn ouders chanteerde.

'Wat zijn dat?' vroeg ze met een vreemde stem en ze wees naar mijn beige wandelschoenen.

'Wat?' vroeg ik, afgeleid door haar neusversiering. 'O. Dat zijn Spring-Zs. In plaats van gewone hakken hebben ze speciale, extra grote veren die voor demping en steun zorgen. Mijn moeder zegt dat ze ideaal zijn voor lange wandelingen en dat ze spataderen voorkomen.'

Ze vertrok haar mond en probeerde een glimlach te verbergen. Wat was er zo grappig?

'Zit je al lang te wachten?'

Ik keek overdreven precies op mijn DRP. 'Vier uur en elf minuten.'

'Poe, wat een opluchting. Honger?'

Tot mijn verbazing had ik enorm veel honger. 'Ja.'

'Kom dan maar met mij mee!'

'Wat? Gaan we uit? Nu? Om tien uur 's avonds?'

Ik liep achter oma Gerd aan over een oneffen betonnen stoep langs eindeloze koloniale architectuur; veel gebouwen waren nauwgezet gerestaureerd en in felle kleuren beschilderd. De bovenverdiepingen werden gebruikt als woningen. Op de balkons hing wasgoed te drogen, en de schuiframen en luiken waren dicht in verband met privacy. De begane grond fungeerde als winkel – variërend van kleermakers tot waarzegsters.

Ik bevond me niet alleen in een vreemd land, maar in een totaal andere wereld. Elke aanblik, elk geluid en elke geur was me onbekend. Ik voelde me overweldigd. Kwam het door de cultuurschok? Of gewoon door de jetlag? Ik was totaal niet voorbereid op de starende blikken. Met onze 1 meter 75 torenden oma en ik boven iedere Maleisiër – man of vrouw – uit die langs ons heen drong.

Eindelijk bereikten we iets wat oma aanduidde als 'de eetkraampjes' voor mijn eerste officiële maaltijd in Maleisië. In kedais werden houten stokjes met kipsaté en pindasaus verkocht. Ingemaakte komkommer. Sap van papaja, ananas, sinaasappel en het toepasselijk genaamde sterfruit. Kraamhouders schonken het sap in plastic zakjes met een rietje die de klanten konden meenemen.

Er zaten zo laat nog vrij veel mensen te eten – zelfs kinderen.

'Maleisië wordt wakker wanneer de zon is ondergegaan. Om twee uur 's nachts barst het hier echt van de mensen.'

Ik hoopte maar dat ze niet van me verwachtte dat ik daar zelf getuige van zou zijn.

Ik volgde oma Gerd naar een kraampje waar ze twee kommen dampende curry *mee* (knoedels) bestelde. Ik stond op het punt te zeggen dat ik liever de pekingeend had die bij een ander kraampje werd verkocht – totdat ik zag dat de man de complete vogel met botjes en al in stukken hakte en deze op een bord legde.

Ze rommelde in haar megagrote tas. 'Waar heb ik mijn portemonnee ook alweer gelaten...' Ten slotte had ze net voldoende Maleisische *ringgit* bij elkaar gesprokkeld om de man te kunnen betalen. Toen ging ze me voor naar een plastic tafeltje met twee stoelen waarop een houder met hete sauzen en chilipepertjes stond, en waaronder een schurftige hond zich had uitgestrekt.

Ik wuifde mijn gezicht koelte toe met mijn enorme witte hoed. Mijn haar was compleet doorweekt. Net als mijn linnen bloes en broek. En nu aten we ook nog dampende knoedels.

Oma Gerd viel enthousiast op haar kom aan.

Ik kauwde eerst op een Pepto-Bismoltablet om mijn maag te beschermen (*'Voorkomt vijftig procent van de maagklachten bij reizigers!'* verkondigde de *Gids voor respectabele reizigers*) en poetste toen de metalen lepel grondig schoon met antibacteriële zeep. Daarna proefde ik pas voorzichtig een lepel van het currybrouwsel: verrassend smakelijk, hoewel een tikje aan de pittige kant. Ik keek op en zag dat oma Gerd me ongelovig aanstaarde. 'Wen er maar aan: in Zuidoost-Azië word je nu eenmaal ziek. Dat overkomt iedereen. Niets ergs, gewoon de normale kramp en diarree die je krijgt van de bacteriën in het eten. Dat hoort allemaal bij het avontuur.' Ze wuifde met haar hand en haar armbanden rinkelden wild.

'Volgens mijn reisgids word ik niet ziek als ik gewoon het fruit schil, erop let dat alles kokend heet is, alleen water uit een fles drink, overvloedig gebruikmaak van antibacteriële zeep...'

'Je kunt onmogelijk elk piepklein detail van je bestaan overzien. Wie weet bijvoorbeeld of het glas waaruit je nu drinkt na de vorige gebruiker wel is gewassen?' Ik zette het automatisch neer. 'Of dat er geen kok met griep boven die knoedels heeft staan niezen? Of dat de laatste persoon die jouw geld heeft vastgehad niet een bankbediende was die zijn handen niet had gewassen nadat hij had gepoept?'

Ik staarde haar aan.

O, waarom leek ze niet iets meer op Denises oma, die bloemetjes-jurken droeg, legpuzzels van duizend stukken maakte en ons Circus Peanuts-spekjes gaf. En die bovendien met een melodieu-ze, *rustige* stem praatte.

Ik keek naar mijn knoedels. Bacillen, bacteriën, ziekten – overal om me heen!

'Ehm… ik heb, geloof ik, toch niet zo veel trek.'

Oma Gerd schoof haar lege *mee*-kom weg en stond op. 'Als je klaar bent, kunnen we gaan.'

'Terug naar het pension?' vroeg ik hoopvol.

'Tenzij je eerst een paar kroegen wilt aandoen. De nacht is nog jong.'

Meende ze dat serieus?

'Ik denk dat ik liever terugga naar het pension, als dat mag.'

'Wat je wilt.'


Onderweg bleef ze bij een fruitkraam staan om iets bruins, ovaals en stekeligs te kopen. Zwaaiend met het plastic zakje zei ze: 'Jij wordt deze zomer mijn rechterhand.'

Ik gaapte. 'Wat bedoel je?'

'Deze zomer is toevallig heel belangrijk voor me: een grote kunst-opdracht. Een *heel grote* kunstopdracht. Eén waarvan ik drie jaar kan leven. Stukken beter dan Engelse les geven aan buiten-landers. Ik heb de pest aan het geven van Engelse les aan buiten-landers. Het gaat dus om een megagrote collage die helemaal wordt gemaakt van gevonden kunst, allerlei materiaalsoorten, foto's en rubbings uit Zuidoost-Azië. Ik heb alle andere landen al gehad. Alleen Cambodja en Laos zijn nog over.'

'Wat wil je dat ik doe?'

'Goed om je heen zoeken naar gevonden kunst die ik kan ge-bruiken. Zie het maar als een mondiale voddenzoektocht – zoals dit.' Ze hurkte neer en trok iets uit het zand – de starende blik-ken van voorbijgangers negeerde ze volkomen. Ze hield haar vondst triomfantelijk in de lucht: een reep vergeeld linoleum. Ze veegde het schoon met een oude lap uit haar zak. 'Prachtig voor-beeld. Van rond 1930. Zie je het voor je? De oude tijden van de

Britse heerschappij. De vrouw des huizes die haar kampong moderniseert...' Ze stopte het zorgvuldig in haar tas. 'O, daar ligt een veer.' Ze wees naar iets wits bij mijn voeten. Ik gaf hem aan haar.

Waarom dan niet al het afval van de stad in haar tas dumpen? Ik raapte een aluminium colablikje op. 'Hier.'

'Wat is dat?'

'Gevonden kunst.'

'Ehm, nou nee. Dat is nieuw, perfect, cliché. Troep.' Ze wandelde verder.

Wie was dit mens? Ik voelde een heel nieuw medeleven voor mijn vader in me opkomen – ik kon me niet voorstellen dat zij iemands moeder was.

Slaperig stommelde ik achter oma Gerd aan over de stoep met barsten, er goed op lettend dat ik niet in de open putgaten stapte. Toen drong het opeens tot me door dat dit een mooi moment was om taak nr. 6 op mijn LIJST VAN DINGEN DIE IK NA AANKOMST MOET DOEN uit te voeren: *Oma Gerd vragen waarmee ze mijn vader en moeder chanteert.* Het kon ook geen kwaad de recht-voor-zijn-raapbenadering te proberen – wie weet? Misschien werkte het wel. Ik haalde diep adem:

'Oma, waarmee ch...'

'Kijk daar nou toch eens!'

Oma Gerd bleef zo plotseling staan dat ik tegen haar op botste en twee bejaarde Maleisische dames met tassen vol groenten tegen mij op botsten. Terwijl ik de vrouwen hielp hun weggerolde kruiden, tomaten en loterijbriefjes op te pakken, tuurde oma Gerd als in een trance in een van de kedais. Het kraampje bevatte van alles en nog wat: hangsloten, glimmende plastic schoudertassen, trossen touw, koekblikken, Fanta Orange-flessen, sojasaus en zakken rijst. Het voorwerp dat oma Gerds belangstelling had gewekt, was een lege rijstzak naast de volle rijstzakken. Hij was geelgroen met een rode haan erop en Chinese tekens aan de onderkant. Ze pakte hem op en wreef de kreukels glad.

'Heb je ooit zoiets sensationeels gezien?'

'Een rijstzak?'

'Kijk eens goed. Dat groen is toch geweldig? De meeste rijstzakken zijn wit of blauw. En die schitterende haan? Heel zeldzaam.'

Op dat moment kwam de kleine, gedrongen kraamhoudster, die tot dan toe haar elleboog had staan insmeren met de doordringende mentholzalf tijgerbalsem, naar ons toe. Gerd kocht de lege rijstzak van haar voor het equivalent van twintig cent, maar ik merkte dat ze er even graag twintig dollar voor zou hebben neergeteld. De vrouw vond het blijkbaar helemaal niet vreemd dat een westerse vrouw haar rotzooi wilde kopen. Ik wel.

'Begrijp je het dan niet? *Dit* is een kunstwerk.' Oma Gerd was euforisch.

Was dit wat er voor me in het verschiet lag? Drie maanden lang afval verzamelen? Dat leverde beslist geen meeslepende roman op. Ik bedacht dat ik dan gedwongen was alles een beetje te verfraaien.

Met mijn vraag besloot ik te wachten tot een tijdstip waarin er minder 'kunstzinnige' afleidingen waren.

Toen keerde we eindelijk, *eindelijk*, terug naar De Gouden Lotus.

# Hoofdstuk 4

## LIMMEN

Waarschuwing! Poets in Zuidoost-Azië nooit, maar dan ook echt nooit, je tanden met kraanwater. Zelfs in een situatie op leven en dood zal het alternatief je beslist minder lichamelijk letsel toebrengen dan de bacterie die uit de kraan vloeit.

*Het Maleisisch reisboek voor bezonnen bezoekers*

In De Gouden Lotus haalde oma Gerd bij de balie haar portemonnee ('Dus daar was hij gebleven!'), de gedroogde zeester ('Ik dacht nog wel dat ik je kwijt was!') en een enorm in gele stof gehuld dagboek op. De laatste zat zo volgestouwd dat er een extra groot blauw elastiek voor nodig was om het hele ding bij elkaar te houden.

Haar lange benen namen de doorzakkende trap springend met twee treden tegelijk. Ik sleepte mezelf achter haar aan naar boven. Op de derde verdieping aangekomen vroeg ik – of eigenlijk hijgde ik: 'Wat is dat wat je daar vasthebt?'

'Mijn Allesboek. Daar bewaar ik alles in. En dan bedoel ik ook echt *alles*. Schetsen, brieven, foto's, gedachten, materialen, gevonden kunst...' Ze wapperde met de polaroid van mij en mijn vlek. 'En dit!' Ze zweeg even. 'Haal je maar niets in je hoofd. Dit boek is alleen voor mijn ogen bestemd. Begrepen?'

Ik besefte onthutst dat ze me in staat achtte erin te gaan snuffelen. Ik reageerde met een koel 'Natuurlijk.'

De slaapkamer in het pension was eenvoudig: teakhouten vloer, twee teakhouten eenpersoonsbedden, teakhouten ladekast en een wolk van muskietengaas boven elk bed. Oma Gerds werkspullen lagen door de hele kamer verspreid en een collage-in-wording van schelpen, zeewier, flessendoppen en klonten gekauwde kauw-gum – zonder enig herkenbaar onderwerp of patroon – stond tegen een muur geleund.

Na een vliegreis van meer dan twintig uur, een autorit van ruim drie uur, een wachttijd van vier uur in de lobby en een excursie van een uur om eten te kopen en afval te verzamelen – was ik totaal gesloopt. Ik wilde alleen nog maar slapen. Eerst moest ik echter mijn toiletspullen en pyjama uit koffer nr. 3 halen.

Oma Gerd schoof een armvol kleren en een lege wijnfles van een van de bedden. 'Zo. Helemaal van jou.'

Heel fijn.

Nadat ze haar Allesboek zorgvuldig in de bovenste la van haar ladekast had weggeborgen, maakte oma Gerd de plastic zak open en haalde daar het grote, ovaal stuk fruit met de stekelige schil uit. Ze sneed het met een Zwitsers zakmes in stukken.

Een ranzige, zoete, onwelriekende geur vulde de kamer.

Er was zo te zien vrijwel geen ruimte voor mijn koffers. 'Hoe moet het met mijn bagage?'

'Hier, proef eens.' Voordat ik kon wegduiken propte oma Gerd een witte brok in mijn mond. De aanval op mijn neusgaten en de tegenstrijdige hartig-zoete uiendipsmaak joeg me naar de bad-kamer waar ik de hap uit mijn mond in het toilet deponeerde. Toen ik weer tevoorschijn kwam, zat oma Gerd nog steeds te-vreden te kauwen. Genietend.

'Niets voor jou, dus?'

'Wat was dat?'

'*Doerian*. De populairste fruitsoort in Maleisië. Een delicatesse. Het is een smaak die je moet leren waarderen en dat heb je ge-woon niet. Nog niet.'

Ik rilde en schraapte alle restjes met een papieren zakdoekje van mijn tong. Dan kon ze lang wachten. Ik had nog nooit van mijn leven zoiets vreselijks geproefd – en dat was inclusief de keer toen ik op mijn vijfde mijn vaders deodorantstick opat.

Ze liet zich op *mijn* bed vallen, zette haar beteenringde voeten tegen het bamboe hoofdeinde en stopte nieuwe stukken doerian in haar mond. Kon ze dat niet op haar eigen bed doen?

Het kostte de zoon van de eigenaresse en zijn prepuberale broertje een halfuur om koffers nr. 1 tot en met 10 via de smalle trappen naar boven te zeulen. Mijn bagage nam steeds meer ruimte in de kamer in beslag en oma Gerd zei met haar mond vol doerian: 'Dacht je soms dat je tot de menopauze zou blijven?'

'Een goede reiziger is op al het mogelijke voorbereid. Mijn moeder zegt...'

'Ja, wat Althea zou zeggen, weten we wel.'

Oma Gerd trok een rechthoekige rubberen zak met een rits – ongeveer ter grootte van een gezinsverpakking pepermunt – uit mijn grootste koffer.

'Ik vind het heel vervelend om het je te moeten zeggen, maar je hebt hier echt geen binnenband nodig.'

'Dat is geen binnenband; het is een Traveler's Friend hygiënische wc-brilhoes. Die heeft mijn vader voor me gekocht.'

'Een wat?'

Ik trok het uit haar hand en toonde het haar. 'Eerst draai je dit tuitje open en nadat hij zichzelf heeft opgeblazen leg je hem op het toilet en kun je je behoefte doen. Wanneer je klaar bent, stop je hem eenvoudigweg terug in de speciale rubberen zak en – dit is het echt revolutionaire gedeelte – hij reinigt zichzelf! Helemaal klaar voor de volgende keer. Bovendien verspil je op die manier geen papier, zoals met die gewone brilhoesjes, dus is het milieuvriendelijker.'

Ze wendde haar blik af, kuchte en zei: 'Tja, je zult een selectie moeten maken. Met al die spullen kun je niet door de jungle trekken. Ik ben geschokt dat de vliegmaatschappij je alles heeft laten inchecken.'

Tijd om van onderwerp te veranderen. 'Oké,' zei ik. 'Wat is het plan?'

'Plan?'

'De complete reisbeschrijving voor de hele zomer.'

Oma Gerd keek me aan en nam weer een hap doerian.

'Bedoel je,' zei ik en mijn maag verkrampte, 'dat je echt geen plan hebt?'

'Je wilt dus een plan?' Ze rommelde in haar megagrote geweven tas en haalde er een envelop uit. Ik pakte hem gretig van haar aan en maakte hem open.

'Er zit helemaal niets in.'

'Precies. We zijn avonturiers, Spriet. Avonturiers plannen niets vooruit. Ze leven. Ze beleven. Ze LIMMEN: leven in het moment. Dat is wat wij deze zomer gaan doen – LIMMEN.'

'Mijn moeder zegt dat dit slechts een excuus is voor mensen die te lui zijn om te plannen.'

'Althea kan mijn ru...' Ze slikte de rest van de zin in. Toen grinnikte ze. 'Kom, het is geen avontuur als elke vraag van tevoren wordt beantwoord. Ik heb je trouwens al verteld dat we naar Cambodja en Laos gaan, op zoek naar artistieke inspiratie en gevonden kunst. Meer hoef je niet te weten.'

'Je bedoelt dus echt dat je werkelijk helemaal *niets* hebt gepland? Geen reserveringen, geen tickets, helemaal niets?'

'We gaan LIMMEN en genieten!'

'Je hebt dus geen gecategoriseerde lijst met ruïnes, monumenten of vergezichten om in elk land te bezichtigen?'

'LIMMEN!'

'Oma,' zei ik zo streng als ik kon. 'Mijn voorkeur gaat uit naar een plan.'

Ze stond op en rekte zich uit. 'Tja, het is tijd voor jou om in je mandje te kruipen en voor mij om een glas rode wijn in te schenken. Hoe klink dat als plan?'

Ik voelde me duizelig. Ik had nog nooit in mijn leven zonder plan gezeten. Elke dag was nauwkeurig uitgestippeld. Neem nou mijn dagelijkse rooster op de koelkast thuis:

VASSAR SPORES DAGSCHEMA
*05.45 uur: Opstaan en oefeningen doen!*
*06.10 uur: Douchen, uiterlijke verzorging en mentale instelling checken (Dat is geen puistje; dat is een vlekje!)*
*06.39 uur: Ontbijten en intussen de doelen voor die dag doornemen*
*07.04: Met de veerboot naar school*
*08.15 – 15.15 uur: Middelbareschoollessen – voornamelijk lessen voor gevorderden (gemiddeld een 9 is de opdracht!)*

*15.15 – 16.15 uur: Buitenschoolse activiteiten*
*16.32 uur: Met de veerboot naar huis*
*17.30 – 18.30 uur: Tuinieren of Bogglen met mama; tijdens het koken met papa naar een van de publieke omroepen op de radio luisteren.*
*18.30 uur: Spores diner met het hele gezin (Tijd om te luisteren, tijd om te delen, te laten zien dat we om elkaar geven!)*
*19.00 – 20.00 uur: Het Uur van Reflectie*
*20.00 – 21.30 uur: Huiswerk*
*21.30 – 22.00 uur: Positieve visualisatieoefeningen (Ik heb de Pulitzer in mijn hand en loop naar de microfoon…)*
*22.00 uur: Licht uit*


En nu ik erover nadenk, moet dat 'leven in het moment' van haar eigenlijk LIHM zijn, en niet LIM – als je tenminste echt nauwkeurig wilt zijn.

'Als je me iets eerder op de hoogte had gesteld,' zei ik, 'dan had ik online informatie kunnen opzoeken en een reisschema kunnen samenstellen…'

'Spriet, kalm aan. Ga slapen. Je maakt je druk om niets.'

Toen ze de deur opendeed, gooide ik eruit: 'Waarmee chanteer je mijn ouders?'

Ze verstijfde. Draaide zich toen om en keek me aan. Haar ogen tastten onderzoekend mijn gezicht af. Met haar hoofd een tikje schuin, net een vogeltje, zei ze: 'Zeg dat nou nog eens.'

'Ik heb jullie aan de telefoon horen praten.'

'Stiekem meegeluisterd? Helemaal niets voor een Spore.' Toch leek ze het leuk te vinden.

'Ik weet dat je mijn vader en moeder met iets hebt gedreigd – dat was de enige reden waarom ze me hebben laten komen. Mijn moeder heeft zelfs een zenuwinzinking gehad.'

'Echt?' Ze keek verbaasd. 'Althea?'

'Heeft het iets te maken met de reden waarom je ons in de afgelopen zestien jaar niet één keer hebt bezocht?'

Ze glimlachte. 'Misschien ben ik wel allergisch voor het noordwesten van Noord-Amerika.'

80

'Wat is dan Het Grote Geheim?'

Na een ogenblik haalde ze haar schouders op. 'Het spijt me, Spriet. Heb geen flauw idee waar je het over hebt.'

'Dat weet je best,' drong ik aan. 'Zelfs mijn vader en moeder hebben toegegeven dat er een geheim is. Ze weigeren alleen me te vertellen wat het is.'

'Tja, stel dat er werkelijk een geheim is, waarom denk je dan dat ik het je zou vertellen?'

'Er *is* dus inderdaad een geheim binnen de familie Spore dat iedereen voor me achterhoudt?'

Ze legde een half opgegeten stukje doerian op *mijn* nachtkastje, kneep even in mijn schouder en liep weg.

Ik vatte dit als een 'ja' op. En als een uitdaging. Ik had tijdens mijn oefententamens veel lastigere vragen gehad. Ik kwam er heus wel achter. Het was slechts een kwestie van tijd.

Ik stopte de resten van de stekelige doerian in een afsluitbare plastic zak en gooide deze in een vuilnisbak op de gang.

Hoewel ik mijn ogen amper kon openhouden, was ik nog een uur lang in de weer om alles uit te pakken en te organiseren. Toen liep ik naar de spartaanse badkamer om de reisgeur weg te wassen. De badkamer was van boven tot onder betegeld, wat handig was aangezien de 'douche' bestond uit een sproeier in de muur die de hele ruimte met water doorweekte. Toen maakte ik me op om naar bed te gaan – en vergat daarbij niet mijn tanden met water uit een fles te poetsen.

Nadat ik mijn moneybelt onder mijn kussen had gestopt, mijn zilveren Latijnse medaillon had afgedaan (*Ja*, Denise, ik had mijn regels voor die dag al geschreven!) en mijn beugel had ingedaan, gleed ik tussen de gekreukte, maar relatief schone, witte lakens. Mijn oordoppen in en mijn oogmasker op. Toen schoot ik overeind om het witte operatiemasker over mijn neus en mond te zetten: niets zou me ervan weerhouden vannacht te slapen, zelfs de stank van doerian die in de kamer hing niet.

# Hoofdstuk 5

## Knabbelen

Wat is een betere manier om solidariteit en een positieve benadering te tonen jegens een prachtige cultuur dan de bewoner van het land in zijn moedertaal te begroeten? Zie de lach op zijn gezicht en zijn veerkrachtige tred bij het horen van jouw opgewekte *'Selamat Pagi!'* of bedachtzame *'Bolehkah anda berbicara bahasa Inggeris?'*

Gids voor respectabele reizigers: Maleisië

Tien uur later werd ik verbazingwekkend opgefrist wakker en begon ik aan mijn ochtendroutine. Oma Gerd sliep nog – getuige haar door het gesnurk trillende bed. Zij had overduidelijk een operatie aan haar neustussenschot nodig.

VASSAR SPORES ZUIDOOST-AZIATISCHE OCHTENDROUTINE:
1. Slaapkleding en beugel verwijderen.
2. Bagagesloten openen.
3. Douchen.
4. Aankleden.
5. Zuurstofdoorlatende lenzen inzetten.
6. Tandenpoetsen met water uit een fles – niet uit de kraan!
7. Zonnebrandcrème factor 45 op het gezicht aanbrengen.
8. Zonnebrandcrème factor 45 op het lichaam aanbrengen.
9. Make-up opdoen.
10. Haar droog föhnen.
11. Moneybelt omdoen – extra beveiligen met veiligheidsspeld.
12. Insectenwerend middel aanbrengen.

13. Multivitaminen slikken.
14. Malariapillen slikken.
15. Medicinale houtskooltabletten slikken.
16. Pauzeren voor de broodnodige rust.
17. De *Gids voor respectabele reizigers: Maleisië*, het *Maleisisch reisboek voor bezonnen bezoekers* en de laptop in mijn aktetas stoppen.
18. Plus mijn fototoestel.
19. Plus de stadsplattegrond van Malakka.
20. Plus een fles water.
21. Plus nog een fles water.
22. Plus papieren zakdoekjes.
23. Plus Traveler's Friend hygiënische wc-brilhoes.
24. Heuptasje omdoen met daarin een kleine hoeveelheid Amerikaanse dollars, een pakje elektrolyt voor noodgevallen, antibacteriële zeep, vochtige doekjes en nog meer papieren zakdoekjes.
25. De sloten van alle stukken bagage afsluiten en ze gezamenlijk met een kabel aan het bedframe vastmaken.
26. Hoed en zonnebril opzetten.

Totale voorbereidingstijd: een uur en vijfendertig minuten.
Totale gewicht van aktetas: twaalf kilo

Terwijl oma Gerd douchte en zich aankleedde, ging ik naar de lobby beneden om de eerste hoofdstukken van mijn roman te typen. Als ik zo'n beetje elke dag als een apart hoofdstuk wilde typen om aan mijn vriendinnen te e-mailen, diende ik een strenge discipline te handhaven. Vooral als ik de roman aan het eind van de reis af wilde hebben. Aangezien oma heel lang nodig had, kon ik het eerste hoofdstuk gemakkelijk afronden.

Sarah begreep dat ze bijzonder geduldig moest zijn met haar excentrieke tante Aurora, die heel anders was dan alle andere mensen die ze ooit had ontmoet. 'Grillig' volstond totaal niet om haar te omschrijven...

Azizah leende me een paar ringgit voor het internetcafé aan de overkant van de straat.

'Jouw oma altijd haar portemonnee kwijt en lenen van Azizah.'

Het café bestond uit een kleine ruimte met vier computers, vier stoelen en verder vrijwel niets. Drie plekken werden gebruikt door Maleisische studenten die hun e-mail checkten voordat ze naar school gingen.

Ik had al enkele e-mails ontvangen van mijn vriendinnen:

Denise: *Nulla dies sine linea!*

Laurel: *We volgen de reis in Denises atlas. Op die manier kunnen we jouw zomer indirect meebeleven, vanaf Melaka (vroegere spelling Malakka, wat verreweg mijn voorkeur heeft. Veel romantischer) tot en met waar het ook is waar de reis eindigt.*

Amber: *Hoe is het eten daar? Drie keer raden wie ik bij de avondwinkel zag? Jawel, John Pepper. Heb hem verteld dat je in Zuidoost-Azië zat. Hij was onder de indruk. Vroeg of je tegen malaria was ingeënt. Ik heb hem verteld dat het geen inentingen zijn, maar pillen. (Hij kocht een vruchtensapje van Snapple en een pakje maissnacks met barbecuesmaak van Corn Nuts.) Heb hem je e-mailadres gegeven – \*grijns\*.*

Laurel: *Laat het ons weten zodra hij je een berichtje stuurt!*

Denise: *Vergeet niet wat geschiedenis in het verhaal te verwerken, als extra couleur locale. Iets in de trant van:*

*Malakka heeft handelgedreven met China, India en Indonesië. Het is later gekoloniseerd, eerst door de Portugezen, daarna door de Hollanders en ten slotte door de Engelsen. De invloed van al die landen is nog steeds te vinden in de straten van Malakka...*

*Laat het ons maar weten als we onderzoek voor je moeten doen.*

Laurel: *Wist je dat het woord 'amok' als in de uitdrukking 'amok maken' Maleisisch is?*

Denise: *Verspil geen tijd aan het versturen van berichtjes aan ons – e-mail gewoon je hoofdstukken. We zitten hier te wachten tot we aan de slag kunnen. NU!*

En van mijn ouders:

Mama: *Ik hoop maar dat je dit ook daadwerkelijk ontvangt daar in Maleisië. Alles goed met je? Ik zie steeds voor me hoe je ergens aan de kant van de weg bent gestrand. Is Gertrude al boven water? Zeg tegen haar dat ze te allen tijde fysiek contact met je dient te blijven houden. Te allen tijde! En laat het ons ogenblikkelijk weten als/wanneer je je niet op je gemak voelt of er gevaar dreigt. Je kunt ons altijd bellen. Altijd! Bel eigenlijk maar gewoon! Nu zou een heel geschikt moment zijn...*

Papa: *Vassar, stuur je moeder alsjeblieft zsm een e-mailtje. Ze heeft geen oog dichtgedaan sinds jouw telefoontje... en je weet hoe prikkelbaar ze wordt wanneer ze moe is. En vergeet niet: je berichtjes kunnen nooit té positief zijn. Zijn alle tien de koffers goed aangekomen?*

Ik e-mailde mijn vriendinnen het eerste hoofdstuk. Toen e-mailde ik mijn moeder en vader om hen ervan te overtuigen dat het prima met me ging. '*Het gaat geweldig met me! Maleisië is geweldig! Het pension is geweldig! Oma Gerd is geweldig!*' Misschien iets te veel van het goede, maar ik wilde niet op mijn geweten hebben dat mijn moeder weer een zenuwinzinking kreeg.

Toen ik terugkwam bij De Gouden Lotus kwam oma Gerd net naar beneden.

'Tijd om op pad te gaan!'

Ik was niet in staat antwoord te geven – kreeg gewoon geen woord over mijn lippen. Ze droeg namelijk de groene rijstzak als rok! Ze maakte een pirouette zodat ik hem in volle glorie kon aanschouwen.

'Een echte blikvanger, hè? Ik heb er een zoom ingezet en een tailleband aan genaaid...' Ze trok haar hemdje omhoog en wapperde ermee tegen haar platte buik. 'En klaar is kees.'

Ze zag er werkelijk bespottelijk uit. Een zwerfster in een rijstzak.

'Weet je heel zeker dat je dat aan wilt... in het openbaar?' vroeg ik.

'Je hoeft niet bang te zijn dat ik jou ben vergeten, Vassar,' zei oma Gerd. Ze reikte me een plastic tas aan. Daar zat nog een rijstzakrok in, net als de hare – alleen was deze blauw met witte Chinese tekens en een roze lotus.

Mijn vader en moeder hebben me geleerd beleefd te zijn tegen mensen die ouder zijn dan ik.

'Dank je wel. Dat is werkelijk heel erg leuk... voor bijzondere gelegenheden.'

Als oma Gerd dwars door me heen keek, liet ze het niet merken; ze glimlachte alleen.

Alsof ik ooit bij elkaar passende rijstzakrokken zou dragen!

'Jij vindt hem toch mooi, Azizah?' vroeg oma en ze poseerde voor de balie.

'Jouw oma, zij heel artistiek genie,' zei Azizah. Alsof zij, vandaag in een oranje hoofdband-bloes-nagels-oogschaduw-combinatie, wist wat een genie was.

'Wil jij er ook een?' vroeg oma aan Azizah.

'Alsjeblieft, nee. Ik heb geen rijstzakvorm,' zei ze en ze wees op haar brede heupen.

Oma Gerd, zich niet bewust van mijn verlammende afschuw, liep naar buiten. De dikke, geweven stof bewoog niet mee met haar benen. In plaats daarvan hing hij als een koker om haar onderlichaam. Twee Maleisische meisjes die langs haar liepen, onderdrukten hun gegiechel. Een westerse vrouw in een rijstzak! Wat een idiote aanblik zo vroeg op de ochtend!

*Schaamrood op mijn kaken*!

Onwillig liep ik achter haar aan. *Wat gênant, wat vreselijk gênant!* Om het nog erger te maken had ze ook nog haar Vietnamese tropenhelm op. Besefte oma Gerd niet hoe raar ze eigenlijk was? Denken vreemde mensen niet altijd dat ze heel normaal zijn? Om met G.K. Chesterton te spreken: een gek denkt altijd dat hij geestelijk gezond is. En alle gekken ontberen elk gevoel voor humor. Dat was het hem nu juist: oma had best gevoel voor humor. Ik zou het niet per se *goed* willen noemen, maar ze had het *wel*. Dus kon ze nooit echt gek zijn. Misschien was het slechts een dunne draad van gekte die door de rijstzakstof van haar wezen was gevlochten.

Gelukkig had ze in elk geval haar benen geschoren.

Nadat ik bij de bank wat van mijn Amerikaanse dollars had omgewisseld voor Maleisische ringgit nam oma me mee naar een sjofele, maar schone kedai om te ontbijten. Zonder met me te overleggen bestelde ze twee porties *nasi lemak* – kokosnootrijst, gebakken ansjovis, pinda's, plakjes ei, komkommer, chilipeper en curry. Niet direct het ideale begin van de dag. Ik raakte de chilipepers met geen vinger aan en bestelde een Pepsi.

Toen ik in mijn leren tas naar mijn Pepto-Bismol zocht, vroeg oma: 'Moet je dat ding echt overal mee naartoe slepen? Moet je eens kijken naar die rode striem die er nu al op je schouder zit.'

'Ik wil mijn laptop graag bij de hand hebben voor het geval ik plotseling inspiratie krijg.'

'Mij best. Zo, Spriet, vandaag sta je er alleen voor.' Ze stond op. Ik verslikte me in mijn Pepsi. 'Alleen?'

'Kun je mooi in je eentje Malakka verkennen. Alleen reizen is een belangrijk onderdeel van de reiservaring. Ik zie je tegen etenstijd bij MCT.'

'MCT?'

'Moderne Componenten Technologie. Elke fietstaxibestuurder weet waar het is. Doei!'

'Wacht! Ik heb niets gepland! Geen reisschema!'

'Mazzelkont!' En met die woorden hing oma Gerd haar geweven tas over haar schouder, trok ze haar rijstzakrok recht en stapte ze het verkeer in.

De eigenaar van de kedai staarde me onbewogen aan en peuterde zijn tanden schoon met een tandenstokertje. Ik slokte de rest van mijn Pepsi – zonder ijs – naar binnen en sloeg bevend mijn reisgids open. De lettertjes dansten voor mijn ogen.

*Concentreer je, Vassar! Concentreer je! Zo erg is het niet! Hoe moeilijk kan het nu helemaal zijn? Je volgt immers Latijn! Je hebt een cijfergemiddelde van 9!*

Ik bedacht dat het citaat van deze dag wel heel toepasselijk was: *Certe, Toto, sentio nos in Kansate non iam adesse.* Vrij vertaald: Weet je, Toto, ik heb het gevoel dat we niet meer in Kansas zijn. Ik bladerde verwoed door de pagina's en hield even stil bij een glanzende foto van een fietstaxibestuurder.

Dat is wat ik zou doen: een man met een fietstaxi inhuren die me door Malakka rondreed. Zo onopvallend mogelijk trok ik mijn shirt omhoog en groef ik diep in mijn huidkleurige moneybelt. Het was de bedoeling dat die dingen je hielpen discreet verborgen te houden hoeveel geld je bij je droeg. Tot dusver was hij vooral onhandig en lastig geweest. De eigenaar bekeek me met lichte interesse toen ik honderd ringgit over de vloer van zijn etablissement liet rollen. Nadat ik alles weer had opgeraapt, telde ik nauwgezet het precieze bedrag uit voor mijn nasi lemak en Pepsi. 'Terima kasih,' zei ik.

'Zit wel goed, hoor,' zei hij.

Het kostte me geen enkele moeite een fietstaxi te vinden – een hele menigte van die dingen dook op me af toen ik naar buiten kwam. Gezichten doemden voor me op:

'Fietstaxi, juffrouw? Fietstaxi?'

'Ehm, hoeveel?'

'Goedkoop, heel goedkoop! Waar jij naartoe?'

'Een tochtje door Malakka – een toeristische rondrit,' zei ik.

'Komt voor elkaar, spring maar in, juffrouw.'

Ik koos een stokoud exemplaar met armen en benen als bezemstelen. Ik zat nog niet op de hobbelige zitplaats van rood vinyl of de oude man sprong op zijn met roest bedekte fiets en daar gingen we. Zijn spillebeentjes pompten als pistons op en neer. Ik haalde mijn laptop tevoorschijn om enkele bezigheden om me heen direct te beschrijven – wat een tikje hachelijk was dankzij alle gaten en kuilen. Zoals mijn vader echter altijd zei, was typen in elk geval efficiënter dan alles voluit met de hand uit te schrijven.

Sarah hobbelde over zandpaden, langs varkens en kippen. Onverharde wegen... een gebrekkige stedelijke planning... wanorde... geen structuur... maar met een geheel eigen charme... af en toe een vleugje riool. Huizen op palen. Spiegels vastgespijkerd aan de buitenkant van de ramen om kwade geesten te verjagen. Zag ze daar zojuist een reusachtige varaan uit een goot de rivier inkruipen?

Almaar verder pompte de bestuurder langs de rivier. Voorbij ontelbare kedais van verroeste tin, die druk werden bezocht door zowel buurtbewoners als rugzaktoeristen die allemaal kopi en flesjes Tiger Bier dronken. Mijn blik viel op een enorm huis. Het zag eruit als elke andere traditionele Maleisische kampong. Wat mijn aandacht echter had getrokken was het bord: MENEER TEE-TEES VILLA: EEN LEVEND MUSEUM, ENTREE: UW GULLE DONATIE! Op een ander bord stond: WELKOM AAN ALLEN!

Ik bladerde snel door mijn reisgids naar de pagina Handige Maleisische Zinnetjes.

'*Berhenti!*'

Mijn bestuurder stopte abrupt, alsof hij was neergeschoten.

Hij stapte van zijn fiets en hurkte naast de taxi neer om een sigaret te roken. Intussen zocht ik in mijn *Gids voor respectabele reizigers: Maleisië* en sloeg het daarna voor de zekerheid nog eens na in het *Maleisisch reisboek voor bezonnen bezoekers*. Meneer Tee-Tees Villa stond in geen van beide vermeld. Zou ik het erop wagen? Een groezelige rugzaktoerist van universiteitsleeftijd met groen haar en een Canadese vlag op zijn rugzak slenterde naar de ingang. Er was dus nog een andere toerist. Ik haalde diep adem: *vooruit, Vassar, wees eens avontuurlijk.*

Een klein, parmantig mannetje van minstens zeventig zwaaide vanuit de deuropening naar ons.

Ik wenste hem een goedemiddag met een opgewekt: '*Selamat pagi!*'

'Maleisisch goed, heel goed!'

Kijk eens met hoe weinig inspanning van mijn kant ik moeiteloos met de inwoners kan omgaan,' dacht Sarah bij zichzelf.

'Iedereen spreekt hier wel een beetje Engels,' merkte de rugzaktoerist met een alles-gezien-alles-gedaan-stem op.

Ik negeerde hem.

'Welkom! Welkom in Meneer Tee-Tees Villa! Ik ben meneer Tee-Tee! Treed alsjeblieft mijn huis binnen!' zei hij met een hese, schorre stem tegen ons. De paar tanden die hij nog had, waren van goud. In zijn bruine broek en bruine overhemd met dichtgeknoopte zakken leek het net alsof hij op safari was.

'Aanschouw mijn nederige woning, die ik heb opengesteld ter informatie aan onze zeer welkome buitenlandse gasten. Alle schoenen uittrekken, alsjeblieft. Ik dank jullie.' Zijn hoofd reikte net tot mijn schouder.

De rugzaktoerist had zijn sandalen binnen enkele seconden uit en liet me alleen achter, worstelend met de veters van mijn Spring-Zs. Elke kamer kwam uit op een dakloos middengedeelte. De vloeren waren van teakhout (verrassing) en de inrichting bestond uit een mengelmoes van traditioneel Maleisisch meubilair en meubels uit de jaren twintig van de vorige eeuw.

Op een bordje stond: FOTOGRAFIE NIET TOEGESTAAN.

Terwijl de rugzaktoerist de ouderwetse zwart-witfoto's aan de muur bekeek, stootte meneer Tee-Tee me aan en hij siste: 'Jij blijft als hij weg. Ik geef jou cadeau.'

Een cadeau? Ik was nieuwsgierig. Meneer Tee-Tee was een beetje vreemd – maar een cadeau uit een ander land? Dat zou een mooi souvenir zijn.

Meneer Tee-Tee gaf ons een uitgebreide rondleiding door zijn stulpje. De grote slaapkamer was weelderig ingericht in smaragdgroene, cameliaroze en helderblauwe zijde waar gouddraad doorheen was geweven. Een enorm bewerkt houten bed met een hemel nam vrijwel de hele kamer in beslag. Twee sierlijke Maleisische gewaden lagen erop uitgespreid, compleet met gouden slofjes en een sierlijke hoofdtooi. Meneer Tee-Tee hoorde dat ik zachtjes naar adem hapte. Hij fluisterde: 'Wil je eentje aan? Jij mooi-knap in traditioneel Maleisisch trouwgewaad. Als hij weg, jij trekt jurk aan, zit op bed, foto nemen!'

Ik deinsde achteruit. 'Nee, dank u wel.'

Meneer Tee-Tee keek gekwetst: 'Veel dame trekt jurk aan, zit op bed, foto nemen... Zo jammer, zo jammer. Waar jij vandaan?'

'Seattle.'

'Ach, Amerikaans. "Raindrops Keep Following On My Head!"' neuriede hij en zijn gouden tanden glinsterden me tegemoet. Zijn adem rook naar limoen.

De rugzaktoerist drong zich voor me en zei tegen meneer Tee-Tee: 'Ik kom uit Toronto en een vriend had me uw huis aanbevolen voor...'

Meneer Tee-Tee pakte de rugzaktoerist bij zijn elleboog en duwde hem vlot door de voordeur naar buiten; hij gunde hem alleen even de tijd om zijn sandalen te pakken. 'Dag, dag! Kom gauw nog eens terug!'

'Maar...'

'Dag, dag! Kom gauw nog eens terug!' De hordeur ging vastberaden achter hem dicht. Zonder een seconde te verliezen pakte meneer Tee-Tee mij bij mijn elleboog beet en nam hij me mee door een deur.

'En nu – bonkie, bonkie, bonk – het moment waarop jij wacht! Cadeau!'

We gingen een keuken binnen die regelrecht uit de jaren vijftig van de vorige eeuw kwam en bevroren leek in de tijd. Het lichtblauwe linoleum was versleten en het gele aanrecht schilferde, maar het effect was hetzelfde. Hij gebaarde galant naar een van de moderne witte plastic stoelen die rondom een formicatafel stonden opgesteld.

'Mangosap, ja?'

'Fhm, zonder ijs graag.'

'Meneer Tee-Tees ijs is heel oké.' Hij gaf me een tupperwarebeker van geel plastic die vol zat met een felroze drankje. Ik nam voorzichtig een slokje. 'Suikerriet maakt zoet,' zei hij.

Meneer Tee-Tee neuriede vrolijk terwijl hij in zijn keukentje in de weer was. Al snel hing de geur van geroosterd brood in de ruimte.

'Wat maakt u?' vroeg ik.

'Cadeau voor jou!' Hij zette een bordje van rood plastic voor me op tafel. Het was een tosti waaruit een hartje was gesneden – dat door het rood van het bord net een volmaakte valentijnskaart leek. 'Want jij steelt meneer Tee-Tees hart!'

Ik voelde me gevleid. Wat een schatje. Nu ik erover nadacht, had ik inderdaad trek. Ik nam een hapje. Cheddarkaas en wittebrood. De vertrouwde smaak had iets geruststellends. Wat een lief, oud heertje met zijn romantische inborst – halverwege mijn hap verstijfde ik. Meneer Tee-Tee *knabbelde aan mijn oor!* Mijn rechteroor! Onbeholpen, uiteraard, omdat hij zo weinig tanden had, maar hij knabbelde wel degelijk! Was *dit* soms het echte cadeautje? Of zag hij me per ongeluk aan voor een snee geroosterd brood? Ik sprong met een gilletje overeind, hield een hand over mijn vochtige oor en schreeuwde (enigszins onverstaanbaar door het brood en de kaas): 'Berhenti!'

Meneer Tee-Tee keek oprecht verbaasd toen ik achterwaarts de keuken uitliep naar de gang, waar ik mijn Spring-Zs naar me toe graaide. Hij kwam met een beteuterd gezicht achter me aan als een kleuter wiens speelgoed is afgepakt.

'Zo snel? Eerst jurk nog aan, zit op bed, foto ne...'

'Nee! Ik wil niet jurk aan, zit op bed, foto nemen! Ik ga weg.'

'Misschien jij hebt zus die trekt jurk aan, zit op bed...'

'Nee!'

'Maar jij hebt cadeau niet opgegeten!'

Ik bleef niet eens even staan om mijn Spring-Zs aan te trekken, maar ontsnapte meteen door de hordeur naar buiten.

Sarahs gedachten tolden wild door haar hoofd: Is dit wat me te wachten staat!? Tandeloze oude mannetjes die me met tosti's probeerden in te palmen en dan over mijn oren kwijlden? Om vervolgens gladjes over te schakelen naar een geïmproviseerde, ongepaste fotosessie? Van nu af aan houd ik me absoluut aan mijn reisgidsen!

Ik holde blootsvoets over het zandpad, uitwijkend voor de kippen, en stond toen opeens in een drukke straat. Ik wilde net oversteken toen er iets over mijn hoofd suisde, mijn armen tegen mijn lichaam knelde en me voor een aanstormende taxi wegtrok.

Gevangen! Met een lasso!

'Geen dank, hoor, dametje,' klonk het lijzige stemgeluid van Hanks. 'Ik doe het graag.'

Daar stond hij – compleet met bakkebaarden, cowboyhoed en laarzen.

Ik was zo razend dat ik als een kalf werd behandeld dat ik geen woord kon uitbrengen. Door op elkaar geklemde kiezen perste ik er ten slotte nog net uit: 'Laat. Me. Los.'

'Verdraaid goed gemikt wel, vind je ook niet? Vooral omdat ik helemaal daarginds bij de wasserette stond...'

'Laat me los!'

Ik vond het beslist geen pretje om voorbijlopende Maleisiërs en toeristen een vermakelijk schouwspel te bieden.

'Ho, nou. Effe rustig aan,' zei Hanks en hij maakte zijn lasso los. Ik trok het touw snel over mijn hoofd, rukte het uit zijn hand en gooide het in één soepele beweging in de bruine rivier.

'Hé!'

Ik draaide me zonder iets te zeggen om en beende wanhopig om me heen kijkend naar een beschikbare fietstaxi door de straat. Waar waren ze nu ik er een nodig had?

'Dat was niet erg aardig,' klonk zijn stem achter me.

'Iemand met een lasso vangen is ook niet erg aardig.'

'Goed dan. De volgende keer zal ik je leven niet redden.'

Ik schonk geen aandacht aan hem en begon sneller te lopen. Helaas bleef ik het geklikklak van zijn laarzen vlak achter me horen.

'Dat was mijn lievelingslasso.'

'Dat spijt me dan werkelijk ontzettend.'

'Zo klinkt het anders niet.'

Ik zwaaide woest met mijn armen naar een voorbijrijdende fietstaxi. Bezet.

'Wat zijn dat?' Hanks wees naar de Spring-Zs die ik in mijn hand had. 'Wat moet je daarmee?'

'Dit zijn bijzonder comfortabele wandelschoenen.'

'Volgens mij werken ze beter wanneer ze aan je voeten zitten.' Hij greep mijn arm vast. 'Ho ho. Je kunt ze maar beter aantrekken, want anders moet iemand straks een tetanusinjectie hebben.'

Dat was waar. Ik leunde tegen de muur van een kedai om ze aan te trekken.

'De volgende keer dat je op bezoek wilt bij meneer Tee-Tee de Oorknabbelaar kun je het maar beter tegen me zeggen,' zei hij.

'Dan ga ik met je mee.'

'Hoezo? Bedoel je soms dat hij het ook bij andere meisjes heeft gedaan? Dat is walgelijk. In Amerika zou hij meteen worden gearresteerd.'

'Hij is gewoon seniel. En hij heeft iets met de oren van leuke meisjes – vooral wanneer ze Thais of Nederlands zijn. Hij dacht waarschijnlijk dat je een studente was. Je weet wel, omdat je er door je lengte iets ouder uitziet.'

'Uh huh.' Ik had de veters mijn Spring-Zs weer gestrikt en drukte op de opnameknop van mijn DRP: '4 Juni, 14.15 uur. Aantekening voor mezelf: ene meneer Tee-Tee van meneer Tee-Tees Villa aangeven bij de plaatselijke autori...'

'Kom op, joh. Die oude knar vindt je waarschijnlijk gewoon een lekker wijffie...'

'Pardon?' Ik drukte op de 'uit'-knop.

'Een mooi meisje dan.'

De oproep tot gebed voor moslims klonk. Ik draaide me om en kwam tot de ontdekking dat we vlak voor een moskee stonden. Hanks had blijkbaar niets in de gaten.

'Moet jij niet...' Ik gebaarde naar de moskee.

'Ehm, ik ben Chinees. Als in boeddhist. Niet praktiserend, overigens.'

'O. Op die manier. Een Maleisische Chinees.'

'Precies. Verder heb je nog de Maleisische Indiërs die hindoeïstisch zijn...'

'En de Maleisische Maleisiërs. De echte Maleisiërs.'

'Zo kun je het ook zeggen. Wonen er in Seattle Aziaten?' Probeerde hij nu een glimlach te onderdrukken?

'Ik woon in Port Ann, tegenover Seattle aan de andere kant van de Puget Sound, en ga met de veerboot naar Seattles Academie voor Academische Uitmuntendheid.' En toen: 'Heb ik soms iets grappigs gezegd?'

'Nee, hoor. Zijn er Aziaten in Port Ann?'

'Waarom zouden daar geen Aziaten wonen?'

Ik probeerde opnieuw een fietstaxi aan te houden. Bezet.

'Ken je dan Aziaten?'

'Ja.'

'Wie?'

'Wat?' zei ik om tijd te rekken. Welke Aziaten kende ik?

'Welke Aziaten ken je dan?'

'Mevrouw Kawasaki!' zei ik triomfantelijk. 'Laurels pianolerares.'

'Dat is er pas één.'

'Sorry, er wonen gewoon niet zoveel verschillende nationaliteiten in Port Ann.'

'Uh huh...' Weer probeerde hij, tevergeefs, een glimlach te onderdrukken. Wat was er zo grappig aan? Lachte hij me uit?

Ik zocht in mijn aktetas naar een vochtig doekje en maakte mijn oor grondig schoon.

'Wat doe je?' vroeg hij en deze keer lachte hij ronduit.

'Ik neem geen enkel risico.'

Hij schudde zijn hoofd en haalde een lolly uit een papiertje. 'Ook een?'

'Nee, dank je.' En toen: 'Achtervolg je me?'

Hij wreef over zijn spitse bakkebaarden en tuurde in de verte met ogen als halvemaantjes. Aan zijn rechterhand droeg hij een ring met een zilveren hoefijzer. De spieren van zijn bovenlijf bolden op onder zijn blauwe cowboyoverhemd met witte biezen.

Hij gebaarde heel subtiel met zijn palm omlaag met zijn vingers. Binnen een paar seconden hield een fietstaxi van een kruispunt verderop voor ons stil. Nadat hij me op de zitplaats van rode vinyl had geholpen en me mijn aktetas had aangereikt, praatte hij kort met de bestuurder. Toen keek hij me aan en hij verschoof de lolly, waarvan het witte stokje als een sigaret naar buiten stak, naar de zijkant van zijn mond.

'Hij brengt je naar MCT, dametje.'

'Hoe weet jij...' De fietstaxi reed echter al weg.

# Hoofdstuk 6

## De 'kunstenaar' aan het werk

Moderne Componenten Technologie was gevestigd in een modern wit gebouw aan de rand van de stad dat werd geflankeerd door twee barokke hotels uit de koloniale tijd. De fietstaxi zette me bij de hoofdingang af. Waarom wilde oma Gerd in vredesnaam dat ik hiernaartoe kwam?

Terwijl ik mijn oor met een tweede vochtig doekje reinigde, holde ik door de deuren van grijs gerookt glas een reusachtige lobby in met zwart en beige modulaire meubels, palmbomen in grote potten, chromen wandlampen en een enorme salontafel met een stenen blad. Aan de andere kant van de ruimte stond oma Gerd met haar handen op haar heupen en haar hoofd schuin opzij voor een gigantische kale muur naar drie mannen in witte schildersjassen te kijken die een heldere, slijmerige substantie op het beton smeerden.

Een lange Japanse man van in de veertig met grijze lokken in zijn haar en een pak dat regelrecht uit de jaren zestig van de vorige eeuw kwam, stond naast oma Gerd te roken. Je kon zien dat hij eerder op de dag een stropdas om had gehad, maar dat deze in de tussentijd was verdwenen. Zijn gezicht was mager en vermoeid, en er zat een donkere plek onder allebei zijn ogen.

'Ha, Spriet,' zei oma Gerd. 'Net op tijd om te zien hoe we de muur voorbehandelen...'

'We moeten de politie bellen!'

'De politie? Waar heb je het over?'

'Ik moet eerst naar het toilet. Dringend.' Ik smeet het vochtige doekje in een asbak op een poot die in de buurt stond.

'Is het ontbijt niet goed gevallen?'

'Nee, ik moet mijn oor met zeep en warm water wassen. *Heel* warm water.'

De Japanse man en zij keken elkaar aan, lachten en zeiden in koor: 'De Oorknabbelaar.'

Ik staarde hen aan. 'Hoe weten jullie dat?'

'Iedereen in Malakka kent meneer Tee-Tee,' zei oma Gerd. 'Hij is een bekend fenomeen in deze streek. Iets voor vrouwelijke toeristen om over naar huis te schrijven.'

'Het is niet grappig. Er had *van alles* kunnen gebeuren...'

'In Malakka? De enige plek die veiliger is, is het Vaticaan.'

Laat die gebitsgehandicapte onverlaat haar maar eens te grazen nemen, dan weet ze hoe dat voelt!

Ze glimlachte. 'Geloof me, je vertelt de politie echt niets nieuws.'

'Zal ik haar even laten zien waar het toilet is?' zei de Japanse man. Zijn stem klonk loom en warm als die van een nachtelijke dj.

Oma Gerd zei: 'Dit is Renjiro Sato, oorspronkelijk uit Tokio. Mede-eigenaar van Moderne Componenten Technologie, samen met Zaki Biki, een lokale zakenman. Hij is degene die de opdracht voor deze collage heeft gegeven.'

Renjiro drukte zijn sigaret zorgvuldig uit in een klein zilveren doosje, schoof dit dicht, liet het in zijn borstzak glijden en schudde toen mijn hand. Zijn knokige vingers zagen lichtgeel van de nicotine.

'Aangenaam kennis met je te maken, ...?'

'Vassar.'

'...Vassar.' En toen: 'Gertrude, dit is dus jouw...'

'Kleindochter,' zei oma Gerd. 'Jazeker. Ze is gisteren aangekomen.' Ze gebaarde naar de muur. 'Ik wilde dat ze in staat was te visualiseren waar de gevonden kunst, foto's en dergelijke terecht zouden komen. Twintig bij tien meter is nogal wat ruimte die moet worden opgevuld, wat jij, Spriet?'

Daar had ze helemaal gelijk in. Ze zou er aardig wat repen linoleum voor nodig hebben.

Dit was dus haar grote kunstopdracht. En hij was de sukkel die haar ervoor betaalde.

Renjiro bracht me naar het toilet en wees onderweg op een rij kunstwerken aan de muur aan de andere kant van de lobby, waarvan elk stuk bestond uit honderden piepkleine zilveren en koperen deeltjes.

'Wat vind je daarvan?'

'Van dichtbij lijken ze nogal chaotisch, maar vanaf een afstandje zie je een beeld. Deze stelt toch een jungletafereel voor?'

'Gertrude zal blij zijn.'

'Bedoelt u...?'

'Dit zijn de stukken van de eerste opdracht die ik haar heb gegeven.'

Ik was verrast. Er was maar weinig werk van oma Gerd dat me aansprak. Ik kon me maar niet over de rauwe materialen van haar collages (flessendoppen, stenen, takjes) heen zetten en haar creaties in hun geheel zien.

'Deze lijken totaal niet op haar gebruikelijke werk. Ik heb nog niet eerder metaal in haar collages gezien,' zei ik.

'Dit zijn proefchips die we normaal gesproken omsmelten als oud schroot. Het zijn halfgeleiders...'

'O, maar van halfgeleiders weet ik *alles*,' zei ik.

'Heel verfrissend om te horen dat iemand van jouw leeftijd zo goed onderlegd is. Hoe dan ook, het was haar idee om ze te recyclen.' Hij glimlachte naar me en om zijn ogen verschenen rimpeltjes. 'Jouw oma is een zeer getalenteerde vrouw. Ze heeft een heel eigen, originele kijk op dingen. Ik zeg niet dat ik alles wat ze heeft gemaakt mooi vind, hoor. De vijf keeltabletten op vijf sneden oud wittebrood met de titel "Brood Hoest" zijn mijn smaak niet.'

Ik keek hem aan. Misschien was hij toch niet zo'n sukkel.

'Als Gertrudes collage zo goed uitpakt als wij hopen, ken ik twee andere zakenmannen die interesse hebben in een kunstwerk voor het hoofdkantoor van hun bedrijf.'

Oma Gerds carrière bestond dus niet alleen maar in haar hoofd. Ik volgde Renjiro door een zijdeur naar een glanzende grijze gang.

'Hoe hebt u mijn oma leren kennen?'

'Tijdens haar lessen Engels voor buitenlanders. Het heeft me maanden gekost om af te leren wat zij me had geleerd.'

We liepen langs een vergaderzaal – en daar stond Hanks balancerend op een kruk een spandoek op te hangen met de tekst: MODERNE COMPONENTEN TECHNOLOGIE HEET U VAN HARTE WELKOM! Hij had zijn cowboyhoed niet op en droeg een witte laboratoriumjas met een blauw MCT-logo. Wel had hij zijn laarzen aan. Ik zag nu dat zijn zwarte haar in een pompadoerkuif was geknipt: opzij kort en bovenop lang.

Wat deed hij hier? Hoe was hij zo snel hier gekomen? Waarom dook hij overal op waar ik was?

Renjiro bleef staan. 'Hallo, Hanks. Ik zie dat je vader je aan het werk heeft gezet met de voorbereiding voor de conferentie.'

Hanks draaide razendsnel rond op zijn kruk. 'Ja, meneer.' En toen tegen mij: 'Hallo, Spore. Je hebt het gevonden. Geen andere oorincidenten meegemaakt?'

'Meneer Sato, juffrouw Spore.' De vlakke toon was uit duizenden te herkennen. Hanks verstrakte zichtbaar toen Henry Lee senior in een witte labjas naar binnen kwam met een opgerolde plastic spandoek in zijn hand. Hij knikte naar mij en de brillenglazen in het metalen montuur glinsterden. 'Bevalt je bezoek je?'

'Ja, dank…'

'Junior! De rechterkant hangt hoger dan de linker.' De rimpels aan weerszijden van zijn neus werden dieper. 'Doe eens iets beter je best.'

'Ja, meneer,' zei Hanks op net zo'n vlakke toon als zijn vader. Terwijl hij het spandoek recht hing, sloeg zijn vader hem met op elkaar geknepen lippen gade. Toen ontvouwde hij zijn spandoek: BEDANKT, MENSEN VAN DE BUITENDIENST! MEER DAN MILJOEN APPARAAT VERKOCHT! Hij mompelde 'Schiet op' en rolde het snel weer op.

'Junior, breng dit terug. Zeg hen dat ze twee uur hebben om alles te corrigeren voor het openingsfeest vanavond en anders betaalt meneer Renjiro niet.'

'Ja, meneer.' Hanks liet zich van zijn kruk glijden en pakte het spandoek aan, maar ontweek zijn vaders blik. Hij knikte naar ons en liep de deur uit.

'Arme Hanks,' merkte Renjiro zachtjes op toen we verder liepen

naar het toilet. 'Zijn vader droomt ervan dat hij ingenieur wordt.'
'Is hij daar niet te jong voor?'
'Deze zomer loopt hij slechts stage. Dit is echter wel de laatste plek waar hij wil zijn. Ik heb geprobeerd zijn vader ervan te overtuigen dat hij niet het type is om…' Hij maakte zijn zin niet af en slaakte een diepe zucht. 'Het is zinloos om het oneens te zijn met vastbesloten ouders.' Hij wees. 'Het toilet.'

Nadat ik mijn oor met heel warm water had geboend, ging ik in de lobby van MCT zitten wachten tot oma Gerd klaar was met haar 'voorbehandeling' en typte ik intussen mijn ervaringen van die dag in mijn laptop voordat de intensiteit ervan kon vervagen. Wacht maar tot Denise, Amber en Laurel het hoofdstuk over de Oorknabbelaar lazen! Als mijn moeder er echter ooit achter kwam, was zenuwinzinking nummer twee een feit.


Toen ik die avond op het punt stond om naar bed te gaan, besloot ik openhartig tegen oma Gerd te zijn. 'Ik ben zestien. Ik hoef geen oppas.'
'Wat is er dan? Vind je Hanks niet aardig?'
'Het gaat er niet om of ik hem aardig vind of niet. Het gaat erom dat jij denkt dat er iemand op me moet letten.'
Ze krabbelde in haar Allesboek, terwijl ik mijn gezicht waste – ook dit keer met speciale aandacht voor mijn rechteroor.
'Ach, ik heb je ouders beloofd dat ik je te allen tijde in de gaten zou houden.' Toen lachte ze en ze hield haar Allesboek in de lucht: een gedetailleerde schets van mij met een geschokte uitdrukking op mijn gezicht en een uitstekende karikatuur van meneer Tee-Tee die gracieus aan mijn oor knabbelde – compleet met glinsterende gouden tanden.
'Heel grappig.' Ik droogde mijn gezicht af. 'Ik vind Hanks gewoon raar – om niet te zeggen irritant.'
Ik dronk de rest van mijn Pepsi op voordat ik mijn tanden poetste. Rare nasmaak. Ik had gehoord dat frisdrankfabrikanten hun recepten vaak aanpasten aan de verschillende delen van de wereld. Nou, de Maleisische versie van Pepsi kon me niet echt bekoren.

100

Oma Gerd keek onderzoekend naar mijn gezicht. 'Ik denk dat het hoog tijd is dat je erin kruipt. We vertrekken morgenochtend vroeg naar Cambodja.'

'Wat? Morgen? Maar ik ben er net. Wanneer moet ik Maleisië dan bekijken?'

'Aan het eind van de reis – na Cambodja en Laos. Neem maar van mij aan dat je de rest beter zult waarderen als je eerst Laos hebt gezien.'

'Hoezo?'

'Alles op zijn tijd,' zei ze op 'geheimzinnige' toon.

Als het oma Gerds bedoeling was om mijn nieuwsgierigheid te wekken, dan was dat mislukt. Het irriteerde me alleen maar.

'Een waarschuwing vooraf zou wel fijn zijn geweest! Ik moet nog hartstikke veel inpakken! Welke koffers zal ik...'

'Daar heb je morgen nog tijd genoeg voor.'

'Maar...'

'Morgen.' Haar stem klonk ferm.

Tja, ik was inderdaad slaperig. Heel slaperig. De avonturen van die dag hadden me blijkbaar volledig uitgeput.

Ik poetste mijn tanden, floste en klom in bed.

'Droom lekker,' zei ze.

## Hoofdstuk 7

# Geen Spring-Zs meer!

Toen ik de volgende ochtend wakker werd en mijn oogmasker afzette, voelde er iets niet helemaal goed aan. Vreemd. Mijn DRP-wekker was niet afgegaan – ik werd drie uur later dan gepland wakker. Ik had me nog nooit van mijn leven zo verslapen! Mijn hoofd was wazig. Waar was mijn DRP toch? Ik durfde te zweren dat ik hem op mijn nachtkastje had gelegd. Ik trok mijn oordoppen uit mijn oren en pakte mijn bril. Knipperde toen razendsnel drie keer met mijn ogen. Afgezien van een flinke, aftandse zwarte reisrugzak, een kleinere aftandse zwarte rugzak voor dagelijks gebruik en een zwart heuptasje was de kamer helemaal leeg.

En oma Gerd wilde net de kamer uit sluipen.

'Wasshish...' Ik deed mijn beugel uit. 'Waar zijn koffers nr. 1 tot en met 10!?!'

Ze draaide zich met een betrapt gezicht om. Ze wierp me een brede lach toe die het web van rimpeltjes rond haar smaragdgroene ogen en haar witte tanden benadrukte.

'Morgen, Spriet! Alles is naar huis verscheept, waar het veilig en wel en schimmelvrij is.'

'Alles? Je bedoelt letterlijk *alles*!?' Ik sprong uit mijn bed en graaide over mijn toeren in de grote rugzak. 'Mijn spijkerbroek! Mijn pumps! Mijn ene mooie jurk!'

'Wees blij dat je de reisgidsen mag houden – die naar mijn mening slechts hinderlijke krukken zijn bij een echte ontdekkingstocht. En die Latijnse citaten waar je blijkbaar zo op kickt. Trouwens, meer dan een grote reisrugzak en een kleine voor dagelijks gebruik heb je niet nodig. Ik neem nooit meer mee op reis. Ik was elke avond mijn bloes en ondergoed, zodat ik niet al die kledingstof hoef mee te sjouwen. Stop er wat toiletspullen in – het is onnodig om op geurgebied achter te blijven – wat vitaminen, lippenbalsem en een hoed. Zo moet je reizen.'

Mijn wangen brandden vanwege het onrechtvaardige van alles.

'Nou, gelukkig zat mijn Traveler's Friend hygiënische wc-brilhoes in mijn moneybelt onder mijn kussen!'

Oma knipte met haar vingers. 'Balen. Ik dacht nog wel dat hij in die koffer zou zitten met je tandenbleekspul en reserveonderbroeken.'

'Waar zijn mijn Spring-Zs?' Ik keek onder het bed. 'Je gaat me toch niet vertellen dat je mijn officiële wandelschoenen naar huis hebt gestuurd!'

Als ik spataderen kreeg, was het haar schuld.

Ze klopte me kordaat op mijn rug. 'We kopen wel een paar sandalen voor je. Die zijn veel praktischer. Al die tempels.'

Tempels?

'Ik heb twee broeken voor je achtergehouden, twee bloezen, twee T-shirts, twee onderbroeken, twee beha's, een korte broek, een pyjama en al je toiletspullen. Dat is meer dan drie keer zoveel als ik zelf altijd meeneem. Zodra we in Cambodja zijn, koop ik een vissersbroek voor je – ik beloof je dat je daarna nooit meer een gewone broek aan wilt. Ruim, comfortabel en maar in één maat verkrijgbaar die altijd past.'

Ik kon mijn oren niet geloven. Ik moest even gaan zitten. Ik werd helemaal licht in mijn hoofd. Van alle demonische...

'Aaaaahhhh!'

Ik klampte me aan het hoofdeinde vast om mijn evenwicht te bewaren en staarde naar de lege plek naast mijn nachtkastje.

De aktetas met mijn laptop was weg! En daarmee ook – mijn roman! De aantekeningen die ik op mijn DRP had ingesproken – weg! Mijn gsm – weg! ALLEMAAL WEG! Tot op dit moment had ik niet doorgehad dat oma Gerd echt compleet gestoord was. Nu was er echter geen enkele twijfel meer mogelijk – ze was het *echt*! En nu moest ik ook nog samen met haar door Zuidoost-Azië trekken. ZONDER EEN PLAN! De gedachte was zo'n krachtige aanval op mijn gevoel voor orde en voorbereiding dat ik me misselijk voelde. HEEL MISSELIJK!

'Hoe kon je *dat* nou doen!? Mijn vader en moeder zijn straks razend! Hoe moet ik nu dan mijn roman afmaken!?!'

'Heb je wel eens van papier en pen gehoord?'

'Alles uitschrijven is de onefficiëntste manier om...' Ik verslikte me in mijn eigen speeksel.

'Ik denk dat het je best zal bevallen als je het nog een kans geeft. Er is niets zo natuurlijk als iets creëren met de eenvoudigste gereedschappen.'

Knarsetandend van woede bekeek ik de rugzakken. 'Ze zijn niet eens nieuw! Ze zijn helemaal versleten – kijk, in deze zit zelfs een scheur!'

'Ze hebben karakter. Een verleden. Nieuwe dingen zijn lang zo interessant niet...'

'Nee, nee! Het is niet genoeg dat een voorwerp nuttig is, nee, nu moet het ook nog een *verleden* hebben! En je moet vooral niets kopen waar een streepjescode op zit! Zo is het toch? Heb ik gelijk of niet?'

'Waarom ga je niet even zitten? Ik geloof dat je oververhit raakt.'

'En mijn creditcard, mijn pinpas – waar zijn die?'

'Ik heb je al gezegd dat deze vakantie helemaal op mijn kosten is. Ik betaal alles. Als je geld nodig hebt, hoef je het alleen maar te vragen.'

In mijn hoofd rinkelde een alarmbelletje. 'Wacht eens even! Hoe heb je al mijn bagage kunnen wegwerken zonder dat ik wakker werd, tenzij...'

Oma Gerd glimlachte en haalde haar schouders op. 'Betrapt. Ik heb gisteravond een paar Xanax-slaaptabletten in je Pepsi gegooid. Geloof me, het was voor je eigen bestwil. Al die bagage stond je alleen maar in de weg.'

Mijn hartslag versnelde en ik voelde een warme gloed door mijn hele lichaam trekken: mijn eigen oma had me drugs gegeven! Ik was razend, verward, gedesoriënteerd en een tikje duizelig. O, had ik nu maar een paar van mijn vaders Tums...

'En aangezien je je hebt verslapen, nemen we de vlucht van vanavond.'

*Verslapen!*

Hoewel ik normaal gesproken superpositief ben ingesteld, kon ik nu zelfs niet naar oma Gerd kijken zonder iets naar haar te willen gooien. Dit was niet de juiste houding ten opzichte van mijn reisgezelschap voor de komende tweeënhalve maand. Ik speelde met het idee op stel en sprong naar huis terug te vliegen. De gedachte dat Wendy nu al een voorsprong had geboekt bij Engels voor gevorderden, Latijn voor gevorderden en Submoleculaire Theorie hield me tegen. Ik had geen keus: ik moest mijn roman schrijven. *Met de hand.* En deze vervolgens hoofdstuk voor hoofdstuk uittypen in internetcafés. De rest van mijn leven hing ervan af.

Mijn lot lag in de handen van een onorthodoxe, onvoorspelbare bejaarde die niet eens leek te beseffen dat ze bejaard *was*. Ik kon haar nooit, maar dan ook nooit meer vertrouwen.

En ik zou het haar nooit, maar dan ook echt *nooit* vergeven.

VASSAR SPORES DOELEN VOOR VANDAAG

1. Oma Gerd niet haten.
2. PROBEREN UIT TE VISSEN WAARMEE ZE PAPA EN MAMA CHANTEERT!!!
3. Oma Gerd niet haten.
4. Mijn ouders een update e-mailen (met een positieve draai eraan) en mijn vriendinnen het laatste hoofdstuk.
5. Oma Gerd niet haten.
6. Een schrijfblok en pennen kopen.
7. Oma Gerd niet haten.
8. Mijn Traveler's Friend hygiënische wc-brilhoes geen seconde uit het oog verliezen!
9. Oma Gerd niet haten.
10. – 100. Oma Gerd niet haten.

Amber: *We vinden de roman helemaal te gek!*
Laurel: *We kunnen bijna niet wachten tot we het volgende hoofdstuk kunnen lezen!*
Denise: *Kun je niet iets sneller schrijven? Regelmatiger e-mailen?*
Amber: *Ik hoop dat jouw echte reis minstens half zo interessant is.*

Laurel: *Dat stuk over de Oorknabbelaar was heel grappig! Hoe ben je daarop gekomen?*
Amber: *We zijn helemaal WEG van je Maleisische cowboypersonage. Kun je hem niet inpakken en naar huis sturen?*
Laurel: *Lepelnieuws?*
Amber: *O ja, tante Aurora is hartstikke GAAF!*

## Hoofdstuk 8

## Waarom verbaast dat me?

'Laatste oproep voor vlucht 51 van Angkor Air naar Siem Reap, Cambodja,' kraakte de luidspreker boven onze hoofden. Het was acht uur 's avonds en ons vliegtuig zou over vijf minuten vertrekken. Oma Gerd en ik sprintten met onze grote reisrugzak op onze rug en de kleine rugzak in de hand door de hal naar de gate. Zij had haar standaard outfit aan: Vietnamese helm, wijde grijze vissersbroek, een opbollende geelgroene bloes met franje en haar allernieuwste creatie: een stijve ketting van plastic rietjes. Ik droeg de restanten van mijn minivoorraad reiskleding en mijn grote witte hoed. Dankzij oma's gebrekkige begrip van de term tijd waren we zoals gewoonlijk te laat.

'Opschieten!'

'Rustig aan. De kans dat een Cambodjaanse luchtvaartmaatschappij op tijd vertrekt is negentig tegen één. Maak daar maar honderd tegen één van,' zei ze hijgend toen ze me had ingehaald. 'Spriet, het is niet de bedoeling dat je sokken in je sandalen draagt.' Ze wees naar de witte sokken die ik bij de kedai naast De Gouden Lotus had gekocht voordat we naar het vliegveld vertrokken.

'Wel als je geen blaren wilt krijgen. Wat waarschijnlijk toch gebeurt aangezien ik geen *tijd* heb gehad om ze in te lopen, met dank aan degene die zo vriendelijk was ze *nu pas* voor me te kopen en mijn *wel* ingelopen en *uitermate* comfortabele Spring-Zs heeft weggedaan...'

'Wacht maar, later zul je me dankbaar zijn.'

Ze zweeg opeens en tuurde aandachtig naar een voorbijlopende Maleisische vrouw in een kleurrijke geborduurde linnen bloes.

'Is dat niet de beeldigste bloes die je ooit hebt gezien? Wat een

107

bijzonder kubistisch patroon. Duidelijk met de hand gemaakt. Moet je dat borduursel eens zien. Nauwgezet, maar niet té nauwgezet. Net voldoende onvolkomenheden om te kunnen zien dat hij niet machinaal is gemaakt. Denk eens aan het verleden van die bloes. De herinneringen van jaren die in de stof zijn getrokken!'

Daar gaan we weer.

'Oma, kom nou mee!' zei ik en ik beende verder.

Oma Gerd stiefelde echter al regelrecht op de vrouw af. Deze keek oma Gerd sceptisch aan en wees ongelovig naar haar bloes. Oma Gerd knikte zo enthousiast dat haar bril met het gekleurde montuur bijna van haar neus vloog. De vriendinnen van de vrouw sloegen een hand voor hun mond en giechelden. Oma Gerd haalde een stapel Maleisische ringgit tevoorschijn en begon te onderhandelen.

Oma Gerd koopt die vrouw letterlijk de kleren van het lijf, dacht ik bij mezelf. Ze is werkelijk tot alles in staat.

'Herhaling: laatste oproep voor vlucht 51 van Angkor Air naar Siem Reap...'

'Oma! We moeten instappen – *nu*!'

'Ik hol even naar het toilet om van bloes te ruilen, loop jij maar alvast door...'

'Wat? Maar het...'

'Ga maar. Ik zie je dadelijk in het vliegtuig. Ik heb hooguit twee minuten nodig – kom direct achter je aan. Wacht even. Neem mijn kleine rugzak alvast mee, oké? Ik heb hier twee handen voor nodig.' Ze gaf hem aan mij.

'Goed, goed, maar schiet alsjeblieft op!' Ik voelde me net een pakezel met mijn grote reisrugzak en de twee kleinere die ik meezeulde.

'Zeg dat ze even op me wachten!' riep ze me na.

Tuurlijk.

'Opschieten! Geen tijd verspillen!' droeg ik haar over mijn schouder op. En tegen de stewardess aan wie ik mijn instapkaart liet zien: 'Deze extra hangbagage is van mijn oma – ze komt zo.'

Ze glimlachte slechts en gaf me een *salaam*-begroeting.

Het gammele vliegtuig bevatte slechts twee rijen stoelen aan weerszijden van het gangpad. Ik liep happend naar adem naar 12A en probeerde uit alle macht de medepassagiers niet tegen hun hoofden te stoten met de rugzakken.

Ik propte mijn grote en kleine rugzak in het compartiment boven mijn stoel en schoof oma Gerds kleine rugzak onder de stoel voor me.

Via het geluidssysteem klonken in minstens drie Zuidoost-Aziatische talen en ten slotte ook in het Engels misvormde aanmaningen: 'Maak alstublieft uw riem vast en berg alle voorwerpen weg onder de stoel. *Aw kohn* – dank u.'

Waar bleef ze? Ik rekte mijn nek uit om door het gangpad te kijken. Op het nippertje – zoals altijd.

Hoe kan ze zo leven?

Om mezelf af te leiden haalde ik mijn *Gids voor respectabele reizigers: Cambodja* tevoorschijn. Ik bladerde door de eerste pagina's – en besefte toen dat we in beweging kwamen!

Ik tuurde door het ovale raampje en zocht de terminal af naar de aanblik van – wacht! Daar was ze! Ze had de 'beeldigste bloes' aan en wuifde opgewekt naar me.

Ik sprong overeind en zwaaide wanhopig naar de stewardess. Ook het cabinepersoneel had echter de riemen al om en ze gebaarde dat ik moest gaan zitten. 'Moet zit, alstublieft, juffrouw Vliegtuig nu opstijgt.'

Ik ging zitten en maakte mijn riem weer vast.

Kokend van woede.

Het vliegtuig taxiede weg van de terminal en de lange, slungelige gedaante met het verwarde grijze haar werd kleiner en kleiner. Ik kon het haast niet geloven. Of eigenlijk juist wel. Typisch iets voor oma Gerd om de boel in het honderd te laten lopen. Ze liet altijd alles in het honderd lopen.

Net wanneer ik dacht dat ik niet nog woedender op haar kon worden, haalde ze weer iets uit.

Plotseling kreeg een ijzige angst me in zijn greep: ik wist niet waar ik naartoe ging, waar ik zou overnachten! Oma Gerd had al die informatie in haar hoofd. Wat moest ik nu doen?

*Rustig, Vassar.* Kijk gewoon in je reisgidsen. Duizenden toeristen doen het immers zo?

Met bevende handen zocht ik het stadje Siem Reap op. Ik wist waar ik naartoe ging. Dat was tenminste iets. Er waren zo te zien een heleboel betaalbare pensions...

Oh-oh.

Oma Gerd had al het geld.

Ik had hooguit twee dollar aan Maleisische ringgit. Geen creditcard, geen pinpas.

Een overweldigend angstaanjagend gevoel maakte zich van me meester: *je bent nog nooit eerder helemaal alleen geweest, Vassar.*

Ik schoof oma Gerds rugzak opzij om meer beenruimte te creëren. Wacht eens even! Misschien zat daar wel wat geld in.

Ik tilde de rugzak op mijn schoot en ritste hem open: een grote fles Echinacea. Een lijmstift. Tweezijdig plakband. Haar polaroidcamera met extra film. En – geen wonder dat het ding zo zwaar was – haar Allesboek, nog steeds moeizaam bij elkaar gehouden door dat reusachtige elastiek.

Helaas geen geld.

Ik werd helemaal warm en kriebelig. Als ik niet snel aan iets anders dacht, ging ik nog hyperventileren – EN WEL NU!

Het Allesboek.

De meeste pagina's zaten vol ruwe potloodschetsen, bloemen, blaadjes en een rommelige verzameling troep die ik een paar keer had gezien wanneer ze het boek openklapte om er iets in te proppen. Zoals de polaroid van mij met de kopi-vlek.

Er zaten foto's in van oma en anderen, in een soort collage met verschillende lagen die diverse pagina's in beslag nam. Opa in zijn geruite golfbroek. Oma die samen met een stralende Thaise dame kleefrijst at. Oma in een opbollende wijde jurk. Oma die probeerde een gigantische kool op haar hoofd te balanceren. Papa als klein jongetje in zijn blauwe minipak, die met een potlood op een rekenmachine tikte.

Toen ik de pagina omsloeg, ontdekte ik een eindeloze verzameling foto's van MEZELF! Foto's van mij van mijn peuter- tot mijn tienerjaren die mijn ouders haar door de jaren heen moesten hebben gestuurd zonder dat ik het wist. Daar was ik verkleed als reusachtige volkoren muffin voor het toneelstuk over de voedselketen in groep zeven van de basisschool. En daar tapdansend op 'Shufflin' Off to Buffalo' tijdens een voorstelling van mijn groep. En daar de foto van mijn vijftiende verjaardag, de eerste foto van mezelf die ik echt mooi vond: mijn beugel was eruit, mijn donkere haar hing tot op mijn schouders, de lichte slag in mijn pony met extra haarspray platgespoten, en mijn ogen met oogschaduw en mascara – waardoor ik er 'exotisch' uitzag en niet als 'schoolmeisje'. Daaronder had oma gekrabbeld: *Bijna een trouw*. Nee, wacht: *Bijna een vrouw*.

Nam oma overal waar ze naartoe ging foto's van mij mee? Dat wist ik niet. Ze had ook al mijn brieven en kaartjes bewaard. Zelfs de laatste, een bedankbriefje voor het verjaardagscadeau van vorig jaar:

*Lieve oma Gerd,*
*Dank je wel voor de verjaardagscollage. Ze hangt boven mijn bed. Staat de leeggelopen rubberen bal voor iets specifieks? Of de sandwich van naaigaren? Ik neem aan dat de vijftien roerstaafjes mijn leeftijd moeten symboliseren.*
*In antwoord op jouw vragen: nee, ik heb geen vriendje, want ik heb nog nooit een afspraakje gehad. Mijn moeder zegt dat ik daar meer dan genoeg tijd voor zal hebben na de universiteit. En nee, ik heb Graham Greenes* Reizen met mijn tante *nog niet gelezen. Naast mijn schermlessen, mijn studiegroepen Latijn en Trigonometrie, mijn verplichtingen voor het Erecomité voor de allerbeste leerlingen, mijn lidmaatschap van Ceremoniemeesters en mijn uren als maatschappelijk vrijwilligster – en natuurlijk niet te vergeten mijn reguliere huiswerkbezigheden voor school – houd ik erg weinig tijd over voor het lezen van recreatieve/luchtige boeken.*
*Nogmaals, ik waardeer het bijzonder dat je zo attent bent geweest om aan mijn verjaardag te denken, ook al was je vijf maanden te laat.*
*Met vriendelijke groet,*
*Vassar Spore*

111

Jakkes. Was ik werkelijk zo zelfvoldaan als ik op papier klonk? Met een schuldig gevoel vanwege mijn nieuwsgierigheid deed ik het Allesboek dicht en stopte ik het terug in het rugzakje.

Opnieuw werd Sarah overvallen door een verlammende angst: wat moet ik beginnen in een derdewereldland zonder begeleiding, zonder reserveringen, zonder geld – en zonder enig benul!?!

# Deel 3

# Cambodja

# Hoofdstuk 1

## Mijn oppasser

Het was pikkedonker toen het vliegtuig in Siem Reap in Cambodja landde. Afgezien van de kleine lampjes langs de landingsbaan om het vliegtuig te leiden was er verder geen verlichting. Ik deed mijn reisrugzak om, hing aan elke schouder een kleine rugzak en stapte in het gangpad. Toen voelde ik paniek in me opdoemen. Ik verstarde. Ademde een paar keer achter elkaar diep in en uit.

'Loop eens door, puppy, je houdt de boel hier op.'

Ik draaide me vliegensvlug om.

Hanks, de Chinees-Maleisische cowboy!

Opluchting stroomde door me heen.

'Jij!'

'Hallo!'

'Wat doe jij hier?'

Hoewel Hanks geen hoed op had, droeg hij nog wel zijn standaard outfit van wildwestoverhemd en spijkerbroek. Ook zijn bakkebaarden waren in volle glorie aanwezig.

'Gerd dacht dat ik een goede oppasser voor je zou zijn.'

'Oppasser? Je bent even oud als ik!' Mijn opluchting sloeg om in verontwaardiging.

Hanks zei: 'Eigenlijk ben ik twee jaar ouder dan jij, dametje. Da's een wereld van verschil.'

Hanks fungeerde dus opnieuw als mijn babysitter.

'Ik ben eerder in Angkor geweest. En ik kan me aardig redden in het Cambodjaans. Ik ben dus verrekte geschikt om jouw *oppasser* te zijn.'

Toen drong het tot me door: 'Ik durf te wedden dat ze het vlieg-

115

tuig met opzet heeft gemist! Dit was allemaal van tevoren *ge-pland*! En ze beweert nog wel dat ze nooit iets plant!'
'Waarom zou ze dat in vredesnaam doen?'
Zijn stem klonk echter een beetje vreemd.
'Hoe moet het dan met jouw stage?'
'Renjiro vond dat ik wel een tijdje vrij had verdiend vanwege mijn goede gedrag.'
Hanks haalde zijn cowboyhoed uit een van de kastjes boven ons en zette hem op zijn hoofd. Toen nam hij mijn kleine rugzak over, die hij over zijn schouder gooide, en pakte hij een weekendtas – waar een lasso op lag. 'Loop eens door, loop eens door.' Hij glimlachte naar de stewardess. 'En ik was nog wel bang dat ik mijn veedrijftalent niet zou kunnen oefenen.'
Ze glimlachte nietszeggend en *salaamde*.
Waarom had oma *hem* mee gevraagd? We kenden elkaar niet eens. En nu werden we opeens reisgenoten? Wacht, maak daar-van: *oppasser* en *pupil*?! Wat was ze van plan?
'Ik hoop dat je geld bij je hebt,' zei ik.

We verlieten het vliegtuig via een metalen trap en liepen over het asfalt naar de terminal, die deed denken aan een filmdecor uit 1950 – en waarschijnlijk ook rond die tijd was gebouwd. Stoï-cijnse douanebeambten in lichtbruine uniforms vol medailles zet-ten stempels in onze paspoorten en controleerden onze visa.
Toen nam Hanks me mee naar buiten, waar een schare taxibe-stuurders – ieder met een sigarettenpeukje in de hand – elkaar onze klandizie bevochten. Hij onderhandelde gladjes en binnen een paar minuten zoefden we nog meer duisternis in met kop-lampen die amper een halve meter voor ons uit schenen.
Nauwelijks zichtbare Cambodjanen op fietsen en motoren deel-den de weg met ons en gingen nonchalant opzij toen wij langs kwamen tuffen. Felgekleurde sarongs en rubberen slippers vorm-den hier zo te zien de dagelijkse kleding van zowel mannen als vrouwen. In het stadje Siem Reap was het niet veel lichter. Net als in Malakka sneed ook hier een rivier dwars door de stad, hoe-wel deze veel smaller was en werd geflankeerd door bankjes.

Elektrische peertjes straalden zwakjes boven cafétafeltjes en hun licht werd weerkaatst door het water. Rugzaktoeristen zwierven met zaklampen door de straten en zochten voorzichtig over zandpaden hun weg naar pensions en restaurants.

'Ik wed dat je wel wat te bikken lust.' Hij gaf me een zakje pinda's.

'Oké. Hoe zit het eigenlijk met die cowboyact van je? Waar heb je dat Engels van jou geleerd?'

Hij haalde zijn schouders op. 'Op school, net als iedereen.'

'Maar je praat als...'

'Mijn oom How.'

Hij vouwde een geitenleren portemonnee open en liet me een ver-kreukelde foto zien van een Maleisische man met leren been-stukken over zijn spijkerbroek, die net van een bokkend halfwild paard werd afgeworpen. Het was moeilijk te zeggen hoe hij er, afgezien van het feit dat hij vloog, uitzag.

'Hij was net als mijn vader ingenieur. Totdat hij een nieuw soort wire bonder-apparaat uitvond. Met het geld dat hij daarmee ver-diende, kocht hij een kleine veehouderij in Little Creek, Wyo-ming. Ik logeer elke zomer bij hem. Daar heb ik ook een beetje de nasaal-lijzige uitspraak van Little Creek geleerd – net als paardrijden, een paard met hoefijzers beslaan, lassowerpen en pruimtabak kauwen.'

'Waarom ben je nu dan niet bij hem? Het is toch zomer of was dat je nog niet opgevallen?'

'Man, iemand is ontzettend chagrijnig...' Hij stopte zijn porte-monnee terug in zijn achterzak.

Het was net alsof hij een cowboyaccent nadeed, maar toch ook weer niet. Hij praatte echt een beetje lijzig, ook wanneer hij er niet 'op lette'. Hij was net een of andere bizarre kruisbestuiving tussen het Verre Oosten en het Wilde Westen.

*Maar ik was toch liever samen met een bizarre kruisbestuiving dan helemaal in mijn eentje.*

De taxi hield stil voor ons pension met een bord waarop stond: PENSION MOOIE BOOM. 'Volgens Gerd is dit de beste plek in Siem

Reap voor iedereen die minder dan twintig dollar per dag te besteden heeft,' zei Hanks.

'Ik durf te wedden dat ze niet heeft gereserveerd.'

Pension Mooie Boom bestond uit een grote, centraal gelegen bungalow met daaromheen zes kleinere bungalows die lichtgroen en perzikkleurig waren geschilderd, en elk één bovenkamer en één benedenkamer hadden, dus bij elkaar twaalf kamers. Hanks ging de grootste bungalow binnen, die zowel de receptie was als de lobby, conversatiezaal en eetkamer. Een slaperige medewerker klauterde overeind van zijn matje en streek zijn verwarde zwarte haar glad.

Een paar minuten later had Hanks een sleutel in zijn hand. 'Pak je spullen en kom mee, *pupil*.'

Hij liep naar de pittoreske bungalow nr. 4, die omgeven door banyanbomen bij een kleine vijver met lelies stond. Het geluid van cicaden vulde de avondlucht. Hij ging me via de trap voor naar de bovenkamer, die met de gebruikelijke teakhouten vloer, witte linnen gordijnen, witte linnen lakens en klamboes boven elk van de twee eenpersoonsbedden was uitgerust. In deze hing echter een zwart-witfoto van de ruïnes van Angkor aan de muur en in een stenen schaal dreef een lotusbloem.

Hanks gooide zijn reistas op het dichtstbijzijnde bed.

'O. Deze kamer is dus voor jou,' zei ik. 'Bedankt dat je me mijn spullen helemaal naar boven hebt laten sjouwen.' Ik pakte mijn kleine en grote rugzak op, draaide me om en wilde weer naar beneden lopen.

'Voor ons.'

'Hanks, ik ben moe. Zeg nou gewoon welke kamer jij wilt.'

'Deze is de enige die ze nog hebben. Dat krijg je ervan als je midden in het hoogseizoen zonder reservering aankomt. Het is tenminste stukken beter dan de vorige keer dat ik hier was. Zo bomvol dat ik in een hangmat bij de rivier moest pitten.' Hij haalde een afsluitbaar plastic zakje tevoorschijn waarin zijn toiletspullen zaten. 'Als ik jou was, zou ik dus maar voor de kamer kiezen. De hangmat wordt na een tijdje erg vervelend. Verrekte ding snijdt dwars door je heen. En dan al die muggen nog. Neem maar van mij aan dat malaria echt geen lolletje is. Dengue trouwens ook niet.'

Malaria!? Dengue!? Had ik vandaag mijn malariapil wel geslikt? Hij liep naar de badkamer en liet mij roerloos achter in de deuropening.

Wat echter nog erger was: met een jongen in één kamer slapen? Alleen? Ik? Het meisje dat zelfs nog nooit een afspraakje had gehad met een jongen werd nu geacht een slaapkamer met een jongen te delen? In bedden die amper een meter van elkaar vandaan stonden zonder een afscheiding ertussen?

Had ik een keus? Het was al halfelf 's avonds – in een derdewereldland ook nog. Dit was allemaal oma Gerds schuld!

Ik liet al mijn tassen met een harde dreun op de vloer vallen en liet me op het andere bed zakken.

Hoe moest het dan met het delen van de badkamer en de voorbereiding voor de nacht?

Stel dat hij snurkte? Stel dat *ik* snurkte?

## Hoofdstuk 2

## Slapen met een cowboy

Uit de badkamer klonk het geluid van tanden die werden gepoetst, gegorgel en de douche – en geneurie. Het deuntje kwam me vaag bekend voor. O. Ja, natuurlijk. 'Home, Home on the Range.'

Hanks kwam de badkamer uit in een afgeknipte spijkerbroek en een wit T-shirt – en nog steeds met zijn laarzen aan. Water drupte van zijn zwarte haar op zijn lichtbruine huid.

Had ik niet ergens gelezen dat cowboys met hun laarzen aan slapen?

'Ga je gang, Spore.' Hij boende zijn zwarte laarzen nu keurig schoon met een klein handdoekje.

Ik pakte mijn toiletspullen uit en hersloot elk slot op mijn rugzak zorgvuldig. Hij lachte. 'Wat is er? Vertrouw je me soms niet?'

'Na wat mij is overkomen, vertrouw ik *niemand* meer.'

Ik ging de badkamer in en bleef toen staan.

'Waar is de wc?'

Hanks kwam de badkamer weer in geslenterd en wees naar een porseleinen gootsteen in de vloer. 'Daar waar ik hem had achtergelaten.'

'Dat is een toilet?'

'Hurktoilet. Wou je soms zeggen dat je die nog nooit eerder hebt gebruikt?'

De grijns op zijn gezicht was me te veel.

'Natuurlijk wel. Kan ik dan nu misschien wat privacy krijgen?'

'Mij best.'

Ik deed de deur stevig achter hem op slot.

*Dit* was het toilet? Het witte porselein vormde een ondiep ovaal met een dikke rand eromheen en een soort rooster erin gekerfd. Vreemd. Hoe kon dit nu in de verste verte comfortabel zijn? Er stond een grote rode emmer met water naast waarin een groen plastic schaaltje dreef. Had ik nu dat gedeelte over hygiëne in de reisboeken maar niet overgeslagen.

*Je moet je aanpassen, Vassar.* Ik haalde mijn Traveler's Friend hygiënische wc-brilhoes uit de zelfreinigende verpakking, blies hem op en legde hem op de opening. Toen liet ik mijn broek zakken en ging ik heel laag zitten – en gleed ik er bijna in!

'Aaah!'

'Hulp nodig?' Hij deed geen enkele moeite om te verbergen dat hij lachte.

Ik negeerde hem.

Dit was niet echt bevorderlijk voor een rustige urinelozing. Ik probeerde het nogmaals – wat moest ik er absurd uitzien zoals ik daar op de grond zat met mijn knieën opgetrokken tot onder mijn kin.

Toen ik klaar was, vouwde ik de hygiënische wc-brilhoes op en stopte ik hem terug in de zelfreinigende verpakking. Er was geen spoelknop. Mijn gele zee bleef gewoon in een plasje liggen in het ondiepe toilet. Wat gênant. Ach, nou ja.

'Is alles er goed uitgekomen?' riep hij.

'Dit is het ongemakkelijkste toilet waar ik ooit op heb gezeten.' Wat was dat voor vreemd gehijg?

'Het is de bedoeling dat je erboven *neerhurkt*, niet dat je *erop gaat zitten*. Heb je die groeven dan niet gezien? Het porseleinen gedeelte is voor je voeten, niet voor je zitvlak.'

'Het is absoluut onmogelijk om…'

'Ga de volgende keer ontspannen op je hurken zitten en laat je achterwerk boven je hielen hangen… dan komt alles er gemakkelijk en vanzelf uit.'

Was dit soms één gigantische grap?

'Heb je er wel een kom water in gegooid om alles door te spoelen?'

'Ja, natuurlijk.'

Ik goot zo stil mogelijk een kom vol water in het toilet.

121

Ik hoorde hem grinniken.

Beschaamd trok ik een T-shirt en een korte broek aan. Ik ging voor geen goud in mijn pyjama rondlopen waar *hij* bij was.

Mijn avondroutine nam ruim een uur in beslag, dus tegen de tijd dat ik klaar was, sliep Hanks al. Hij lag in bed en het licht was uit. Zijn laarzen stonden keurig naast elkaar bij het voeteneind van zijn bed.

Mooi. Ik kon zonder zijn nieuwsgierige blik in bed kruipen.

De schone witte lakens voelden koel aan tegen mijn huid. Ik trok de klamboe om me heen omlaag. Boven mijn hoofd hoorde ik twee gekko's (*chincha* in Cambodja) over het plafond rennen en de krakende ventilator omzeilen. Al snel ving ik hun klikkende geluidjes op uit een hoek van de kamer. *Chincha* – hun naam klonk een beetje als het geluid dat ze maakten. Zou ik mijn oogmasker en oordoppen gebruiken? Of moest ik juist extra op mijn hoede zijn?

'Zeg, waarom hebben je ouders je eigenlijk Vassar genoemd?' Hanks' stem klonk nog raspender wanneer hij slaperig was.

Fijn. Nietszeggend gekeuvel voor het slapengaan. Toch deed ik mijn beugel uit. 'Ik ben vernoemd naar een exquise vrouwenuniversiteit.'

'Lame raden, dan heten je broers zeker Princeton, Harvard en Yale?'

'Heel grappig. Ik heb geen broers of zussen.'

'Vind je het leuk om enig kind te zijn?'

Zijn vraag riep een herinnering op van tien jaar eerder. Mijn vader was bezig me te instrueren hoe ik de tafel in precies twee minuten kon dekken. Toen ik hem vroeg waarom ik geen broers of zussen had, zei hij: 'We hebben liever maar één dochtertje, Vassar. Je weet toch wel wat de volmaakte geometrische vorm is?' Hij legde drie messen neer.

'De driehoek?'

'Precies. Jij, mama en ik – met ons drieën vormen we de volmaakte familievorm. We willen tenslotte toch zeker niet...' – hij legde er een mes bij – '... zo'n saai *vier*kant als iedereen zijn, of wel?' We grinnikten allebei geamuseerd.

'Hé. Ik zei: "Vind je het leuk om enig kind te zijn?"' Hanks leunde op één elleboog. Zonder mijn bril was hij slechts een schemerige gedaante achter het gaas van de klamboe.

'Ik vind het wel leuk, ja. En jij? Heb jij broers en zussen?'

'Mijn moeder zei dat haar werk erop zat zodra ze een zoon had. Je weet wel, de typische Chinese houding.'

Oké.

'Heb je een v...' *Stop, Vassar! Straks denkt hij nog dat je interesse hebt.*

'Wat?'

'Niets.'

'Vooruit, voor de draad ermee. Wat wilde je vragen?'

'Dat ben ik vergeten.'

'Of ik een vriendin heb?'

*Gênant!*

'Klopt dat?' Ik merkte dat hij zich verkneukelde.

'Nee! Ik vroeg me gewoon af of je een v-vrouwelijk of een mannelijk paard had. Ik vroeg me af of je een *paard* had om op te oefenen en... en zo.' *Vlot, Vassar. Heel glad.*

'Ik heb geen paard. En ik heb ook geen meisje. De laatste heeft me vier maanden geleden gedumpt. Ze beweerde dat mijn bakkebaarden kriebelden. En jij? Heb jij een gozer?'

'Nee, ik heb geen *gozer*. Ik heb een vriend. Hij heet John Pepper.' Ik liet me niet zomaar door hem klein krijgen.

'Je meent het.'

Was dat vermaak dat ik in zijn stem hoorde? 'John en ik hebben toevallig een heel serieuze relatie.'

'Bedoel je dat jullie misschien overwegen om een dezer dagen eens een afspraakje te maken?'

'Pardon?'

'Gerd heeft me verteld dat je nog nooit een afspraakje had gehad. In Amerika spannen ze dus het paard achter de wagen?'

'Welterusten.'

Hij lachte.

Ik pakte mijn oordoppen en oogmasker.

'Hoeveel vriendjes heb je dan gehad, Vassar?'

123

Ik gaf geen antwoord.

'Vassar?' Zijn stem klonk zachter, heser.

Ik snurkte zogenaamd zachtjes. Hij lachte weer en draaide zich om.

Al snel klonk uit zijn bed een diepe, regelmatige ademhaling.

Nu was ik natuurlijk klaarwakker. Ik moest iets hebben om me af te leiden.

Ik sloeg mijn nieuwe, gele schrijfblok open op de pagina waar ik de woorden – voluit – had opgeschreven.

*Cocon. Geboorte. Te jong. Rubberen bal. Sterft. Ei.*

'Wat doe je?' vroeg Hanks.

Waarom ging die gast niet gewoon slapen?

Ik stond op het punt hem te vertellen dat hij zich met zijn eigen zaken moest bemoeien – maar hield mijn mond. Misschien wist Hanks wel iets. Hij mocht dan irritant zijn, maar hij was tenslotte niet dom. Ik gaf hem een zo beknopt mogelijke samenvatting van het chantageverhaal.

'Hmm... Waren je ouders vroeger hippies?'

Ik lachte.

'Jammer. Dan kon het iets zijn wat met drugs te maken had. Dat ze waren betrapt met marihuana in de zoom van hun wijde broekspijpen en in de bak hadden gezeten.'

Het mentale plaatje van mijn vader en moeder in broeken met wijde broekspijpen was zo absurd dat ik nog harder lachte.

'Of misschien worden ze gezocht voor belastingontduiking.'

Ik brieste. 'Mijn ouders zijn de eerlijkste, fatsoenlijkste mensen die er zijn.'

'Ho effe. Het was maar een idee.'

'Eigenlijk kun je me misschien wel helpen. Vertel me alles wat je over oma Gerd weet. Geen detail is te klein. Hoe en waar heb je haar bijvoorbeeld leren kennen? Bij MCT? Heb je ooit Engelse les van haar gehad? Heeft ze wel eens iets gezegd wat raar of geheimzinnig klonk? Denk je dat je vader haar voorgeschiedenis kent? Of Renjiro? Heb je ooit met haar gesproken over...'

Zacht gesnurk klonk door de kamer.

Bedankt, hè.

Ach, ik kon natuurlijk altijd wat aan mijn hoofdstuk gaan werken.

Tot haar grote afschuw moest Sarah een kamer delen met Wayne. Hoogst ongepast. Ook al vond ze hem vreemd genoeg best aan- trekkelijk...

Ik hield op met schrijven en legde het schrijfblok op mijn nacht- kastje. Ik kon beter wachten tot ik een nacht goed had geslapen, want ik dacht duidelijk niet al te helder meer na.

# Hoofdstuk 3

## Slangen vangen

Hanen.
Gekraai.
In mijn hoofd.
Waar was ik?
Ik deed moeizaam mijn ogen open en zag nog net een vage flits vlees voorbijlopen.
Wat moest dat voorstellen? Ik zette mijn bril op.
Hanks. Met alleen een handdoek om.
'Hallo, ik ben er ook nog.' Mijn stem klonk duf en traag.
'Morgen, Zonnestraaltje. Het is weer een prachtige ochtend. Wat is er met je gezicht gebeurd?'
Mijn gezicht? Ik sprong uit mijn bed en rende naar de badkamer. Daar, tegenover me in de spiegel, stond een meisje met VIJF grote rode muggenbeten in haar gezicht! Het was net alsof ik de pokken had. En ik had gisteravond behalve de klamboe nota bene ook nog insectenwerend spul gebruikt.
Na het douchen probeerde ik ze te verbergen onder een extra dikke laag foundation en make-up. Het resultaat was niet geweldig, maar beter dan daarvoor.
'Schiet eens op. Ik moet me nog scheren.' Hanks' stem zweefde door de houten latjes van de badkamerdeur naar me toe.
'Jij? Scheren?' zei ik toen ik eruit kwam.
'Tuurlijk,' zei hij gekwetst en hij wreef met zijn hand over zijn gladde babyhuidje.
Ik durf te wedden dat hij de plastic beschermhuls niet eens van het scheermes haalde.
'Wacht eens even – er is iets anders aan je,' zei ik en ik bekeek

126

hem van top tot teen. 'Je tochtlatten! Waar zijn ze gebleven?'
'Bakkebaarden,' zei hij kortaf en hij deed de deur achter zich
dicht.

Toen hij weer tevoorschijn kwam, rook hij naar Old Spice en zaten zijn bakkebaarden weer op hun plek. Hij deed ze dus 's avonds
af en bracht ze elke ochtend na zijn 'scheerbeurt' weer aan.

'Hé, weet je wel hoe lang het bij een Aziaat duurt voordat hij
zulke mooie bakkebaarden heeft?'

'Ik zeg toch niets.' Ik onderdrukte echter een glimlach.

Hij ging in de weer met zijn laarzen, poetste eerst de rechter en
toen de linker. Zijn lange pony, die normaal gesproken in een
kuif naar achteren zat gekamd, hing nu golvend à la Elvis over
zijn voorhoofd. Hij trok één laars aan en hield de andere omhoog – eerst schuin de ene kant op en toen de andere, om goed
te kunnen zien of hij elk stukje vuil eraf had geboend.

'Je bent enorm geobsedeerd door je schoeisel, weet je dat?'

'Waarom niet? Deze zijn superspeciaal,' zei hij en hij trok ook de
andere aan.

'Het zijn maar laarzen.'

'*Maar* laarzen? *Maar* laarzen!?'

Hij smeet de poetslap plotseling neer en beende de badkamer in.
Hij kwam terug met mijn stuk Dial-zeep.

'Kom hier.'

Ik deinsde achteruit.

'Er is hier iemand wiens mond eens goed met zeep moet worden
gewassen.' Hij zwaaide dreigend met de zeep.

'Hé, wacht even – stop...' Ik strompelde naar de badkamer.

'Loop maar weg, ik krijg je toch wel te pakken.'

In de val!

Vijf minuten lang zat Hanks me achterna door de slaapkamer.
Zijn laarzen klikklakten woest op de teakhouten vloer. Het was
niet te zeggen hoe lang hij was doorgegaan als de Duitse toeristen
onder ons niet op de deur hadden gebonsd en geroepen: '*Was ist
los?* Wat is daar aan de hand?'

'We vangen slangen,' zei Hanks door de deur. 'Ze zijn verrekte
glibberig.'

'*Die Schlangen?!*' We hoorden dat hun voetstappen zich snel verwijderden.

Hanks zette de ventilator aan het plafond op de hoogste stand en liet zich op zijn bed vallen. Ik ging op het mijne liggen. We dropen allebei van het zweet en ik hijgde. Hanks' haar was vochtig en zijn linkerbakkebaard hing op halfzeven.

'Je smelt,' zei hij.

Ik voelde aan mijn gezicht. Alle foundation was er afgedropen. Mijn rode insectenbeten gloeiden ongetwijfeld als lichtbakens. Ach. Het was Hanks maar.

'Oké, waar waren we gebleven? O, ja.' Hij stak zijn voet in de lucht. 'Dit zijn met de hand gemaakte Godings uit 1940 van kangoeroeleer met chique rood-witte sierstukken en een stompe neus. Begrepen?'

'Ik weet het niet, hoor; voor mij blijven het toch *maar* laarzen.' Ik kon het niet helpen.

Aanvang van ronde twee.

'Berhenti!' zei ik en ik stopte. Hanks botste tegen me aan, waardoor ik over de gladde teakhouten vloer gleed en met mijn gezicht tegen de muur knalde.

De pijn was minder verontrustend dan de reusachtige paarse bult die nu op mijn voorhoofd ontstond.

'Sorry,' zei Hanks. 'Het was niet mijn bedoeling...'

'Nu kan iedereen *zien* wat voor een bruut je eigenlijk bent.'

Ik deed een nieuwe laag make-up op en probeerde de bult met extra foundation te bedekken.

'Ik ga in de lobby vragen of oma Gerd een berichtje heeft achtergelaten,' zei ik en ik nam mijn kleine rugzak mee. 'En proberen haar te bellen. En kijken of er nog een andere kamer beschikbaar is.'

'Ga je gang,' zei Hanks. 'Het kan natuurlijk niet dat je een kamer deelt met een vent die je "vreemd genoeg best aantrekkelijk" vindt.'

Ik verstijfde.

*Gênant!*

'Dat is privé!'

'Wat zou John Pepper zeggen van zijn vriendinnetje dat nooit uitgaat?'

'Hoe durf je zomaar te lezen in mijn...'

'Sorry, was niet de bedoeling. Je hebt het echter zelf op tafel laten liggen, zodat iedereen...'

'Begrijp je nu waarom ik een kamer voor mezelf moet hebben?'

'Jazeker. Zodat je je niet door die "vreemde aantrekkingskracht" laat meesleuren...'

'Het is fictie! Een roman! Het is niet eens echt! Sarah en Wayne zijn *personages*...'

'Waarom wind je je er dan zo over op dat ik heb gelezen dat "Sarah" valt op "Wayne"...'

'Ach, hou toch je kop!' Ik griste mijn rugzakje, hoed en bril naar me toe. Hij stond daar met een zelfgenoegzame grijns naar me te kijken. 'Alsof Sarah echt zou vallen op een nepcowboy met namaakhaarstukjes op zijn gezicht!'

Ik stormde door de deur naar buiten – recht tegen oma Gerd aan.

'Ahhh!'

'Hallo, Spriet.' Ze had haar rugzak om – en de 'beeldigste' bloes aan – en hield een stuk roestig metaaldraad in haar hand. Gevonden kunst?

'Wat... waar kom jij nou ineens...'

'Heb het eerste vliegtuig gepakt. Moest om zes uur vanochtend opstaan. Wat ik al niet voor mijn kleindochter overheb.'

Ik vertrouwde mijn stem niet voldoende om antwoord te geven.

'Wat deden jullie daarbinnen zo-even? Het leek wel een knokpartij.'

Ik liep achter haar aan de kamer weer in. 'Je hebt dit allemaal zo gepland, hé? Je hebt het vliegtuig met opzet gemist.' Ik probeerde me rustig te houden.

'Waarom zou ik dat doen?'

'Waarschijnlijk omdat je dacht dat het grappig was als ik samen met een man moest slapen – *in dezelfde kamer* moest slapen.' Mijn woorden waren aan dovemansoren gericht.

'Hoi, Gerd,' zei Hanks.

'Heeft je pupil zich een beetje gedragen?'

'Ze is opvliegend, maar ook redelijk handelbaar.'

'Mooi zo. Ik laat mijn spullen even hier totdat we een andere

129

kamer hebben geregeld.' Ze zette haar rugzak op de vloer en plaatste het metalen draagstuk tegen de muur. 'Waar is mijn kleine rugzak?' vroeg ze aan mij.

Ik overhandigde hem aan haar zonder haar aan te kijken. Zou ze doorhebben dat ik haar Allesboek had gelezen?

Maar ze zette het rugzakje gewoon boven op haar grote rugzak en liep naar de deur.

'Wie gaat er mee om enkele ruïnes te bekijken?' Ze dacht dus dat ze gewoon verder kon gaan waar we waren gebleven.

Na alles wat ze had gedaan.

'Ik controleer mijn e-mail,' zei ik stijfjes.

Terwijl oma Gerd en Hanks voor een taxi zorgden en toegangsbewijzen voor Angkor Wat regelden, gebruikte ik de computer in de lobby van het pension om mijn nieuwste hoofdstuk te mailen, mijn ouders gerust te stellen en te kijken of ik berichten had.

Had ik dat maar niet gedaan.

Amber: *WAARSCHUWING: SLECHT NIEUWS! Vassar, balen dat we je dit moeten vertellen, maar het meisje uit onze studiegroep Latijn voor Gevorderden dat John mee uit zeilen wilde nemen (om op Crescent Island te gaan kamperen) was – Wendy Stupacker!*

Laurel: *Dit heeft in onze ogen al zijn aantrekkelijkheid tenietgedaan.*

Denise: *Misschien is de laserchirurgie mislukt en denkt hij dat zij jou is.*

Laurel: *Of misschien heeft hij gewoon de slechtste smaak van de hele wereld.*

Denise: *Of misschien is zijn IQ wel 104 in plaats van 140. P.S. Blijf die hoofdstukken sturen – lucht je woede en teleurstelling maar door te schrijven.*

## Hoofdstuk 4

# Het karnen van de oceaan van melk

Het verdient aanbeveling verspreid over de dag regelmatig een rustpauze in te lassen en een ruime hoeveelheid water uit een fles te nuttigen. Span je niet bovenmatig in, anders bezwijk je door uitputting gerelateerd aan de warmte. Zorg goed voor jezelf. Ja, Angkor Wat is een ware schat – maar dat ben jij ook!

*Het Cambodjaans reisboek voor bezonnen bezoekers*

Ik ging op de achterbank van de taxi naast Hanks zitten. Oma Gerd zat voorin en was druk bezig sepiafilm in haar Browniecamera uit de jaren dertig van de vorige eeuw te stoppen.

Onze taxi dook puffend de menigte fietsers, motorrijders en voetgangers in. We waren op weg naar Angkor Wat.

Hanks streek met een hand over zijn vetkuif en zette zijn cowboyhoed weer op. Om zijn nek hing een van oma Gerds polaroidcamera's. Hij verschoot de lolly naar zijn andere mondhoek.

'En, hoe maakt John Pepper het vandaag? Heeft hij je nog een liefdesbrief gestuurd?'

Ik schonk geen aandacht aan hem.

'Of heeft hij je juist geschreven dat hij je wilde dump...'

'Wil je alsjeblieft je mond houden?'

Oma Gerd keek over haar schouder naar Hanks en ze wisselden een blik uit die zei: 'Poeh, die is vandaag chagrijnig.'

Ik haalde een guave tevoorschijn die ik bij een kraampje vlak bij het pension had gekocht, waste deze met antibacteriële zeep en at hem op, terwijl ik door het smoezelige raampje naar het landschap staarde.

Ik was echt totaal niet in de stemming om de toerist uit te hangen. Wanneer ik probeerde me op Angkor Wat te concentreren, zweefden er beelden van John en Wendy in dikke witte truien met glinsterende druppels oceaanwater in hun haren voor mijn ogen.

Wendy Stupacker. Van alle meisjes van Seattles Academie voor Academische Uitmuntendheid kiest hij uitgerekend *haar*.

Denise had gelijk: God bestond niet.

Ik sloeg mijn *Cambodjaans reisboek voor bezonnen bezoekers* open en dwong mezelf te lezen:

*Mysterieus Cambodja! Land van intriges, met bloed doordrenkte aarde, machtige koningen en revoluties. Vergeleken met Angkor – het magische, betoverende, magnifieke Angkor – krijgen de piramiden en de Taj Mahal iets banaals. Angkor, slechts zes kilometer buiten het slaperige stadje Siem Reap gelegen, is een wonderland van relieken. Daar: een stenen toren die door het jadegroene gebladerte uitsteekt! Hier: een spectaculaire tempel! En daar – is dat slechts een muur? Nee, het is een rij olifanten! En dit, is dit een balustrade? Nee, nee – het is een naga met schubben en vinnen! Niets is wat het lijkt. Angkor met zijn eindeloze steden, tempels en paleizen is eenvoudigweg een van de grootste WONDEREN DER WERELD!*

Ik deed het boek dicht, een beetje licht in mijn hoofd van alle overdrijving. Hoe kon het in vredesnaam aan dit alles voldoen? Geen probleem.

De majestueuze stenen ruïnes van Angkor Wat die uit de weelderige groene jungle omhoogstaken, snoerden me volledig de mond. De silhouetten van enorme dennenappelvormige torens stonden scherp tegen de lucht afgetekend. Daarachter sprankelden smaragdgroene rijstvelden. Ik voelde me net een gevangene uit *De vertellingen van duizend-en-één-nacht* en verwachtte bijna dat er elk moment een prins met puntige slofjes (zoals het paar dat oma Gerd me had gestuurd) op een vliegend tapijt boven mijn hoofd voorbij kon komen zweven. De oeroude Cambodjaanse tempel werd omgeven door een slotgracht die we via een gigantische verhoogde weg van blokken zandsteen overstaken.

Het schouwspel leidde mijn aandacht van John Pepper af. Het leidde ook bijna mijn aandacht van de intense hitte af. Bijna, maar niet helemaal. Als de hitte in Maleisië net een warme, natte handdoek was die zich om je heen drapeerde, dan was ze hier vijf drijfnatte slaapzakken die je verstikten.

Drukkend.

'*Non calor sed umor est qui nobis incommodat,*' mompelde ik in het Latijn.

'Wat zei je?' vroeg oma Gerd.

'Het komt niet door de warmte, het komt door de vochtigheid.' Hanks veegde zijn gezicht en nek af met een rode hoofddoek en stopte deze toen in de achterzak van zijn spijkerbroek. 'Wees zuinig met je energie, dametje. Doe rustig aan.'

Hij had gelijk. We waren amper een uur in Angkor Wat toen ik al onder de dichtstbijzijnde boom wilde gaan liggen. De combinatie van vochtigheid en warmte putte mijn energie zo uit dat mijn lippen nauwelijks nog woorden konden vormen. Mijn grote witte hoed en zonnebril boden niet voldoende bescherming tegen de zon. Een rij Japanse toeristen liep langs: alle vrouwen hielden een paraplu boven hun hoofd en sommigen droegen zelfs lange witte handschoenen. Die hadden het slim bekeken!

Angkor was trouwens niet alleen Angkor Wat, maar een tweehonderd vierkante kilometer tellend gebied vol over het platteland verspreid staande ruïnes van tempels en paleizen. Als ik dit wilde overleven, moest ik het echt heel rustig aan doen.

Monniken in saffraangele en novicen in oranje gewaden wandelden om ons heen. ('*Let op de novicen, jongens die voor korte tijd de levensstijl van een monnik aannemen...*')

Plotseling werden we omringd door luidruchtige Cambodjaanse kinderen met donkere haren en ogen die souvenirs verkochten.

'Hé, meneer, hoed kopen? Kijk, gouden torens. Mooi, mooi. Vier dolla.'

'Nee, niet bij haar kopen, bij MIJ kopen!' Een ouder meisje duwde een jonger meisje opzij en drong haar hoed aan Hanks op.

'Armband goeikoop, goeikoop! Twee dolla.'

Niemand gebruikte blijkbaar de Cambodjaanse munteenheid, *riel*.

'Heb je ook lepels?' vroeg ik en ik dacht schuldig aan mijn belofte aan Laurel.

'Lepel? Dame honger? Smakelijk eten deze kant op...'

Blijkbaar waren lepels een bijzonder impopulair souvenir in Zuidoost-Azië.

'Koeibel één dolla, koeibel één dolla, koeibel één dolla,' riep een klein verveeld jongetje eentonig en hij zwaaide met een ruwe, uit hout gesneden koebel. Op zijn hoofd stond een spitse hoed die helemaal van groene bladeren was gemaakt.

Oma kocht de koebel. En ook zijn spitse bladerhoed.

'Souvenirs?' vroeg ik.

Ze reageerde verbaasd. 'Nee, voor de collage. Ik doe niet aan souvenirs. Daar heb je herinneringen voor.'

Een jongetje zonder voortanden klom als een berenjong in een sequoiaboom langs Hanks' been naar boven. Hij wilde pas loslaten toen Hanks een Angkorloge had gekocht – een zwart polshorloge waarop de torens van Angkor Wat in goudkleur stonden geschilderd.

'U koop Angkorloge voor mevrouw vriendin, zij leuk vinden,' zei het jongetje met een brede grijns in mijn richting zonder Hanks' been los te laten.

Hanks lachte en vroeg: 'Oké, *mevrouw vriendin*, wil je een Angkorloge hebben?'

'Zeg tegen hen dat ik *niet* jouw mevrouw vriendin ben.'

'We hebben toch samen geslapen?'

De kinderen giechelden allemaal.

'Wat ben je toch onvolwassen.'

'Het is toch zo?'

'We delen heel toevallig dezelfde accommodatie...'

'Zij u vrouw? U koop Angkorloge voor vrouw?'

'Schieten jullie eens op,' riep oma Gerd. 'Ik wil jullie iets laten zien.'

Nadat we ons eindelijk van de kinderen hadden bevrijd, volgden we haar door een smal gangetje naar een reeks bas-reliëfs – verhalen verteld door middel van uit steen gehakte afbeeldingen.

Opeens bleef oma Gerd staan en strekte ze woest een arm uit. 'Absoluut mijn favoriete bas-reliëf in heel Angkor: *Het karnen van de oceaan van melk*!'

Ik staarde naar het zeer gedetailleerd uitgehakte stenen drama voor me. Mannelijke gedaanten, sommigen met hun gezicht naar links, anderen naar rechts, hielden een grote slang onder hun armen vast. Zo te zien bevonden ze zich in een impasse. Onder hen lag een oceaan vol zeeleven: hele scholen vissen, aal, krokodillen – zelfs een vis die in tweeën was gesneden. Ontelbare nimfen dansten in de lucht.

'Is het niet fantastisch?' vroeg oma Gerd, die foto na foto schoot met haar Brownie, terwijl Hanks polaroids maakte.

'Wat betekent het?' vroeg ik en ik wuifde mijn klamme gezicht koelte toe met mijn witte hoed.

'Het heet *Het karnen van de oceaan van melk*. Wat moet je dan nog meer weten?'

'Tja, het is maar goed dat ik toevallig mijn *Cambodjaans reisboek voor bezonnen bezoekers* bij me heb.' Ik bladerde naar de betreffende pagina en las hardop voor: '*Het karnen van de oceaan van melk beeldt duivels en goden uit in een touwtrekwedstrijd waarbij een slang wordt gebruikt om de zee te laten karnen, zodat het onsterfelijksheidselixer vrijkomt...*'

Mijn reisgids tuimelde op de stenen vloer. Ik greep naar mijn buik. 'Ga verder,' zei Hanks, die aandachtig van heel dichtbij naar de slangenkop tuurde.

'Ooo!'

Ik zakte kreunend op mijn knieën. Mijn buik karnde! Karnde als de oceaan van melk!

Oma Gerd draaide zich om, zag me in foetushouding bij haar voeten liggen en merkte ongeduldig op:

'Moet het echt? Ik heb "hints" nooit leuk gevonden.'

Hanks bekeek me: 'Worm? Slang? Gebakje?'

'Guave!' kreunde ik. Waarom had ik ook het risico genomen en fruit gegeten zonder het te schillen?

135

Hanks hield zijn hoofd schuin opzij. 'Guave? Dat snap ik niet...'
Ik krabbelde overeind. 'Ik moet hier weg!'
Oma Gerd fronste haar wenkbrauwen. 'We zijn er net. Je hebt zelfs geen tijd genomen om alles echt in je op te nem...'
'De toiletten zijn daarginds, bij die tempel,' zei Hanks, die eindelijk begreep wat er aan de hand was. Hij gebaarde naar een boeddhistische tempel in de verte waar monniken druk doende waren met hun dagelijkse bezigheden.
Ik vloog over de traptreden naar beneden en rende tussen de met paraplu's schermende groep Japanse toeristen door over het gras. *Nog even volhouden, Vassar! hield ik mezelf in gedachten voor. Je bent er bijna, echt bijna! Volhouden!*
Hijgend denderde ik de hoek om van de provisorische houten toiletten. Ik sloeg de deur met een klap achter me dicht, haastte me naar het hurktoilet – bedacht net op tijd dat ik moest hurken en niet zitten...
Net. Op. Tijd.
Ik voelde me enorm opgelucht. Letterlijk en figuurlijk.
Dat wil zeggen: totdat ik tot de ontdekking kwam dat er geen wc-papier te bekennen was...
En ik had geen papieren zakdoekjes meer.
*Dat is de laatste keer geweest, Vassar. Van nu af aan eet je nooit, maar dan ook echt nooit meer iets.*
Mijn blik viel op de plastic emmer met water en het drijvende plastic bakje. De bijzonder gedetailleerde alinea in mijn reisgids die de wijze beschreef waarop de lokale bevolking het toilet gebruikte, dook voor mijn geestesoog op.
*Je hebt geen keus.*
Ik bereidde me voor op het ondenkbare (met gebruik van water en mijn linkerhand) toen...
*Idee*!

Ik hoopte maar dat Hanks niets zou merken.
'Waar zijn je sokken gebleven?'
Waarom, o waarom, zat het me nou nooit eens mee?
*Fssst*!

Hij schoot snel een polaroid van mijn blote enkels.
'Ik denk dat ik deze foto "Offersokken" noem.'
Ik begon sneller te lopen en negeerde hem.
Hij haalde me in. 'Misschien ga je je hierdoor iets beter voelen...'
Hij hing iets om mijn pols. Het Angkorloge. '...*mevrouw vriendin.*'

We sloten de dag af op Phnom Bakheng, een reeks ruïnes tegenover Angkor Wat, om de zonsondergang te bekijken. (Nadat ik had gecontroleerd of mijn Imodium werkte.) Mijn reisgidsen zanikten eindeloos lang door over de intense, bijzonder kleurrijke zonsondergangen in Zuidoost-Azië. Ik was sceptisch. Ze hadden het echter niet overdreven. Dit ging veel verder dan alleen kleurrijk – de kleuren waren enorm levendig, enorm intens, enorm zuiver. Net Kool-Aid-ranja. Ik probeerde het beeld in woorden te vangen voor mijn roman.

Recept voor glorieuze Cambodjaanse zonsondergang: maak een doosje Jell-O gelatinepudding met cranberrysmaak open en wrijf de korreltjes uit langs de donkere hemel.

Best goed, alleen een beetje... zelfvoldaan.
Ik probeerde het opnieuw.

Intense pasteltinten in rood, blauw, geel en roze losten op aan de horizon als kleurtabletten voor paaseieren.

Naast me maakte oma Gerd als een razende foto's met haar Brownie. Waar was Hanks trouwens? Ik liet mijn ogen over de menigte bekijkers van de zonsondergang glijden en ontdekte ten slotte zijn cowboyhoed. Hij stond polaroids te maken van de torens van Angkor Wat in de verte met daarachter rijstvelden en omzoomd door palmbomen. De stroken roze, blauw, oranje en paars vervaagden. Een vrouwelijke rugzaktoerist met goudblonde krullen en een Keltische tatoeage op haar enkel liep naar Hanks toe. Ze zei iets, hij zei iets, zij lachte, hij lachte, zij raakte zijn arm aan, hij...

*Waarom laat hij zich door haar fotograferen?*
Wat kan mij dat nou schelen? Het is Hanks maar. Irritante, lijzige nepcowboy Hanks.
Ik kon mijn ogen echter niet lostrekken van hun silhouetten tegen de gloeiende lucht, terwijl de zon in het zilver van de rijstvelden wegzonk.

## Hoofdstuk 5

## Frangipane

Toen we bijna een week lang de ruïnes van Angkor Wat intensief hadden bekeken, kondigde oma Gerd aan:
'Ik heb zin om een avondje te gaan stappen, wij meiden onder elkaar. Met ons tweetjes. Hanks redt zich wel, hij is een grote knul.'
Dus haalde Hanks een kom knoedels en pakte hij die avond oma Gerds gevonden kunst in om het naar MCT te verzenden – de hoeveelheid afval die ze al had vergaard voor de collage was werkelijk reusachtig. (Uiteraard beschouwde zij het niet als afval, maar als Kunst met een hoofdletter K.) Ook liet hij de rolletjes met sepiafoto's ontwikkelen. Als er een paar waren mislukt, had ze op die manier nog een week om nieuwe te maken voordat we naar Phnom Penh vlogen. Ik vroeg me af hoeveel oma Gerd Hanks eigenlijk betaalde voor zijn werkzaamheden. Of ging de rekening naar Renjiro?
Ik keek niet echt uit naar het samenzijn met alleen mijn oma. Hoewel we nu een kamer deelden, waren we aan het eind van de dag meestal zo uitgeput dat we amper meer dan 'welterusten' wisten uit te brengen voordat we voor pampus op ons bed vielen. Daardoor ontbrak de noodzaak om gezellig te kletsen of te doen alsof we graag in elkaars gezelschap vertoefden.
Het aantrekken van de familiebanden kon die avond echter misschien wat licht werpen op Het Grote Geheim...
Oma Gerd en ik zochten met behulp van mijn betrouwbare Maglite-zaklamp over het zandpad een weg naar de stad. We aten ons maal in een van de restaurantjes in Siem Reap die zich speciaal richtten op de toeristen van Angkor. Dat wil zeggen: oma Gerd

stortte zich op *lak* (vlees) met rijst en ik nipte voorzichtig van heldere bouillon, het enige waardoor mijn buik niet in een vrije val werd gestort. We zaten buiten onder een grote boom vol bladeren en witte bloemen waarin slingers twinkelende lichtjes waren gehangen.

'Mooi horloge,' zei oma Gerd. 'Souveniertje?' Typisch iets voor haar om dat nu pas op te merken, zo volledig ging ze op in haar eigen wereld.

'Van Hanks gekregen. Het komt goed van pas nu ik mijn DRP niet meer heb.'

Oma Gerd grinnikte en nam een slok Merlot.

Ik had uitgekeken naar een moment alleen met oma Gerd om haar uit te horen over Het Grote Geheim. Ik ging ervan uit dat als ik het steeds opnieuw ter sprake bracht, en weer, en weer – ze uiteindelijk wel zou toegeven en het me zou vertellen. Mijn versie van de Chinese watermarteling.

Ik stond net op het punt met het 'water druppelen' te beginnen toen mijn aandacht werd getrokken door een robuuste reizigster met een lange bruine vlecht. Nadat de ober haar een bord met rijst en geroerbakt vlees had gebracht, haalde ze onmiddellijk een flesje tevoorschijn en besproeide ze het geheel van onder tot boven. Vervolgens schoof ze zonder aandacht te schenken aan de met stomheid geslagen ober een enorme hap vlees in haar mond en kauwde ze verwoed – met open mond.

'Ze doet me denken aan een zeug die ik eens ben tegengekomen in Chiang Mai,' zei oma Gerd en ze joeg een mug weg.

'Volgens mij heeft ze iets heel handigs te pakken.' Ik stond op en liep naar haar toe.

'Pardon, wat deed u zo-even met uw eten?'

Ze grinnikte, waardoor haar bolle wangen nog boller werden en me een blik werd gegund op rijst en vlees halverwege het kauwproces. Toen liet ze een boer en daalde er een regen van stukjes vlees op me neer: '*Vreemd Voedsel Zuiveringsspray*! Dat spul is echt geweldig. Het werkt uitstekend. Je besproeit je maaltijd ermee – en hup! Je kunt veilig eten!'

'Echt?'

'Geen diarree, geen winderigheid, geen buikpijn. Niets! De spray doodt alles wat leeft – alle kleine beestjes die mogelijk voor problemen kunnen zorgen! Psst psst en weg zijn ze!'

Ik staarde verwonderd naar de goudkleurige spuitbus naast haar bord. De vrouw zag mijn blik en klemde haar worstvingers er beschermend omheen. 'Sorry, meid. Ik heb er maar één. Ik kan je wel de website geven. Ze rekenen dertig dollar per fles, maar dat is het dubbel en dwars waard. Alles komt er in stevige kleine hoeveelheden uit, als je begrijpt wat ik bedoel...'

'Ze wilde haar *Vreemd Voedsel Zuiveringsspray* niet verkopen. Zelfs niet voor vijftig dollar,' zei ik en ik zonk neer op mijn stoel. 'Zeg, dat is wel mijn geld dat je daar aan het wegsmijten bent. Rustig aan. Trouwens, als het alles doodt wat leeft, wat doet het dan met je ingewanden?' vroeg oma Gerd.

Starend naar de vrouw die verrukt lepel na lepel vol eten in haar mond stouwde, kneep ik mijn ogen tot spleetjes en dacht ik duistere gedachten. Als ik haar nu eens van de spray beroofde? Gewoon in een donker, modderig straatje tegen haar aan botsen, waardoor ze haar tas liet vallen – 'Oeps, het spijt me echt verschrikkelijk.' Ik had er werkelijk alles voor over om weer normaal te kunnen eten.

Oma Gerd zweeg en haar wijnglas bleef halverwege haar mond hangen. 'Als je het maar uit je hoofd laat, Spriet.'

Kon ze nu ook al mijn gedachten lezen?

En dan nog iets:

'Waarom noem je me altijd Spriet? Waarom gebruik je nooit mijn echte naam? Vind je die soms niet mooi of zo?'

Ze zette haar glas neer en leunde achterover in haar stoel. 'Oké. Je hebt me dus door.'

'Echt?'

'Ik heb je voornaam nooit mooi gevonden. Hij is elitair, afwerend en klinkt bovendien ook nog als vasectomie. Dus nu je er toch zelf over begint: vind je het goed als ik je bij je doopnaam aanspreek?'

Diep geraakt door haar aanval zei ik: 'Nou, ik vind mijn naam toevallig wel mooi. Ik vind het fijn dat hij symbool staat voor uitmuntendheid. Dat hij associaties heeft met succes. En als je misschien iets meer belangstelling had getoond voor je enige kleinkind, had je geweten dat ik geen doopnaam heb.'

'Jazeker wel. Ik heb hem zelf uitgezocht.'

Ik staarde haar verbluft aan, overdonderd door haar talent voor verzinsels.

'Kijk maar op je geboortecertificaat, als je me niet gelooft. Ik heb Leonardo overgehaald – goed, omgekocht dan – zodat hij mij die naam liet uitkiezen.'

'In mijn paspoort staat geen doopnaam en daar gebruiken ze je geboorteakte voor...' Ik haalde mijn paspoort uit mijn moneybelt en gaf het aan haar.

Tijdens het lezen vloog er een pijnlijke trek over haar gezicht. Toen klapte ze het paspoort fel dicht en legde ze het ruw op tafel.

'Vassar Spore. Ze hebben je doopnaam dus wettelijk laten verwijderen. Balen.' Ze nam een flinke slok wijn. 'Althea had ik wel tot zulk verraad in staat geacht – maar mijn Leonardo niet.'

'Wat was...?'

'Ik zal je eens wat vertellen – wettelijk of niet, je had *wel* een doopnaam. Een naam is niet compleet zonder de drie delen. Het is net een verhaal met een begin en een eind, maar geen middenstuk. Geen vlees. Geen hart. Zeg op, wat klinkt beter: Gertrude Spore – of Gertrude *Valhalla* Spore?'

Ik vond het ongelooflijk dat ze het zo zwaar opnam. Zo persoonlijk.

'Ik zou je er toch graag mee willen aanspreken,' zei ze en ze zette haar tropenhelm recht.

Ik kromp inwendig in elkaar bij de gedachte aan het soort naam dat oma Gerd waarschijnlijk had gekozen.

'Maak je geen zorgen,' zei oma Gerd, die de blik op mijn gezicht zag. 'Hij is lyrisch, muzikaal en sprookjesachtig tegelijk. Je zult hem vast enig vinden.' Ze ademde theatraal uit: 'Frangipane.'

Nog erger dan ik had verwacht.

'Het is een bloem – deze bloem, om precies te zijn.' Ze raapte iets op van de grond en gaf het aan mij. Een crèmekleurige bloem met vijf bloembladen met een gele rand en hart – en een flamboyante, tropische geur. 'Ze groeien overal in Zuidoost-Azië aan bomen zoals deze.'

'Frangi...?'

'Pane. Frangipane – mooie klank, vind je niet?'

'Ik heb liever Vassar.'

'Je bent gehersenspoeld, hé? Oké, Frangi dan? Korter, maar nog steeds zangerig.'

Ik huiverde en maakte een nieuwe fles water open.

'Wat zeg je hier dan van: als ik je Frangipane mag noemen, laat ik het je weten wanneer je Het Grote Geheim hebt geraden. Ook al heb ik je ouders beloofd dat ik het je niet zou vertellen. Maar ach, zij zijn ook niet bepaald eerlijk geweest tegen mij. Nu ik je in levenden lijve heb ontmoet, denk ik dat je de waarheid wel kunt hebben. Persoonlijk vind ik dat je het recht hebt om het te weten, aangezien je zestien bent. Maar alleen als je er zelf achter kunt komen. Afgesproken?'

Waarom verbaasde haar onorthodoxe, onethische gedrag me?

'Hoe kom ik er dan achter?'

'Gebruik je intuïtie. Je talent voor herleiden en beredeneren. Zet dat brein van gemiddeld een negen maar eens aan het werk.'

'Laat je het me echt weten als ik Het Grote Geheim heb ontdekt? Je probeert zo niet alleen maar...'

'Ik beloof het. Ik zal je zelfs een paar aanwijzingen geven. Elke dag een of zo. Om je een echte kans te geven. Wat zeg je ervan? Eerlijk of niet?'

'Ik denk het wel,' zei ik. Had ik een keus?

'Dat is dan afgesproken, *Frangipane*!' zei ze en ze schudde opgewekt mijn hand. Ze scheurde een stukje toiletpapier van de rol in een plastic houder – toiletpapier wordt overal in Zuidoost-Azië als servet gebruikt. Ze schreef er iets op met een groene viltstift. Ze gaf het papiertje aan mij. 'Hier. Je eerste aanwijzing.'

'Wat moet dit voorstellen?' vroeg ik terwijl ik het van alle kanten bekeek. 'Een heuvel?'

'Nee, het is een D.'

'D? De letter D?'

'Zijn er nog een andere "D's" dan?'

'Bijvoorbeeld een scheikundig element dat begint met een D?'

'Je denkt wel erg veel aan school, hè?'

'Is het een initiaal? Of een monogram? Of...'

'Daar zul je zelf achter moeten komen, *Frangi*.'

Ik kromp in elkaar. 'Mag ik wel vragen stellen?'

'Zolang ik er met ja of nee op kan antwoorden wel – ga je gang.'

'Heeft het iets te maken met de gevangenis?'

Ze schonk nog wat wijn in. 'De gevangenis? Nee.'

'Heeft het iets te maken met geld?'

'Nee.'

'Heeft het iets te maken met opa?'

'Nee,' zei ze terwijl ze een mug uit haar glas viste.

Ik kneep mijn ogen tot spleetjes. Haar houding was net iets te nonchalant. *Ik hoop voor haar maar dat ze de waarheid vertelt.* De volgende vragen waren een beetje een schot in het donker, maar Hanks had het zaadje geplant: 'Worden mama en papa door de politie gezocht? Hebben ze een louche verleden?'

'Althea en een louche verleden?' Oma Gerd lachte.

Ik vatte dat als een nee op.

Was de *D* misschien gewoon een afleidingsmanoeuvre?

# Hoofdstuk 6

## De apsara

In acht nemend dat Cambodja pas heel recentelijk een felle burgeroorlog heeft gestaakt, blijven bezonnen bezoekers ver uit de buurt van landmijnen door niet van de uitgezette paden af te wijken en onthouden zij zich ervan intrigerende, half begraven metalen voorwerpen uit de grond te verwijderen...

*Het Cambodjaans reisboek voor bezonnen bezoekers*

Die avond maakten oma Gerd en ik ons in stilte op om naar bed te gaan, elk in beslag genomen door haar eigen gedachten – die werden onderbroken door Hanks' voetstappen boven ons. Zijn laarzen maakten inderdaad een hoop herrie. (We waren in de kamer getrokken die de Duitse toeristen hadden verlaten – 'Te veel slangen vangen,' hadden ze tegen de receptionist gezegd.) Ergens had het geluid toch ook iets geruststellends en het voegde iets toe aan de vaste avondmuziek: het klikklakkende geluid van de chincha's op het plafond, het gekwaak van de padden in de vijver en het gezoem van een vliegende kever die steeds tegen het gaas van de hor vloog. Ik had oma Gerd nog veel meer willen vragen over de 'D', maar had er eenvoudigweg geen puf voor.

Toen ik wakker werd, ontdekte ik dat ik nog eens zes keer was gestoken in mijn gezicht. Dat waren bij elkaar dus elf rode bulten – en dan had ik het nog niets eens over de paarse uitstulping. Ik begreep er niets van. Ik had me de vorige avond in extra sterke insectenspray ondergedompeld.

Mijn poging ze met make-up te vermommen was zinloos. Zodra ik de warmte in stapte, was de laag op mijn gezicht binnen dertig seconden weer compleet gesmolten.

*Fsssht!*

'Wist je dat jouw muggenbeten samen de Grote Beer vormen? En die grote bult daar is de zon,' luidde Hanks' analyse van de polaroidfoto die hij net had gemaakt. Hij haalde een Sharpie-pen tevoorschijn en schreef er voorzichtig op: *Vassar nr. 5: Zonnestelsel.*

'Oma Gerd zal niet blij zijn als ze er achterkomt dat je haar film verspilt.'

'Och, dat weet ik zo net nog niet. Deze zou machtig goed staan op Renjiro's muur…'

Inmiddels had ik me ermee verzoend dat hij foto's van me zou blijven maken, of ik dat nu leuk vond of niet. Mijn plan was om aan het eind van de reis op een of andere manier zijn hele stapel 'Vassar-foto's' in beslag te nemen en verbranden. Voorlopig zou ik echter rustig mijn kans afwachten en geen aandacht aan hem schenken. Ik was beslist niet van plan hem te laten merken dat hij me irriteerde. Anders werd elke minuut van elke dag er een vol eindeloze irritatie.

'Zou je het vervelend vinden om je aandoening te bedekken? Ik moet me tenslotte wel met jou in het openbaar vertonen…' Hij overhandigde me mijn witte operatiemasker.

'Heel grappig.'

We liepen over een overwoekerd pad naar Ta Prohm, een boeddhistische tempel uit 1186, maar sindsdien weer door de jungle ingenomen. Oma Gerd liep ver voor ons uit foto's te maken met haar Brownie en raapte diverse bladeren en stenen op.

Een rood bord trok mijn aandacht: een wit doodshoofd en gekruiste beenderen.

'Wat betekent dat?'

'Oppassen voor landmijnen.'

'Landmijnen!?'

'Ja. De Rode Khmer heeft overal zijn visitekaartje achtergelaten. Maak je niet druk. De meeste zijn opgegraven.'

Dat was een beetje een domper op mijn humeur. Ik bekeek de platgetrapte aarde voor me goed. Hoe zag een landmijn er eigenlijk uit? Oplossing: ik zou gewoon vlak achter Hanks gaan lopen – hem voorop laten gaan.

'Pas op waar je je voeten neerzet – *Frangipane*,' zei Hanks.
Allemachtig, zou ik ooit aan die naam wennen?

In tegenstelling tot Angkor Wat, dat vrijwel smetteloos was geweest, was het in Ta Prohm één grote *bende*. Een wirwar van gebladerte en stenen die eeuwenlang onaangeroerd was gebleven. Er was geen enkele moeite gedaan hem te restaureren. Banyan- en vijgenbomen hadden hun reusachtige stammen en wortelen door stenen blokken geperst, en muren, funderingen en omvallende torens uit elkaar gedrukt.
'Dit vind ik echt de allermooiste ruïne, Frangipane,' zei oma Gerd.
Tot mijn verbazing bleek Ta Prohm ook mijn favoriet te zijn.

Oma Gerd stapte over een duttende bewaker in uniform heen en bleef in de deuropening staan. Ze wees naar een rij uit steen gehouwen dansende vrouwen boven het deurkozijn.
'Kijk: *apsara's*. Hemelse dansende nimfen, courtisanes van de lucht. Ze verleiden mannen met hun volmaakte schoonheid...'
'Iets waar jij niet bang voor hoeft te zijn, juffrouw Muggenbultmassa,' fluisterde Hanks in mijn oor. Ik porde hem met mijn elleboog in zijn maag. 'Óooef.'
De apsara's fascineerden me met hun mysterieuze, grillige gezichtsuitdrukking en hun sierlijke, zwevende houding. Het waren de prachtigste wezens die ik in bas-reliëfs was tegengekomen. Ze hadden iets uitnodigends. Toen ik met mijn ogen knipperde, had ik durven zweren dat ik een van hen een luchtsprong zag maken. Ik wilde gaan zitten om hen rustig in me op te nemen.
'Kijk uit!' Vlak voordat ik op een plat stuk rots kon gaan zitten, greep Hanks mijn arm vast.
'Landmijn!' krijste ik en ik rende met maaiende armen weg.
'Ehm, niet helemaal...' zei Hanks wijzend.
Daar, precies op de plek waar ik wilde gaan zitten, zat een duizendpoot – van *dertig centimeter* lang! Ik wankelde achteruit bij de gedachte aan zo'n gesegmenteerd, dik, rood-geel-bruinachtig gekleurd lijf met zijn veelvoudige poten onder mijn achterwerk.

'Naar verluidt is zijn beet erger dan die van een schorpioen. Bijzonder pijnlijk,' zei oma Gerd opgewekt.

'Bedankt voor de waarschuwing,' zei ik. Uiteindelijk telde ik elf van die afschuwelijke wezens op de grond, tegen de muren en in de spleten van Ta Prohm. In mijn *Cambodjaans reisboek voor bezonnen bezoekers* stond dat het hier de Vietnamese reuzenduizendpoot (*Scolopendra subspinipes*) betrof, een veelvoorkomend insect in Zuidoost-Aziatische landen. Hun beet was niet alleen ondraaglijk pijnlijk – hij kon zelfs dodelijk zijn. *'Bezonnen bezoekers blijven ver uit de buurt van dergelijke wezens en geven niet toe aan de verleiding hen op te pakken of als huisdier mee naar huis te nemen.'*

We gingen ieder onze eigen weg: ik om aantekeningen te maken voor mijn roman, Hanks om polaroids te nemen en oma Gerd om rubbings te maken.

'Wanneer ga jij eigenlijk je steentje bijdragen?' vroeg oma Gerd aan me. 'Gevonden kunst dient zich echt niet vanzelf aan.'

'Ik ga zo zoeken,' beloofde ik. 'Nadat ik mijn hoofdstuk heb geschreven.'

Ik vond een schitterend schrijfplekje: een vierkant brok steen bedekt met lichtgroen en oranje korstmos – maar vrij van duizendpoten (en landmijnen). Voordat ik aan de slag ging, smeerde ik extra zonnebrandcrème op en trok ik mijn hoed omlaag. Het was nergens voor nodig om melanomen te riskeren, zou mijn moeder zeggen.

Ik sloeg mijn schrijfblok open en tuurde om me heen. Nu moest ik Ta Prohm levendig in woorden zien te vatten:

Sarah staarde peinzend naar de tentakels van de bomen die de ruïnes van steen verkrachtten.

Niet slecht. Ik wilde net verder gaan toen mijn oog op iets viel wat vlak bij de stenen muur half in het zand begraven lag: een gedeeltelijk overblijfsel van het gezicht van een stenen apsara. Ongeveer ter grootte van mijn hand en ook ongeveer net zo dik.

Die moest recentelijk uit de rij dansende apsara's zijn gevallen. Ze staarde glimlachend naar me op. Hoewel het grootste deel van haar rechteroog en wang waren verdwenen, bezat ze toch een raadselachtige gezichtsuitdrukking. De lippen liefjes gebogen, de ogen olijk.

In de latei boven de deuropening waren diepe nieuwe beitelgaten zichtbaar in de steen rond het nu gezichtsloze lichaam van een apsara. *Waarvoor werden de bewakers hier eigenlijk betaald?* Het was duidelijk dat iemand onlangs had geprobeerd de hele apsara los te bikken toen er niemand keek. Misschien had iets hen op de vlucht gejaagd en hadden ze het beschadigde souvenir gewoon op de grond laten liggen.

Oma Gerd slenterde voorbij met in haar hand een stuk perkamentpapier met de rubbing van iets wat veel weg had van een zeeslang.

'Wat vind je van deze *naga*? Moet je die neusgaten eens zien...'

'Kijk eens,' zei ik en ik wees naar de apsara. 'Iedereen kan het zomaar oprapen en in zijn rugzak stoppen!'

Oma Gerd keek naar de apsara en rolde langzaam haar perkamentpapier op. 'Je hebt helemaal gelijk, Frangi.'

Ik keek om me heen: een groep rugzaktoeristen die video-opnames van elkaar maakten, een Scandinavisch stel van middelbare leeftijd dat hand in hand liep en een oude Cambodjaanse non met een kaalgeschoren hoofd en een gezicht als een gerimpeld appeltje. Kromgebogen vanaf haar middel veegde, veegde, veegde ze hetzelfde stukje grond telkens opnieuw aan met haar bezem van twijgjes.

Ieder van hen kon het waardevolle stuk zomaar meenemen.

Ik draaide me weer om naar de apsara. Ze was weg. 'Wat!?!'

En daar stond oma Gerd die net haar megagrote geweven tas stevig dichtdeed.

'Oma Gerd!'

'Goed gedaan, Frangipane! Dat noem ik nog eens gevonden kunst!'

'Maar ik wilde niet... zo bedoelde ik het niet...'

Ik kon het niet geloven. Mijn eigen oma die schaamteloos een waardevol overblijfsel van een van de wonderen van de wereld pikte. Ik begreep niets van stelen. Ik had nog nooit van mijn leven iets gestolen – zelfs geen lipgloss uit de drogisterij toen ik op de middenschool zat en Wendy Stupacker probeerde me onder druk te zetten.

'Leg terug!' siste ik. Ze liep gewoon weg.

Ik griste mijn rugzakje naar me toe. Een bewaker in een verkreukeld uniform wandelde langs me – verkreukeld, omdat hij waarschijnlijk net wakker was geworden. Hij bleef even staan. Staarde me doordringend aan.

Ik heb het niet gedaan, wilde ik zeggen, de schuldige is de grijsharige misdadiger met de tropenhelm op!

Voordat we die avond naar bed gingen, wasten oma Gerd en ik onze bloezen en ondergoed in de wasbak in de badkamer en we hingen alles te drogen aan de reiswaslijn die ik had meegebracht. Toen ze daarmee klaar was, haalde ze de apsara uit haar tas.

'Ziezo, wat ben je toch een prachtig, betoverend wezen,' zei ze en ze zette het stenen brokstuk op haar nachtkastje.

Ik hing mijn beha aan de waslijn, die we door de kamer hadden gespannen in de hoop dat de ventilator aan het plafond het drogen zou versnellen. 'Ik kan nog steeds niet geloven dat je haar hebt gestolen.'

'Anders was ze gewoon door iemand anders meegenomen om op de zwarte markt te verkopen of er een asbak van te maken. Denk even na: die duttende bewakers hebben door de jaren heen duizenden oudheden laten stelen.'

'Daarom mag het nog niet.'

Oma Gerd maakte foto's van de apsara, eerst met een digitale camera en toen met haar Brownie. 'Bij mij krijgt ze tenminste nog een belangrijke plek in een Zuidoost-Aziatische collage, als een eerbetoon aan Zuidoost-Azië – *in* Zuidoost-Azië.'

Ze kon werkelijk alles goedpraten.

Ik ging de badkamer weer in om me klaar te maken om te gaan slapen. Toen ik terugkwam, sliep oma Gerd al – vroeg voor haar doen – en op mijn kussen lag een van lucifers gemaakte A.

Leuk geprobeerd, oma Gerd. Je probeert met aanwijzingen mijn aandacht af te leiden van je misdaad.

Ik lag urenlang wakker, door het dunne gaas van mijn muskietennet naar de apsara starend, gehypnotiseerd door de loom ronddraaiende ventilator.

*Dief... dief... dief... dief...*

Het ene oog van de apsara keek me plechtig aan.

We wisten allebei wat me te doen stond.

## Hoofdstuk 7

# Twee foute daden maken samen geen goede, maar hoe zit het met een foute en goede daad?

De volgende ochtend ontbeten we met ons drieën in het Angkor Wat Café. Voor mij: yoghurt. Voor hen: gebakken eieren, geroosterd brood en koffie. Ik schraapte mijn keel en zei zo nonchalant mogelijk voor een niet-acteur: 'O, zeg, ik denk dat ik... ehm, tja, terugga naar Ta Prohm.' Voordat ze konden vragen waarom, voegde ik er snel aan toe: 'Ik vond het er zo vredig en toch ook zo, ehm, mystiek, dat ik ehm... nou ja... ik wil er graag een schets van maken.'

Oma Gerd staarde me even aan. Ik schoof heen en weer op mijn stoel en staarde terug – naar haar voorhoofd. Ik durfde haar niet recht aan te kijken.

'Nou, nou, nou,' zei ze tegen Hanks. 'Blijkbaar is een beetje van mijn kunstzinnigheid op Frangipane overgegaan.'

'Zo oma, zo kleindochter,' zei Hanks.

'Welke artistieke talenten ik ook bezit, ik heb ze beslist niet van oma Gerd. We zijn geen bloedverwanten. Mijn vader is geadopteerd.'

'Je meent het,' zei Hanks en hij roerde koffiemelk door zijn derde kop koffie.

Oma Gerd stond op en hing haar geweven tas over haar schouder. 'Doe wat je wilt. Ik ga naar de Bayon. Ik wil er veel foto's maken, want het is Renjiro's favoriete ruïne.'

'Nou, aangezien Ta Prohm *mijn* favoriete ruïne is,' zei Hanks lijzig, 'ga ik met je kleindochter mee. Kan ik ervoor zorgen dat ze niet in zeven sloten tegelijk loopt.'

'Ik kan er heus wel alleen naartoe. Ik ben geen klein kind. Ik neem gewoon een taxi...'

'Vergeet niet dat ik je *oppasser* ben. 'k Moet wel een beetje op mijn *pupil* passen.' Hij knipoogde naar oma Gerd, die begon te lachen.

'Dan neem ik de polaroidcamera mee, Hanks,' zei oma Gerd en ze pakte het toestel dat naast zijn bord stond. 'Jij hebt het toch druk met op mijn niet-bloedverwante passen...'

Ze maakte snel een foto van ons aan tafel. Gaf deze toen aan mij. 'Herinnering.'

Eigenlijk was het best een leuke foto van me – in dit licht zag je mijn muggenbulten bijna niet. En Hanks zag er ook niet slecht uit. Voor zijn doen dan. Ik stopte de foto in mijn rugzak.

In Ta Prohm van Hanks afkomen was moeilijker dan ik had verwacht. Terwijl ik zat te schetsen, kleefde hij als de lijm van zijn nepbakkebaarden aan me vast. Ik kon hem gewoon niet afschudden.

Hij keek over mijn schouder naar mijn weergave van Ta Prohm. 'Waarom al die knoedels?'

'Het zijn geen knoedels,' zei ik stijfjes. 'Het zijn wortels.'

'Nou, het lijken net knoedels.'

Uit pure wanhoop omdat het over tien minuten sluitingstijd was, gooide ik eruit: 'Ik wil alleen zijn.' Ik kromp in elkaar omdat het er zo enorm lomp uitkwam.

Hij schoot zijn cowboyhoed naar achteren en staarde me aan. Had hij iets door? Ik wendde mijn blik snel af. Hield hij maar eens op met staren, staren, staren.

'Mij best.' Hij verdween om een hoek.

Nadat ik me ervan had vergewist dat er geen loslopende toeristen mijn kant op kwamen of lome 'bewakers' in mijn omgeving zaten te dutten, ritste ik vlug mijn rugzakje open en haalde de apsara eruit. Toen oma Gerd en ik die ochtend het pension verlieten, had ik net gedaan alsof ik naar onze kamer terug moest voor mijn zonnebril en toen had ik de apsara meegenomen.

Ik klauterde over een berg vierkante stenen en stond op het punt de apsara in een onopvallende spleet te zetten, maar hoorde toen achter me:

Het geknars van voetstappen. Waarom liet hij me niet gewoon met rust?

Ik stopte de stenen brok 'subtiel' achter in mijn broek en draaide me snel om. 'Waarom laat je me niet...'

Ik verstijfde.

Achter me stond namelijk niet Hanks de Maleisische cowboy, maar een bewaker. Een niet-slapende bewaker. Een bewaker van in de vijftig met grijsgrauw haar en pokdalige wangen, in een fris gesteven uniform en met een strenge blik. 'Oudheden van Ta Prohm meenemen is tegen de wet.'

Mijn tong weigerde alle medewerking. 'Maar... maar...'

Hij gebaarde naar de bult in mijn broek. 'Geef aan mij, alsjeblieft.'

'Ik wilde het terugzetten – niet stelen!'

Hij bleef onbewogen met uitgestrekte hand staan.

Onhandig trok ik de apsara uit mijn broek en ik overhandigde haar aan hem. Hij bekeek haar zorgvuldig. Tuurde toen omhoog naar de beschadigde latei. Ik zag dat hij twee en twee bij elkaar optelde.

'Nee, ik heb het niet gedaan! Ik zweer het! Ik zag dat iemand de steen had vernield en dat het gezicht van de apsara was losgeraakt, en...'

Hij pakte me stevig vast bij mijn arm. 'Meekomen, alsjeblieft.'

'Wacht! Ik heb haar niet gestolen! Echt niet!' Mijn stem piepte.

Inmiddels had zich een groepje rugzakkers en toeristen verzameld. Ik keek hen aan. 'Kan iemand iets doen – alsjeblieft! Hij denkt dat ik de apsara heb gestolen. Maar dat heb ik niet gedaan! Het is indirect bewijsmateriaal!'

Ze bleven echter allemaal staan en schudden plechtig hun hoofden naar me, een woordeloos 'tut-tut'. Een van hen zei: 'Die denkt zeker dat ze ermee wegkomt, omdat ze Amerikaanse is.'

O, waar zat Hanks nu ik hem nodig had!?

Met een stem die zo kalm en redelijk klonk als ik kon opbrengen, zei ik: 'Ik ben minderjarig. Ik heb een oppasser – hij zal u vertellen dat ik totaal onschuldig ben. Kunnen we niet even op hem wachten? Alstublieft?'

Hij zei niets, maar nam me mee tussen de ruïnes door, zijn blik naar voren gericht, zijn voetstappen afgemeten.

Wat moest ik doen? Wat *kon* ik doen? Alles wees erop dat ik een dief was. Ik zag geen uitweg. Het was mijn woord tegen het zijne – en zijn woord was heel wat overtuigender. Hij had zelfs 'westerse getuigen'. Ik zou mezelf ook arresteren – als ik in zijn schoenen stond.

Ik liet tijdens het lopen mijn blik over de groepjes toeristen glijden. 'Hanks? Hanks!'

De bewaker verstrakte zijn greep om mijn arm en zei: 'Geen commentaar, alsjeblieft.'

Typisch dat mijn 'oppasser' nergens te bekennen was nu ik hem echt nodig had.

De bewaker nam me mee Ta Prohm uit en over het pad dat door de jungle naar wachtende taxi's, *moto's* (motorfietsen met bestuurder die je kon huren) leidde, en rondlopende toeristen die onderhandelden met bestuurders, souvenirs kochten en in de schaduw van banyanbomen iets dronken. In plaats van naar een stilstaande politieauto te lopen, gingen we naar een houten bewakershut waar één bewaker in een hangmat snurkte en een andere rokend een krant las. Mijn bewaker sprak in het Cambodjaans tegen de 'wakkere bewaker', die me met lichte interesse bekeek en zich vervolgens weer op zijn krant stortte. Mijn bewaker ging naast hem zitten, haalde enkele papieren uit een zwart koffertje dat op de bank tussen hen in stond en zette een bril met dubbele focus op die hij uit zijn borstzak haalde. Hij gebaarde dat ik op een ander bankje moest gaan zitten dat een meter of twee bij hem vandaan onder een banyanboom stond en begon met een balpen heel nauwgezet de papieren in te vullen.

Goed, dacht Sarah. Dit is het dan. Je wordt gearresteerd en draait waarschijnlijk de gevangenis in. Celstraf voor een misdrijf dat je niet eens hebt begaan. In een land waar je niet eens naartoe wilde...

155

'Paspoort, alsjeblieft,' zei de bewaker even later zonder op te kijken. Ik trok mijn bloes uit mijn broek, blij dat ik iets te doen had. Ik had er alles voor over om die deprimerende gedachtegang een halt toe te roepen. Ik wilde net mijn moneybelt openritsen, maar toen:

'Pssst!'

Ik draaide me om. Achter een andere banyanboom zag ik Hanks! Hij zat achter op een moto waarvan de motor draaide. De bestuurder was een magere tiener met een afgeknipt T-shirt en armen vol tatoeages. Hij voerde het toerental even op en grijnsde naar me. Hanks gebaarde dat ik het op een lopen moest zetten. *Was hij nu helemaal gek!?! Alsof ik zo niet al genoeg problemen had!*

Hanks gebaarde weer – zei toen geluidloos: 'Het is je enige kans.' Mijn hart bonk-bonk-bonkte nu in een oorverdovend ritme.

Ik keek snel naar de bewakers. De ene sliep nog steeds, de ander sloeg gapend een bladzij om en mijn bewaker tuurde ingespannen op zijn formulier. Blijkbaar liepen er zo veel toeristen rond en ronkten er zo veel motoren, dat ze niets merkten.

Wat had ik te verliezen? Ik herinnerde me de afschuwelijke verhalen die ik had gehoord over tieners die levenslang de gevangenis in gingen voor drugssmokkel in Zuidoost-Azië. Met tieners die onvervangbare oudheden jatten, liep het waarschijnlijk niet veel beter af. De enige manier waarop ik kon aantonen dat ik niets had gestolen, was tenslotte als oma Gerd bekende dat zij het had gedaan, besefte ik. Ik wilde echter evenmin dat zij werd gearresteerd. Een onmogelijke situatie.

Hanks wuifde dringend. In de zin van: DOE HET NU.

Mijn lichaam spande zich, de adrenaline stroomde woest. Ik hing langzaam mijn rugzakje om mijn schouders... stond toen op alsof ik me wilde uitrekken... sloop om het bankje heen... achter de boom... *en zette het op een lopen*!

Het ene ogenblik zat ik nog op het bankje, het volgende scheurde ik weg op de moto met mijn armen stevig om Hanks' middel geklemd. De bestuurder reed met een boog om alles heen, zodat hij niet langs de bewakershut kwam.

Ik wierp een blik over mijn schouder: de bewakers hadden niet eens in de gaten dat ik was verdwenen!

'Niet achterom kijken! Hier. Zet deze op.' Hanks trok mijn grote, witte hoed van mijn hoofd en verving hem door een blauw honkbalpetje waarop CAMBODJA stond geborduurd. 'Stop je haar erin weg.' Toen gaf hij me zijn rode zakdoek. 'Bind deze voor je gezicht.'

Ik deed wat hij zei.

De geur van benzine, uitlaatgas, Old Spice en kretek drong mijn neusgaten binnen.

Hanks strekte zijn nek uit. 'Daar komen ze – hou je goed vast.' Toen zei hij in het Cambodjaans iets tegen de bestuurder. Ik greep Hanks net op tijd steviger vast, want de bestuurder zette de moto in de hoogste versnelling en schoot de openbare weg op. Met nonchalante behendigheid stuurde hij tussen taxi's, moto's, fietsen en voetgangers door.

Ik keek even achterom. De politieauto reed maar een paar kruispunten achter ons – en kwam onze kant op.

Onze bestuurder maakte een scherpe bocht en reed een zijstraatje in, waar we op het nippertje twee kinderen op fietsjes en een graatmagere kat wisten te ontwijken. Toen sloegen we plotseling links af, een doolhof van nauwe steegjes in die kriskras door een woonwijk voerden. Ten slotte bereikten we een drukke weg, waar we opgingen in de menigte taxi's, moto's en fietsen. Veel bestuurders en fietsers droegen een operatiemasker en zakdoek om te voorkomen dat ze te veel uitlaatgas inademden. Ik zag er precies zo uit. De politie kon ons nu onmogelijk opsporen.

Ik voelde dat Hanks' spieren zich ontspanden.

'Bedankt,' zei ik, half gedempt door de zakdoek. 'Ik weet niet wat ik had gedaan als...'

'Ik had je gewoon moeten laten brommen. Dan leer je vanzelf dat je niet mag stelen.'

Ik rukte de zakdoek weg. 'Dat was oma Gerd! Ik wilde juist terugzetten wat zij had gestolen!'

Hij draaide zich om. Zijn ogen keken onderzoekend in de mijne.

Toen schoof hij de zakdoek weer over mijn neus. 'Je hebt verrekt veel mazzel gehad dat ik goed op mijn pupil paste.'
'Je hebt me dus de hele tijd in de gaten gehouden?'
'Ik ben toch je oppasser?' Toen lachte hij. 'Smokkelwaar in je broek. Daar had ik wel een polaroid van willen hebben.'

Het duurde even voordat Sarahs hart ophield met bonzen. Kon Wayne het horen? En ook even om te verwerken wat er zojuist was gebeurd: ik – Sarah Lawrence – was ternauwernood aan de Cambodjaanse politie ontkomen!

Onze motobestuurder zette ons bij het pension af en Hanks gaf hem twintig dollar van oma Gerds geld voor zijn aandeel in de ontsnapping. Hij grijnsde, stak zijn duim in de lucht en reed toen met brullende motor weg, een wolk stof achterlatend. Hanks en ik liepen naar onze bungalow, en ik zette de pet af, trok de zakdoek los en gaf de spullen aan hem terug. 'Eerlijk, ik weet niet hoe ik je kan bedank...'
'Het is gewoon mijn werk.' Hij propte de zakdoek in de achterzak van zijn spijkerbroek. 'Hoewel ik vind dat ik wel opslag heb verdiend.'
'Frangi, heb jij de apsara ergens gezien?' riep oma Gerd uit de deuropening van onze kamer. 'Ik kan haar nergens vinden.'
Hanks en ik keken elkaar aan.

Het duurde even voordat oma Gerd de situatie helemaal doorhad. Ze ijsbeerde op blote voeten door onze kamer, waarbij haar wijde vissersbroek ruisende geluiden maakte. Ze streek met haar vingers door haar grijze haar en voelde aan haar neusring van jade. Ten slotte keek ze me aan en ze zei: 'Goed, ik ben blij dat je niets mankeert. Je hebt geluk gehad dat Hanks oplette.'
'Dat weet ik, ik heb hem al gezegd...'
Ze ging verder alsof ze me niet hoorde: 'Ik vind het echter bijzonder moeilijk je dat van de apsara te vergeven.'
'Het was voor je eigen bestwil – stel dat je bij de douane was be-

158

trapt? Ik ben nota bene bijna de gevangenis ingedraaid, omdat ik haar wilde terugzetten waar ze thuishoorde.'

'Dat had ik je niet gevraagd. In feite had ik juist liever gehad dat je dat niet had gedaan.'

'Maar...'

'Ik had me heus wel gered. De apsara had het heus wel gered.' Ze zette haar Vietnamese helm op en trok haar sandalen aan. 'Ja, ik ben blij – erg blij – dat je in orde bent. Het liefst had ik echter gehad dat je in orde was *en* dat ik mijn apsara nog had.'

Ik deed mijn mond open. En weer dicht. Het had geen zin om uit te leggen dat het niet *haar* apsara was.

Hanks schraapte zijn keel en zei tegen oma Gerd: 'Ik denk dat het waarschijnlijk verstandig is om morgenochtend meteen uit Siem Reap te vertrekken. Voor het geval een van de toeristen haar aangeeft, of een van de beveiligingsmensen haar in de stad ziet rondlopen.'

Oma Gerd pakte haar geweven tas. 'Dan gaan we dus een volle week eerder naar Phnom Penh? Dat zijn zeven hele dagen minder om in Angkor gevonden kunst en materiaal te verzamelen.' Op weg naar buiten smeet ze de deur keihard achter zich dicht.

Hanks keek naar mij. 'Waar gaat ze naartoe?'

Ik zuchtte. 'Waarschijnlijk gaat ze een glas rode wijn halen.'

Op de computer in de lobby van het pension controleerde ik mijn e-mail.

Eerst mijn ouders:

Papa: *Wilde je even snel een berichtje sturen voordat we het avondeten opzetten. (Wat overigens veel minder leuk is zonder jou aan mijn zijde om de Parmezaanse kaas te raspen of de citroen.) Je moeder voelt zich inmiddels veel beter. Maakt zich nog wel veel zorgen om jou, uiteraard. Blijf die optimistische e-mails dus sturen! Directeur Ledbetter heeft vanmiddag om kwart voor vier gebeld. Ze was nieuwsgierig naar de vorderingen met je roman. Ik heb haar gezegd dat je alles onder controle had. Dat klopt toch, hé?*

Mama: *Nu je je in Cambodja bevindt, wil ik graag dat je extra*

*goed op je hoede bent wat betreft je veiligheid. Laat je niet door*
*Gertrude dwingen dingen te doen die ook maar in de verste verte*
*riskant lijken. (Zoals in een hotel zonder sterren overnachten.)*
*Amber boekt trouwens goede vooruitgang. Ze heeft haar LE-*
*VENSDOELEN eindelijk weten te beperken – helaas hebben ze*
*nog steeds allemaal iets met 'kunst' te maken. (Een galerie ope-*
*nen, zich bij een middeleeuwse mimegroep aansluiten, een eigen*
*kledinglijn met gebreide stukken ontwerpen, et cetera.) Ik heb de*
*neiging om haar in de richting van praktischer zaken te sturen*
*onderdrukt – het is tenslotte haar leven, haar keuze. Als ze nu*
*eerst maar eens kon beslissen was ze wil gaan studeren...*

En toen mijn vriendinnen:
Amber: *WAYNE IS SUPER!*
Laurel: *We kunnen maar niet besluiten wie ons lievelingsperso-*
*nage is: tante Aurora of Wayne.*
Denise: *Alle lof voor de regelmaat waarmee je hoofdstukken*
*e-mailt.*

Waarom was ik – ik bedoel *Sarah* – niet hun lievelingspersonage?

Ik beschreef hoe tante Aurora schaamteloos een waardevol ob-
ject pikte en haar gewetensvolle nichtje Sarah probeerde het goed
te maken door het stuk terug te brengen. Ik beschreef haar op-
offeringsgezinde liefde voor haar tante en het gevaar voor haar
eigen vrijheid. Ik schreef hoe ze bijna de gevangenis indraaide
omdat ze iets fouts wilde rechtzetten.
Dit was mijn beste hoofdstuk tot nu toe.
Deze keer moesten ze Sarahs innemende eigenschappen wel zien.

# Hoofdstuk 8

## Met de billen bloot

Hanks vond dat we geen risico's moesten nemen en niet naar Phnom Penh konden vliegen – te veel beveiligingsmensen en politie. 'Wie weet – straks hangt er een gezocht-poster van antiquiteitendief Vassar Spore boven de incheckbalie. En die verbind-de-puntjesbulten van jou zie je niet snel over het hoofd…'

Onze reis ging dus via het Tonlé Sapmeer en –rivier met een *bullet boat*, een stokoud knakworstvormig vaartuig dat zo werd volgestouwd met passagiers dat sommigen op het dak moesten zitten. Een ware rattenval zonder nooduitgang als het ding zonk. Niets voor mensen met claustrofobie.

Ik droeg de blauwe honkbalpet met mijn haar eronder weggestopt en had Hanks' Aviator-zonnebril met spiegelende glazen op. Ik nam geen enkel risico. Gelukkig kwam geen van de rugzaktoeristen aan boord me bekend voor – en niemand van hen keurde mij een tweede blik waardig.

Ik zat op de met vinyl beklede bank naast Hanks, die een versleten wildwestpocket las met de titel *Dust Up at the Double D*. Ik probeerde aan mijn volgende hoofdstuk te werken. Op de bank voor ons zat oma Gerd gevonden kunst in het Allesboek te plakken – en ze negeerde me volkomen. Ik vond het ongelooflijk dat ze me doodzweeg omdat ik had geprobeerd haar apsara terug te brengen. We waren toch zeker geen derdeklassers meer?

Vanuit een ooghoek zag ik dat Hanks tijdens het lezen onbewust voortdurend aan de hoefijzerring om zijn middelvinger draaide. Om en om. Ik dwong mezelf naar iets anders te kijken.

Plotseling draaide oma Gerd zich om. Ze gaf iets aan Hanks en zei: 'Wil je dit aan *haar* geven? Ook al verdient ze het niet.'

Hanks overhandigde me de dop van een Fantaflesje waarin de letter *I* stond gekerfd. D.A.I.? Waar ging Het Grote Geheim toch in vredesnaam over? Ik mocht het haar helaas niet vragen en bovendien was ze nu toch al niet echt spraakzaam.

Ik ging verder met mijn hoofdstuk.

'En hoe gaat het met Sarah en Wayne?'

'Uitstekend,' zei ik stijfjes.

'Je neemt dat romangebeuren wel bloedje serieus.'

'Het is mijn enige kans om Valedictorian te worden en op Vassar te komen, wat heel veel voor mijn ouders betekent.'

'Niet voor jezelf?'

'Ja, natuurlijk wel, maar meer voor hen. Dat is logisch. Ze kijken er al jaren naar uit dat ik naar Vassar ga. *Jaren.*'

Voor ons maakte oma Gerd een geluid dat klonk als een verachtelijk 'pfff'.

'Het is toch jouw leven, niet dat van hen.'

Wat had het voor zin in discussie te gaan met iemand die Latijnse voor- en achtervoegsels niet eens van elkaar kon onderscheiden?

Hij bood me een van zijn Chupa-lolly's aan. Ik schudde mijn hoofd. Hij stopte er een in zijn mond.

'Ik weet hoe dat voelt. Mijn ouders hebben me ook jarenlang gepusht. Mijn cijfers waren nooit goed genoeg, mijn successen nooit mooi genoeg. Ze vergeleken me altijd met mijn neef, een nucleair fysicus. Ik ben gewoon geen fysicus. Dat ik goed was in sport telde niet. Uiteindelijk was ik het helemaal zat en heb ik hen verteld dat ik niet ging studeren. Punt uit.'

'Hoe liep het af?'

Hij schokschouderde en lachte toen hardop. 'Mijn vader heeft me onterfd.'

'Echt?' Het was wel duidelijk dat het nog steeds pijn deed.

'Jazeker. Hij heeft maandenlang niet met me gepraat. Deed net alsof ik er niet was. Schrapte me uit zijn testament. Vergeet niet dat ik "schande bracht" over de hele familie. Voor Chinezen is er niets ergers dan dat. Mijn moeder, mijn tantes, mijn oma's, zelfs mijn neef: ze gingen allemaal dag in dag uit naar de tempel om

162

wierook te branden, in de hoop dat onze dode voorouders mijn vader op andere gedachten konden brengen.'

'En lukte dat ook?'

'Nee, maar Renjiro heeft het wel geprobeerd. Blijkbaar had hij als kind ook ouders die hem pushten om ingenieur te worden, terwijl hij liever kunst wilde studeren. Hij haalde mijn vader over in elk geval met me te praten. Ik stemde ermee in te gaan studeren – zolang het aan de Little Creek Community College in Wyoming was. Hij bestierf het bijna. Ik hield hem voor dat hij veel meer gezichtsverlies zou lijden als ik naar geen enkele universiteit ging. Hij wilde er niet aan. Ik ben nog steeds bezig hem te bewerken.

'Wat wil je dan gaan studeren?'

'Wat ik wil studeren?' Hij haalde zijn schouders op. 'Och, dat weet ik niet... het houden van een ranch, agricultuur, of misschien zou ik een paar veterinaire vakken volgen. Ik ben gek op paarden.'

'Maar wat doe je dan bij MCT?'

'De stage bij MCT was een onderdeel van ons compromis. Er zal iets moeten gebeuren wat hem duidelijk maakt dat ik niet geschikt ben voor ingenieur. Dus ik weet deksels goed hoe het is om pusherige ouders te hebben. Of ze nu Chinees, Japans, Australisch of Amerikaans zijn – alle ouders pushen.'

'Mijn ouders pushen me helemaal niet. Ze steunen me juist enorm.'

Oma Gerd snoof laatdunkend.

Hanks glimlachte. 'Tuurlijk, joh.'

'Nee, heus. Doelen, plannen, Valedictorian, Vassar, Pulitzer – allemaal zelf bedacht.'

Hanks glimlachte nog steeds.

Pushten mijn vader en mijn moeder me *wel*? Waren mijn doelen eigenlijk *hun* doelen?

Hanks pakte een lege waterfles die onder zijn stoel stond.

'Ben zo terug,' zei hij en hij glipte langs me heen. Een paar minuten later kwam hij een beetje nat terug met de fles, die halfvol zat met iets geels. Hij zette hem vlug terug onder de bank. Ik kon mijn ogen niet geloven.

Hij grinnikte. 'Hé, ik ben gewoon aan het recyclen.'

'Ik geloof niet dat dit is wat ze bedoelen...'

'Ik heb nog een fles. Aan de stuurboordkant zit niemand. Daar heb je de "voorzieningen" voor jezelf, als je begrijpt wat ik bedoel.

'Je hebt toch wel gehoord dat er een toilet aan boord is?'

'Zo kun je het noemen, ja,' zei hij onheilspellend.

'Je zou mij er nooit op betrappen dat ik aan het "recyclen" was – zelfs niet als ik een man was.'

Ik besefte – wederom – dat ik inderdaad nodig moest. *Waarom draait elke minuut van elke dag in Zuidoost-Azië toch om het je ontdoen van je ontlasting?* Ik zou een wc-pot en -bril nooit meer als iets vanzelfsprekends beschouwen. Nooit.

Ik wankelde over het gangpad naar de achterkant van de bullet boat. Toen ik bijna bij de wc was, kwam er net een jong Cambodjaans meisje uit, dat een giechel smoorde. Ik begreep al snel waarom.

'Toilet?' Ha! Een middeleeuws martelwerktuig zul je bedoelen. De ruimte had de omvang van een telefooncel en bevatte een houten kist die tot mijn middel reikte, met een ronde opening erin. *Hoe moest ik daar in vredesnaam bovenop komen?* Ik slaagde erin met het kleine beetje kracht dat ik in mijn bovenlichaam bezat mijn onderlichaam op het groezelige, loslatende linoleum te hijsen waarmee de bovenkant van de 'kist' was bekleed. Zo min mogelijk aanrakend manoeuvreerde ik me in de vereiste hurkhouding boven het gat – waarbij ik me voorover moest buigen, omdat het plafond zo laag was. Zelfs Cambodjanen met hun kleinere lichaamsbouw moesten dit bij een gemiddelde lengte een kwelling vinden. Geen wonder dat het meisje had gelachen bij de gedachte dat mijn 1 meter 75 zich als een krakeling moest vouwen – met mijn kin tegen mijn knieën en mijn achterwerk naar achteren gestoken.

Je hebt eerder in deze hurkpositie gezeten, coachte Sarah zichzelf. Houd op met dat heen en weer gewiebel. Ontspan je – en stoot je hoofd niet.

Ik zat net min of meer ontspannen toen er iemand op de deur klopte.

'Bezet!' schreeuwde ik en de spanning was meteen terug.

Kronkelend als een menselijke krab dwong ik mezelf me te ontspannen. Toen mijn benen zo verkrampten dat ik bijna flauwviel, produceerde ik eindelijk een stroom die in een ware stortvloed veranderde. Gelukzalige opluchting! Ik weigerde me te laten opjutten door het herhaaldelijke geklop op de deur. Toen het erop zat, probeerde ik mezelf te ontvouwen. Ik bewoog dit, bewoog dat, ontspande dit, ontspande dat, rekte, verschoof – totdat het tot me doordrong: ik zat klem, *klem op een hurktoilet op een bullet boat in Cambodja.*

Hoe lang zat ik hier al? Minstens een kwartier.

Geen paniek, Sarah! Je bent erop gekomen, dan kom je er heus ook wel weer af. Wat naar boven gaat, komt vanzelf weer beneden.

Dat zou je toch denken.

Een deel van mijn probleem was in feite dat ik in deze houding niet in staat was mijn broek omhoog te trekken. Mijn blote billen waren kwetsbaar – dicht in de nabijheid van de akeligste en mogelijk dodelijkste van alle bacillen. En ik was toch echt niet van plan bloot op het linoleum te gaan zitten – ik ging nog liever dood!

*Bonk bonk bonk!*

Ze werden daarbuiten een tikje ongeduldig. Ik kon het hen niet kwalijk nemen. Dringende Cambodjaanse zinnen klonken door de deur. Ik probeerde mijn broek moeizaam centimeter voor centimeter naar boven te schuiven, maar kwam niet verder dan halverwege mijn dij.

Ik begon te huilen. *Je bent toch geen klein kind meer!*

*Bonk bonk bonk!*

'Ik zit klem! Ik zit klem!' jammerde ik zachtjes.

Mompelende stemmen. Stilte. *Bonk bonk bonk!*

'Ik zei toch dat ik KLEMZIT!'

'Hé, wc-bezetter!' klonk Hanks' stem vanachter de deur. 'Dit is geen privéboudoir, hoor.'

Gered!

'Hanks, ik zit klem!'

'Klem? Hoe kun je nou...'

'Geen stomme vragen stellen, haal me er liever uit.'

'Maar de deur zit op slot...'

'Het kan me niet schelen of hij op slot zit of niet. Als je me hier niet snel van afhaalt, ga ik van mijn stokje!'

'Hou vol, dametje – cowboy Hanks komt je redden!'

Er werd aan de deur gerammeld. Er werd tegen geduwd. Er klonk gemompel. Toen:

BAM! BAM! KRAAK! Een cowboylaars – nee, een *Goding* – knalde door de dunne houten deur. Deze vloog open en scheerde rakelings langs mijn gezicht. Daar zat ik dan, met voor me Hanks – en een menigte Cambodjanen en rugzaktoeristen die me allemaal vol ongeloof aanstaarden.

*Gênant!*

Ik wist niet wat erger was: dat Hanks me zonder broek zag of dat de hele bootbevolking getuige was van mijn onbeholpenheid.

'Ik wed dat die fles nu zo gek nog niet klinkt,' zei Hanks en hij stak zijn hand uit om me naar beneden te helpen. Hij wendde galant zijn ogen af toen ik in mijn halfnaakte verlamming boven op hem tuimelde. Ach, dacht ik bij mezelf, hij gedraagt zich in elk geval als een heer. De meeste kerels zouden misbruik maken van de gelegenheid...

'Wat een pracht van een moedervlek heb je daar op je achterste zitten,' merkte hij met een extra lijzige stem op.

*Fssst!!*

Voordat ik mijn broek kon ophijsen, spuugde de polaroidcamera een foto uit.

'Bij deze spreekt het onderschrift voor zich: "Volle maan."'

*Idioot.*

Vanuit de menigte tuurde een rugzaktoeriste met een vervellende, zongebrande huid me ingespannen aan. 'Zeg, ben jij niet dat meisje van Ta Prohm? Dat was gearresteerd voor het stelen van...'

Ik onderdrukte de paniekaanval die in me opwelde en dwong mezelf haar vol verachting aan te kijken. 'Ik heb in mijn hele leven nog nooit iets gestolen. En trouwens, zelfs *als* het waar was, dan vallen we allang niet meer onder hun rechtsgebied: we zijn halverwege Phnom Penh.' Op het nippertje!

'Daar heb je je mooi uit gered,' mompelde Hanks bij mijn oor – maar het meisje keek me nog steeds achterdochtig aan.

Alsof dat allemaal al niet erg genoeg was, moest Hanks me ook nog terugdragen naar mijn zitplaats, omdat ik geen gevoel in mijn benen had. Oma Gerd bleef maar lachen.

De rest van de bootreis deed ik alsof ik sliep en negeerde zo het gegiechel van de Cambodjanen, het gefluister van de rugzaktoeristen en het gegniffel van oma Gerd – en vermeed de zelfvoldane Hanks, die ik verfoeide. Echt verfoeide.

*Flip flop.*

# Hoofdstuk 9

## Dood

Onze afbladderende, uit 1973 stammende rode Peugeot-taxi verliet de aan wal liggende bullet boat en kroop centimeter voor centimeter tussen het krioelende verkeer door. De kakofonie van claxons, geschreeuw en het constante getik van opspringende kiezels tegen de ramen werkte op mijn zenuwen. Bovendien stonden we telkens op het punt *bijna* iets met benen of poten aan te rijden.

Nu we de rugzaktoeristen achter ons hadden gelaten, kon ik me eindelijk een beetje ontspannen.

*Phnom Penh. Gesloten, disfunctioneel, opwindend, gekwetst. Een in de miljoenen lopend dodental dankzij de guerrillastrijders van de Rode Khmer en hun strijdlustige communisme. Het bloedige verleden is niet vergeten, nee, zal nooit worden vergeten. De mensen in Cambodja kijken echter vastberaden naar de toekomst met een glimlach op het gelaat en hoop in hun hart!*

Schuldgevoel, schuldgevoel en nog meer schuldgevoel! Het schuldgevoel van iemand uit het westen met een gemakkelijk leventje, terwijl de mensen hier zwaar leden.

Ik klapte mijn reisgids dicht. 'Oké, wat moet ik met al die informatie, redacteuren van het *Cambodjaans reisboek voor bezonnen bezoekers*? Ik ben pas zestien! Wat kan ik eraan doen?'

'Wat?' Hanks draaide zich naar me om. Hij streek met zijn hand over zijn kuif en zette zijn cowboyhoed weer op.

'Niets.'

'Sensationeel!' zei oma Gerd vanaf de voorbank en ze maakte een foto van een stapel Pepto-Bismolroze varkens in de laadbak van een vrachtwagen – dood.

De gedachte dat we een plek met zulke pijnlijke herinneringen gingen bezoeken, maakte me depressief. Nou ja, het minste wat ik kon doen was respect tonen voor de Cambodjaanse geschiedenis door de stad Phnom Penh te bekijken zoals ik ook de ruïnes van Angkor had bekeken.

In Phnom Penh hing inderdaad een andere sfeer dan in Siem Reap en Angkor. Het was moeilijk te zeggen waar het precies door kwam. Een lichte somberheid. De bewoners deden hier echter gewoon hun dagelijkse dingen, net zoals de mensen in Siem Reap: cafés en kroegen floreerden; souvenirverkopers en gidsen trokken in groepjes over straat; verminkte landmijnslachtoffers zaten buiten bij de ingang van jeugdherbergen en pensions; kinderen in witte shirtjes gingen giechelend van en naar school; moeders balanceerden hun baby samen met groenten, aanmaakhout, lappen stof en rijst op hun antiek uitziende fietsen.

We boekten kamers op de eerste verdieping van Pension Lach Lach – ruime kamers vol antieke stukken en met uitzicht op de Mekong-rivier.

Oma Gerd en ik deelden weer een kamer. Fijn. Door haar zwijgzaamheid deelde ik zelfs nog liever een kamer met Hanks.

Bij onze deur bleef oma Gerd staan en ze keek naar Hanks.

'Zeg tegen *haar* dat ik Renjiro ga bellen om hem op de hoogte te stellen van het feit dat de beeldige apsara niet langer deel uitmaakt van zijn collage.'

'En zeg maar tegen *haar* dat ik een dutje ga doen,' zei ik tegen hem.

Hanks rolde met zijn ogen en sjouwde zijn tas de kamer ernaast in.

Oma Gerd ging onze kamer in, legde haar grote reisrugzak en rugzakje op het dichtstbijzijnde bed. Toen draaide ze zich om en liep toen met haar geweven tas over haar schouder de deur weer uit.

Ik liet me op het andere bed vallen.

169

Er werd op de deur geklopt en Hanks stak zijn hoofd om de hoek. 'Ik heb gehoord dat er een tent is waar je met een lasso een stier kunt vangen – nou ja, eigenlijk een koe. Ik heb gewoon alle oefening nodig die ik kan krijgen. Zin om mee te gaan?'

Ik haalde mijn schouders op. Ik had eigenlijk nergens zin in. 'Weet ik niet. Straks misschien.'

'Je geeft maar een gil.'

Hij wilde de deur al dichtdoen, maar bleef toen even staan. 'O ja, als je klem komt te zitten in een van de voorzieningen, bons dan maar gewoon op de tussenmuur...'

Mijn suizende sandaal miste zijn hoofd maar net.

Terwijl ik daar lag, viel mijn oog op een hoek van het Allesboek dat uit oma Gerds rugzakje stak.

Aangezien zij niet aan morele gewetensbezwaren deed, zou ik dat – tijdelijk – ook niet doen.

Bovendien was ik nieuwsgierig naar wat ze de laatste tijd over me had geschreven.

Ik pakte het boek en sloeg het open.

Een enkel zinnetje hier en daar trok mijn aandacht, maar het sloeg allemaal nergens op: *blikjes (geplet), zaden, grof papier, dille, fopspeen? Allemaal rond, dan een paar niet rond, misschien vierkant? Lijmstift structuuraanbrenger sepia #7 voor randen. Kevers – focus.*

Op de pagina's zaten diverse polaroids geplakt. Voornamelijk van Ta Prohm.

En toen, tegen het einde: *Frangi. Begrijp haar niet. Totaal anders dan ik op mijn zestiende was. Deze nieuwe generatie lijkt veel... serieuzer. Misschien hebben we echter meer gemeen dan ik denk. De tijd zal het leren...*

Het was echter de laatste opmerking die mijn aandacht vasthield: *Het leven zal voorgoed veranderen – voor ons allebei. Dit is het einde van mijn leven zoals het was.*

Daarna een paar gedroogde bloemen, blaadjes en de perkamentpapieren rubbings van de naga.

Plus een *E* van elastiekjes, die op de laatste pagina zat gelijmd –

blijkbaar de volgende aanwijzing die oma Gerd me wilde geven. Allerlei gedachten raceten door mijn hoofd.
De aanwijzingen: D.A.I.E. Met een *U* erbij werd dat 'adieu.'
Haar dagboek: '... *einde van mijn leven...*'
Het geheimzinnige woord: '*Sterft.*'
Alles bij elkaar duidde dat op: de dood.

Mijn hoofd tolde. Oma Gerd had mijn ouders dus overgehaald haar een tijdje te laten doorbrengen met haar enige kleinkind voordat ze stierf. Misschien leed ze aan een ongeneeslijke ziekte. Zou ze dengue hebben opgelopen? Malaria? Tuberculose? Lepra?
'Ze ziet er anders niet uit alsof ze stervende is,' merkte Hanks op, nadat ik zijn kamer was binnengestormd en hem mijn aanwijzingen had laten zien.
'Misschien dus geen lepra. Er zijn echter een heleboel ziekten die aan de buitenkant niet zichtbaar zijn.'
'Ze gedraagt zich ook helemaal niet alsof ze stervende is.'
Ik moest toegeven dat ze zich inderdaad niet gedroeg alsof ze stervende was, maar dat was ook niets voor oma Gerd. Als ze het ook maar enigszins kon voorkomen, deed ze nooit iets op een traditionele manier. Ik klemde mijn kaken op elkaar om mijn tranen tegen te houden. Ik had niet beseft hoe dierbaar oma Gerd me ondanks haar vele, vele, *vele* gebreken was geworden. Van nu af aan zou ik veel meer geduld met haar moeten hebben. Ik zou haar missen in mijn leven. Ik zou de gedachte missen dat zij ergens op de aardbol rondliep... en stukjes linoleum opraapte. Nu wist ik waar het stelen van de apsara voor had gestaan: de laatste wanhopige daad van een stervende vrouw. Een schreeuw om hulp? Ik grabbelde in mijn heuptasje naar een papieren zakdoekje.
'Hé, kop op. Kalm aan maar.' Hanks klopte onhandig op mijn schouder. 'Je weet niet eens zeker dat ze doodgaat. Het is maar een theorie. Een hypothese. Dat zou jij toch moeten weten, slimmerik.'
Hij had gelijk. Het was inderdaad slechts een hypothese. Maar dan wel een 'verrekt overtuigende', om in zijn woorden te spreken.
'Trouwens, ADIEU is wel erg vaag. Dat kan op van alles en iedereen slaan. Ja toch?'

'Zo is het dramatischer. Ze zou altijd dramatisch boven duide-lijkheid verkiezen.'

Wanneer zou ik het haar vragen? Hoe eerder, hoe beter. Ik kon het feit dat ik het niet wist niet verdragen.

We hoorden oma Gerd bij de kamer naast ons de sleutel in het slot steken.

Ik keek Hanks aan. 'Ik ga haar vragen om met me te lunchen – met zijn tweetjes. Kun je een smoes bedenken waarom je niet mee kunt gaan?'

'Vertel haar maar dat ik onderzoek doe naar koeien.'

Toen ik binnenkwam, wendde oma Gerd haar blik af. Ik sloeg haar stiekem gade, terwijl ik mijn grote rugzak uitpakte. Ze zag er niet zieker uit dan anders. Maakte geen lusteloze of beroerde indruk.

Nadat ik me had gedoucht en andere kleren had aangetrokken, voelde ik me beter in staat het komende emotionele gesprek aan te gaan. Het is gemakkelijker om edelmoedig te zijn wanneer je schoon bent.

'Oma Gerd... kunnen we hiermee ophouden? Ik wil niet dat we de rest van onze reis niet meer met elkaar praten. We hebben maar heel weinig tijd om elkaar te leren kennen.'

Ze keek op van het labelen van haar stapels foto's.

Ik snufte – *Vassar! Niet emotioneel worden waar zij bij is! Het kost haar waarschijnlijk toch al moeite om zich groot te houden!*

'Ik vind nog steeds dat ik er goed aan deed de apsara terug te brengen, maar ik had het niet gedaan als ik had geweten dat je het zo erg zou vinden. Het was niet netjes om het achter je rug om te doen.'

Er verstreken voor mijn gevoel minstens vijf minuten, maar toen zei ze:

'Trek?'

'Ja!' Mijn maag kronkelde bij de gedachte aan eten.

'Zoek dan maar een restaurantje in die reisgids van je. Ik ga even douchen.'

'Vind je het vervelend als we iets Amerikaans eten?'

172

'Zeg jij het maar. Waarschuw Hanks ook even.'

'O, Hanks is er niet... hij doet onderzoek naar koeien.'

Ik raadpleegde mijn *Gids voor respectabele reizigers: Cambodja*. Sloeg het toen voor alle zekerheid ook na in mijn *Cambodjaans reisboek voor bezonnen bezoekers*.

'Wat zeg je van pizza?' Op loopafstand van ons pension was een eettent die Peppy Pete's Pizzeria heette.

'Prima. Ga alvast vooruit en bestel maar, dan zie ik je daar. Neem voor mij een fles chianti.'

'Ik ben minderjarig. Dat is verboden.'

Ze bleef even in de deuropening van de badkamer staan. 'In Cambodja mag alles... zolang je er maar genoeg voor betaalt. Je had die bewaker alleen maar een briefje van twintig hoeven toestoppen...' Ze deed de deur dicht. Een paar tellen later hoorde ik het geluid van de douche.

# Hoofdstuk 10

## Peppy Pete's pizza

Tijdens de wandeling naar het restaurant probeerde ik niet over oma Gerds 'hypothetische' dood te piekeren. Ik wilde mezelf niet overstuur maken. Westers eten zou mijn maag tenminste even rust verschaffen. Mijn reisgidsen waarschuwden echter dat '*Westers eten in de derde wereld zo oosters is als maar kan.*' Ik moest dus onder ogen zien dat mijn ingewanden een voortdurende bron van pijn en schaamte zouden blijven.

Of toch niet?

Daar, te midden van een groep souvenirverkopers, verkocht een man zonder tanden ansichtkaarten, honkbalpetjes met een enorme C erop geborduurd en – *Vreemd Voedsel Zuiveringsspray*! Hij had zes flesjes van vijf dollar per stuk. Hoewel ik waarschijnlijk wel had kunnen afdingen, deed ik geen moeite. Voor dertig dollar kon ik zes flesjes kopen, tegen één van die toeriste. Ik borg de spray op in mijn rugzakje. Nu kon niets me nog deren!

Peppy Pete's Pizzeria was zo'n nep-Italiaans restaurant waarvan ik er in Zuidoost-Azië al heel veel had gezien: ronde tafeltjes met de alomtegenwoordige rood-wit geblokte kleedjes, flessen chianti met een rieten omhulsel, enorme soepstengels. Het gaf me allemaal echter een nogal ongemakkelijk gevoel dat er aan de overkant van de straat een door een landmijn verminkte ex-soldaat zat te bedelen. Onaangename herinneringen aan de oorlog tegen de Rode Khmer zaten op elke straathoek.

Voordat ik ging zitten, holde ik naar hem toe om een stapel *riel* in zijn smoezelige legerpet te gooien. Hij salueerde. Mijn reisgidsen vermeldden dat mensen met geamputeerde ledematen gewoon deel konden uitmaken van het normale arbeidsproces (zoals de productie van aandenkens voor de bloeiende souvenirmarkt), maar dan moesten toeristen wel ophouden hen geld toe te stoppen, want daardoor nam de animo om het zelf te verdienen af. Ik kon echter niet een pizza gaan zitten eten zonder *iets* te doen. Reisgidsen mochten wel een hoofdstuk opnemen over schuldgevoel jegens bedelaars. Vooral *Schuldgevoel jegens door landmijn verminkte ex-soldaat bij Amerikaans meisje dat alles heeft, inclusief planning voor haar hele leven.*

Ik verjoeg de kamikaze-insecten en las het menu. Dit leek er meer op: zetmeel, zetmeel en nog meer zetmeel. (Rijst telde niet mee.) Het ideale kalmerende middel voor een karnende maag.

Toen de kogelronde eigenaar met zijn glimmende gezicht – Peppy Pete in hoogst eigen persoon, als je op zijn shirt mocht afgaan – mijn bestelling kwam opnemen, kon ik de verleiding niet weerstaan: '*Da mihi sis crustum Etruscum cum omnibus in eo*,' zei ik. Gevolgd door: 'Sorry. Mijn vriendinnen hebben me...'

'Ah, Latijn. Je wilt een pizza met alles erop en eraan, ja?'

Een Cambodjaan die Latijn sprak? Wacht maar tot ik dat aan Denise, Amber en Laurel e-mailde!

'Hoe komt het dat je Latijn kent?'

'Opleiding in de klassieken. Ouders erg trots. Alleen geen werk. Pizza betaalt veel beter.'

Wauw.

'Eén grote pizza met alles erop dus – okidoki! Extra pit?'

'Pit? O, nee. Absoluut geen kruiden of peper voor mij.'

'Okidoki!'

'O ja, en een fles chianti graag,' zei ik en ik voegde er snel aan toe, 'voor mijn oma.'

'Okidoki poki!' Hij waggelde weg.

Ik besproeide de glazen stiekem met *Vreemd Voedsel Zuiveringsspray* voordat ik mijn cola – zonder ijs – inschonk. Toen sloeg ik mijn schrijfblok open om tijdens het wachten aan mijn volgende hoofdstuk te werken.

'Pizza klinkt eigenlijk best goed,' zei oma Gerd toen ze een kwartier later op de stoel tegenover me kwam zitten. 'Dat heb ik in geen jaren gehad.'

Peppy Pete kwam schommelend terug met een fles chianti en schonk met een zwierig gebaar oma Gerds glas vol. Ze nam een flinke teug en leunde achterover.

*Nu. Vraag het haar nu.*

'Oma, ik wil je iets vragen…'

Ze schonk haar glas nog eens bij. 'Ook wat?'

'Oma Gerd, je vergeet steeds dat ik pas zestien ben. Bovendien snap ik niet hoe je in dit weer alcohol kunt drinken. Alsof je niet al genoeg uitdroogt door de vochtigheid en de zon. Je weet best dat het slecht is voor je gezondheid.'

Ik zweeg even om mijn woorden te laten bezinken.

'Okidoki poki! Pizza met alles erop!' Met een brede grijns om zijn mond en een laagje zweet op zijn voorhoofd zette Peppy Pete de pizza op onze tafel. Hij pakte de fles chianti en schonk oma Gerds glas nog eens bij: '*Bonum vinum laetificat cor hominis!*' Toen tolde hij als een wervelwind om zijn as om een kluitje alternatief uitziende rugzaktoeristen te begroeten.

'Wat zei hij?' vroeg oma Gerd.

'"Goede wijn verblijdt het hart van de mens." In het Latijn.'

'Je leert dus toch wel wat op die chique school van je.' Ze zette haar glas neer. 'Niet dat dit "goed" is, bij lange na niet.'

De pizza rook heerlijk, zoals alleen deeg, kaas en tomatensaus kunnen ruiken. Een welkome afwisseling na rijst, rijst en nog meer rijst.

Oma stak haar hand uit om een punt te pakken en ik besproeide snel elke vierkante centimeter van de pizza grondig met mijn *Vreemd Voedsel Zuiveringsspray*. Ze trok haar hand weg alsof ze zich had gebrand.

'Wat doe je?'

'Ik neem geen enkel risico meer met mijn maag. Vergeet niet dat dit elke bacterie en ziektekiem uitroeit. Maak je geen zorgen, het is smaak- en geurvrij.'

Oma Gerd keek niet echt overtuigd.

'Verrukkelijk,' zei ik met volle mond. 'Net als thuis.'

Ze schudde haar hoofd. 'Wanneer ga je nou eens LIMMEN, Frangi?'

'Als je net zo veel wc-noodgevallen had gehad als ik, zou je ook sproeien.'

Oma Gerd nam een hapje pizza. Toen een grotere hap. 'Niet slecht. Je proeft in elk geval al die chemicaliën die je er zojuist aan hebt toegevoegd niet.'

'Ben zo terug,' zei ik; ik pakte een pizzapunt en schoof mijn stoel naar achteren.

Ik stak de straat over naar de verminkte man en overhandigde hem mijn zetmeelhoudende gift. Hij keek nog blijer dan eerder en salueerde zelfs twee keer.

'Dat was lief van je, Frangi,' zei oma Gerd toen ik weer op mijn stoel zat.

Voordat ik kon reageren, verstarde ik: daar, op mijn bord, lag de van elastiekjes gemaakte 'E'. Er trok een rilling langs mijn rug. Over perfecte timing gesproken. Dit was gewoon *te* perfect.

'Schiet je al een beetje op met de aanwijzingen?' vroeg ze heel terloops. *Te* terloops.

Om mijn aanzwellende emoties te verbergen, verorberde ik in hoog tempo drie pizzapunten.

*Nu. Vertel het haar nu.*

'Oma, ik wil graag dat je weet dat... dat ik het weet.' Ik kneep mijn ogen dicht en drong de tranen terug die probeerden zich een weg te banen tussen mijn oogleden door.

'Wat weet je?' vroeg ze met volle mond. 'Wat is er met je ogen? Heb je hoofdpijn?'

Moest ik het dan echt hardop zeggen?

'Ik weet waar de aanwijzingen op slaan.'

'Echt?' Ze klonk sceptisch. 'Nu al?'

'Ik weet dat je... dat je...'

'Voor de dag ermee.'

'Doodgaat.'

Stilte.

'A.D.I.E.U. Sterft. Het einde van mijn leven.' Ik snoot mijn neus in een stuk van de rol wc-papier op tafel en ging toen zonder acht te slaan op mijn piepstem verder: 'Je wilde de tijd die je nog restte gebruiken om een band te krijgen met je...'

177

Ik werd onderbroken door gesnuif. Luid gesnuif.

Ik deed mijn ogen open en liet daarmee de tranen vrij, zodat ze over mijn wangen rolden. Oma Gerd zat te lachen.

'Bedoel je dat je niet... *doodgaat*?'

'Natuurlijk wel! Wie niet? Vanaf onze geboorte is het leven slechts één lange reis naar de dood. Of heb je "Dood & Sterven" nog niet behandeld in die cursussen voor gevorderden en gevorderde gevorderden van je?'

Deed ze nu luchthartig om mijn gevoelens te sparen?

'Of je *eerder* doodgaat in plaats van later, bedoel ik.'

'Niet eerder dan de gemiddelde drieënzestigjarige.'

'Je liegt niet?'

'Ik lieg niet en ik ben niet stervende. Ik ben gezonder dan de meeste bejaarden. Je zult in geen enkele bingohal een lagere bloeddruk dan de mijne aantreffen.'

Wat was Het Grote Geheim dan *wel*? Als ze niet haar ophanden zijnde overlijden had gebruikt om mijn vader en moeder tot medewerking te dwingen, wat kon het dan zijn? Had Hanks toch gelijk? Hadden mijn vader en mijn moeder iets gedaan dat zo on-ethisch was dat ze zich liever door oma Gerd lieten chanteren dan dat ik het te weten kwam? Nee, ze had al gezegd dat ze niets onfatsoenlijks hadden gedaan.

'Maar wat...'

'Kom, Frangi. Je bent een intelligente meid.' Ze depte mijn natte wang droog met het geruite tafelkleedje. 'Als je niet meteen succes hebt, probeer je het nog een keer en nog eens. Zo is het toch?'

'Maar in het Allesboek stond...' Oeps.

'Wat?' Ze klonk niet boos.

'*Het leven zal voorgoed veranderen – voor ons allebei. Dit is het einde van mijn leven zoals het was,*' citeerde ik letterlijk.

'O,' zei ze. 'Onze levens *zullen* ook voorgoed veranderen. Alleen niet op de manier die jij denkt.'

Mijn hoofd voelde raar aan. Mijn hele lijf voelde raar aan. Een tintelend gevoel kroop over mijn huid. Een zacht gerinkel klonk in mijn oren. De lampen leken feller en wazig aan de randen. Plotseling verkrampte mijn maag.

Ik liet mijn glas cola boven op de pizza vallen en spetterde rode saus op mijn bloes en oma Gerds bril met het gevlekte montuur. 'Ik voel me... vreemd...' Werd wat ik had gevreesd dan toch werkelijkheid? Ik schoof mijn stoel naar achteren en kwam wankelend op rubberen benen overeind. 'Malaria! Ik heb malaria opgelopen! Of... of is het dengue?'

Oma Gerd schudde haar hoofd en knipperde snel met haar ogen. Zij zag er ook vreemd uit. 'Wat het ook is, het is geen dengue...' Ze greep opeens naar haar buik. 'Oooeeeh.'

'Klaar met de lunch, dames? De stieren wachten op mijn lasso en de taxi staat voor jullie klaar.'

Hanks kwam naar ons toe, zijn voetstappen echoden als pistoolschoten op de keramische-tegelvloer.

'Wat is er met jullie aan de hand?' Hanks keek snel naar mij. 'Klopt je hypothese soms in tweevoud?'

Oma Gerd gebaarde zwakjes naar de *Vreemd Voedsel Zuiveringsspray*. 'Ik denk dat we een chemische reactie hebben.'

Hanks pakte de metalen spuitbus op. De opdruk bleef aan zijn handen zitten. Hij sproeide een beetje op zijn onderarm, rook eraan, proefde met zijn tong. 'Hoeveel hebben jullie hiervan binnengekregen?'

'Te veel!' zei ze.

'O, nee!' zei ik. 'De ver... verminkte soldaat.' Ik draaide me wiebelend om en zag toen dat mijn vriend de verminkte soldaat heen en weer zwaaide op zijn krukken, zijn ene been net zo wankel als die twee van mij.

De rest van de middag verliep in een waas. Ik liep achter oma Gerd en Hanks Peppy Pete's Pizzeria uit naar de taxi. Ondanks mijn onsamenhangende gewauwel wist Hanks vast te stellen dat ik mijn spray ook op de verminkte soldaat had losgelaten, dus hij propte hem ook in de taxi. Van het ziekenhuis herinner ik me weinig, afgezien van het feit dat het er druk was, niet bepaald schoon en een plek die ik mijn ergste vijand (Wendy) of de strengste examinator nog niet zou toewensen.

Blijkbaar bevatte mijn goedkope namaak-*Vreemd Voedsel Zui-*

*veringsspray* een cocktail van chemische substanties die niet behoorden te worden ingeademd, laat staan ingenomen. We kregen houtskool toegediend om de chemicaliën te binden – en toen werd voor alle zekerheid ook onze maag nog eens leeggepompt. Een ervaring die niet op mijn LIJST MET REISHOOGTEPUNTEN zou terechtkomen.

'Dat krijg je ervan als je spullen op de zwarte markt koopt,' zei Hanks en hij ijsbeerde langs mijn voeteneind heen en weer. Hij klemde zijn kaken op elkaar en weigerde me aan te kijken. 'Voor hetzelfde geld lag je nu in een doodskist.' Het was voor het eerst dat ik hem zo overstuur zag.

We deelden een ziekenhuiszaal met vijfentwintig andere patiënten. Gelukkig lagen oma Gerd en ik naast elkaar. De verminkte soldaat lag zes bedden verderop. Hij was beslist niet blij met me – zelfs niet nadat ik Hanks hem had laten vertellen dat ik voor zijn leeggepompte maag betaalde.

Oma Gerd was er dankzij de mengeling van chemicaliën en alcohol in haar lichaam nog slechter aan toe dan ik. Met gesloten ogen zei ze: 'De volgende keer speel ik wel gewoon mee; dan zeg ik: "Ik ga dood, ik ga dood," en bespaar ik je de moeite me om zeep te helpen.'

'Dat is niet grappig!' kraste ik schor.

'Kom, we weten allemaal dat je aan de dood ligt te denken.' Ze hoestte. 'Of is dit jouw manier om me te straffen?'

'Ik zal maar iets beter op die kleindochter van je letten,' zei Hanks. 'Ze is een gevaar voor jouw gezondheid.' En na een nijdige blik op mij: 'En die van haarzelf.'

## Hoofdstuk 11

# KNAL ZE NEER KNAL ZE NEER PANG PANG!

De volgende ochtend in Pension Lach Lach voelde ik me weer bijna helemaal de oude Vassar – afgezien van de pijnlijke keel door dat gedoe met die plastic slang en een gekwetst ego vanwege mijn dwaze gedrag. Oma Gerd zag echter een beetje pips. Hoewel ze wakker was, lag ze met gesloten ogen in bed en kromp ze bij het minste of geringste geluid in elkaar. Ik zat op bed en deed een poging de avonturen van de vorige avond in mijn nieuwste hoofdstuk te verwerken. Een lastige klus, want een groot deel ervan was vaag.

Hanks klopte aan en kwam zonder op antwoord te wachten de ziekenkamer in. 'Wat zeggen jullie ervan als we eens een paar stieren gingen vangen?'

Oma Gerd kreunde en trok het laken tot haar kin op. 'Ik blijf de komende twintig jaar in dit bed liggen. Gaan jullie maar.'

Haar stem klonk hees.

'Nee, ik blijf hier om je gezelschap te houden.'

Mijn stem klonk ook hees.

Oma Gerds doffe ogen keken naar me. 'Frangi, ik wil vandaag echt alleen zijn.'

Ik voelde me gekwetst, maar probeerde het niet te laten merken.

'Als je het zeker weet...'

'Natuurlijk weet ik dat zeker. Gaan jullie tweetjes maar vee bij elkaar drijven. Vergeet niet naar gevonden kunst te zoeken. O, en dan nog iets...' Oma Gerd stak haar hand uit en liet een kauwgumwikkel in de mijne vallen.

Er zat geen kauwgum in... wel stond er een in dun potlood geschreven *P* op.

Voordat we vertrokken, typte ik in de lobby van het pension het nieuwe hoofdstuk uit en e-mailde het, en controleerde toen wat er op het thuisfront allemaal gebeurde.

Amber: *Raad eens? Garrett heeft Laurel EINDELIJK mee uit gevraagd! Oké, het ging om een gratis buitenconcert bij de universiteit van Seattle, gevolgd door een hotdog bij een supermarktje en een etentje in een Cinnabon-broodjeszaak, maar toch...*
Laurel: *Een afspraakje is een afspraakje!*
Amber: *Hoop trouwens dat je niet nog steeds verslingerd bent aan John Pepper. Iedereen die een Stupacker boven een Spore verkiest, is een SAAIE LOSER.*
Laurel: *Heeft Denise al verteld dat haar ouders haar hebben gedwongen zich aan te melden voor dansles?*
Denise: *Blijkbaar denken ze dat 'klaarstomen voor het introductiebal' op een of andere manier inhoudt dat mijn marktwaarde bij de andere sekse toeneemt. Zal ik me vóór of ná het vernederende evenement van een klif storten?*
Laurel: *Heeft Amber al verteld dat ze weer een schaaktoernooi heeft gewonnen?*
Amber: *Je moeder wil steeds dat ik mijn ouders uitnodig om bij het volgende toernooi te komen kijken. Ze beweert dat ze, als ze me eenmaal in actie hebben gezien, wel trots móéten zijn. TUURLIJK. De laatste keer dat ze ook maar enige interesse hadden voor iets wat ik deed, was toen ik in groep acht van de basisschool koningin van een of ander balspel werd...*
Denise: *Ga door met het sturen van die hoofdstukken!*

Ik voelde een pijnlijke steek door mijn lijf schieten – hun levens gingen gewoon verder zonder mij.
De laatste e-mail van Amber bracht me echter in verwarring:

Amber: *Wat een wilde is die tante Aurora! Ben helemaal WEG van haar! Wat zal ze nu weer uitspoken? We vinden trouwens allemaal dat Sarah wel een erg brave Hendrik is. Wat een*

VERWAAND WICHT. *Kun je haar niet een beetje relaxter maken?*

Wat had dat te betekenen? In welk opzicht was Sarah dan een verwaand wicht?

Er was ook een e-mail van mijn moeder:

Mama: *Het klinkt alsof je je wel vermaakt – zo rustig en vredig. Ik ben blij te horen dat Gertrude zich voor de verandering ook eens gedraagt. Het stelt me in elk geval iets geruster. Ik slaap inmiddels zonder pillen. Amber gaat met sprongen vooruit. (Hoewel haar ouders haar onder druk blijven zetten met die sportactiviteiten van hen. Wat een* blamage!*) Gisteren heb ik fuchsia's gekocht. Weet je nog hoeveel lol we afgelopen zomer hebben gehad met het verpotten van de hanging baskets voor het terras?* Ik mis je.

Weer een pijnlijke steek. Ik besefte dat ik haar ook miste. En mijn vader. Hun voorspelbare gedrag was zo rustgevend. Er viel beslist veel te zeggen voor leven volgens een vast patroon.

Een uur later zat ik achter Hanks op een gehuurde motorfiets, die meer uit roest dan uit verf bestond. We hobbelden over een zandpad door de buitenwijken van Phnom Penh en konden ternauwernood kuilen ter grootte van een Fiat vermijden. Elk deel van mijn lichaam trilde – tenen, tanden, sleutelbeen. We hadden geen helm op.

En we reden heel snel.

Dit zou in Amerika ontzettend illegaal zijn. Gelukkig konden mijn ouders me nu niet zien – mijn vaders maag zou waarschijnlijk imploderen.

Ik vergat onze snelheid al snel in de stofwolken die om ons heen golfden. Ik perste mijn ogen stevig dicht, zodat het gruis niet onder mijn contactlenzen kon komen. Gelukkig had ik mijn grote witte hoed afgezet, anders was die nu allang verdwenen.

'Hou je vast,' zei Hanks. 'Stevig.'

Hij ontweek de zoveelste blaffende straathond die als bij toverslag uit het niets opdook. Ik sloeg mijn armen om Hanks' middel in plaats van me vast te klampen aan het handvat achter me. De vertrouwde geur van Old Spice vulde mijn neusgaten. Ik was me superbewust van zijn spieren onder het bruine cowboyhemd.

'Steviger,' zei Hanks.

Ik klemde me zo stevig mogelijk aan hem vast.

'Nog steviger.'

*Flip flop flip flop.*

Wat was er met mijn buik aan de hand?

En welk woord kon je in vredesnaam vormen met D.A.I.E.P.?

Hanks stopte bij een bamboehut met een dak van tinnen golf-plaat. Een oude man in een sarong en met een roodwit geruite *krama* – een traditionele Cambodjaanse hoofddoek – om zijn hoofd zat buiten gehurkt een sigaret te roken.

'Dat zal de eigenaar wel zijn. Wacht hier.'

Hanks wandelde naar hem toe en hurkte naast hem neer. Ze spraken een paar minuten in het Cambodjaans. De eigenaar ge-baarde naar een theepot op een blauwe plastic tafel. Hanks keek me vragend aan. Ik schudde mijn hoofd. Hoe konden ze bij een vochtigheid van honderd procent nu warme dranken drinken? Ik was nu al klam. De eigenaar wees naar Hanks' laarzen. Hanks schudde zijn hoofd. De eigenaar grijnsde en schokschouderde.

Nadat Hanks vijf dollar had betaald voor een hele middag oefe-nen maakte hij zijn lasso los van de achterkant van de motor.

'Hij wilde mijn Godings kopen. Die gozer heeft smaak.'

Ik moest lachen bij de gedachte aan de oude man in Hanks' laarzen. Nadat hij eerst op een paal had geoefend om zijn arm en schou-der op te warmen klom Hanks over het hek het weiland in. Ik wachtte in de schaduw van een papajaboom.

'Je moet koeien besluipen zodat je ze niet aan het schrikken maakt,' fluisterde hij over zijn schouder.

'Jouw aanblik zou iedereen aan het schrikken maken.'

'Shhh. Stil. Koeien kunnen waanzinnig goed horen. Ze houden niet van harde, schorre geluiden – zoals die stem van jou.'

Hij liep langzaam naar de dichtstbijzijnde koe, die totaal geen aandacht aan hem schonk. Hij maakte aanstalten zijn lasso te werpen – en hield weer op. Maakte nogmaals aanstalten om zijn lasso te werpen – en hield weer op. Had hij plankenkoorts? Ik lachte. Hanks' rug verstijfde. Toen wierp hij de lasso precies om de nek van de koe.

'Bravo!' riep ik en ik applaudisseerde.

'Met een paard zou de uitdaging groter zijn, maar die heeft hij niet,' zei Hanks, nadat hij nog een paar koeien had gevangen met zijn lasso.

'Wat een bizarre manier om geld te verdienen: je koeien verhuren aan mensen die lassowerpen willen oefenen.'

'Hij houdt koeien om aan die tent daar te verkopen.' Hij wees naar een grote houten schuur een paar honderd meter verderop, waarop in reusachtige gele letters was geschilderd: KNAL ZE NEER KNAL ZE NEER PANG PANG!

'Waarvoor?'

'Wat denk je?'

'Je maakt zeker een geintje.' Dat kon hij niet menen. Echt niet.

'Hé, waar ga je naartoe?'

Ik beende kordaat langs een berg afval, een kippenren en een rij huurmotorfietsen naar de schuur. Het zat er stampvol rugzaktoeristen van in de twintig, voornamelijk blanke mannen, die aan houten tafels menu's bekeken. Aan de achterkant van de schuur was een bunker waaruit sporadisch het geluid van geweerschoten klonk. Een slungelige Cambodjaan met lange haren vol klitten in een camouflagebroek en een T-shirt van Def Leppard reikte me een geplastificeerd vel papier aan. Het leek een menukaart, maar er stonden beslist geen gerechten op. *AK47, dertig schoten: $20; M16, dertig schoten: $25; Granaat/RPG: $50* en daar stond het: *Granaat met levende koe als doelwit: $100!*

Het was dus waar! Ik keek kwaad naar een tafel met rugzaktoeristen die opgewekt probeerden te besluiten met welk 'voorgerecht' ze zouden beginnen.

'Wat zal ik eens nemen...'

'Die M16 klinkt verrekte lekker.'

'RPG!'

'Hmm… ik ga denk ik voor dertig schoten met de AK47 en dan als toetje de RPG.'

Ik sprak de langharige Cambodjaan aan. 'Jullie gebruiken toch niet echt levende koeien, hè?'

Hij haalde zijn schouders op en liep weg. Had hij de vraag misschien te vaak gehoord? Of verstond hij geen Engels?

Een gedrongen knul van mijn leeftijd met een kaalgeschoren hoofd en in camouflagebroek stond met oorbeschermers en een veiligheidsbril op in de bunker. Hij mikte met zijn M16 op een schietschijf: *BOEM! BOEM!*

De echo's weergalmden in mijn oren.

'Da's pas kicken!' zei hij en hij pauzeerde even. Hij keek me grijnzend aan. 'Proberen?'

Voordat ik kon reageren, lag het kille, harde metaal van de M16 in mijn hand en werd ik in de richting van de bunker geduwd.

'Wacht – ik kom alleen – ik wil niet…'

'Hoezo? Bang?'

'Nee…'

'Probeer het dan even – ik betaal.'

Met een geweer schieten? Ik? Mijn intellectuele nieuwsgierigheid leidde tijdelijk mijn aandacht van mijn doel af. Ik zou Amber eens laten zien dat Sarah geen tutje was!

'Het is gemakkelijk. Zet deze veiligheidsbril op. Leg nu je vinger hier, kijk hier doorheen en mik daarop! Dat is alles!'

Het was alsof ik van bovenaf naar een compleet andere Vassar keek. 'Een testosteroncocktail, dat is het!' Zijn blije stem schalde door de lucht. 'Kicken, man!'

Sarahs zweterige vinger klemde zich om de trekker. Ze tuurde door het vizier naar het zwarte silhouet op de papieren schijf – zo ver weg, zo klein. Het kostte haar moeite om de brok metaal recht te houden, want hij was verrassend zwaar. BOEM! Het geweer schoot achteruit tegen haar schouder en haar hele lichaam schokte – adrenaline gutste door haar aderen en haar handen begonnen te trillen. Het was inderdaad kicken.

*BOEM! BOEM!*

'Moet je dat zien! Je hebt de schijf twee keer geraakt! Goed zo, meid! Nu zijn hoofd!'

*BOEM!*

Toen – katsjing! Opeens zat alles muurvast. Ik trok nog een keer aan de trekker. Niets.

Ongeduldig rukte de langharige Cambodjaan de M16 naar zich toe en hij schudde ermee, sloeg met de kolf op de vloer. Toen pakte hij een lange metalen staaf, die hij keihard in de loop duwde – en toen tuurde hij erin!

Mijn ingewanden krompen samen. Ik liep langzaam achterwaarts bij hen weg.

'Alles oké?' vroeg de gedrongen tiener.

Ik griste een menu van de dichtstbijzijnde tafel. 'Dit is toch een grap, hè?' vroeg ik en ik wees naar het stukje over de koe.

'Nee. Het is echt zo. Hij heeft het gedaan.' Hij wees naar een lange, magere vent met acne die uit een fles sinas dronk. Voor ik mezelf kon tegenhouden, beende ik naar hem toe en mepte ik hem met het menu op zijn hoofd.

'Moordenaar!'

Toen sloeg ik de gedrongen knul ook meteen maar op zijn kaalgeschoren hoofd.

'Wat mankeert haar?'

'Hé! Kom terug, jij kleine...'

Ik stond echter al buiten.

De adrenaline kolkte. Mijn hart bonkte. Mijn hoofd tolde: ik kon absoluut niet toestaan dat die prachtige koeien met granaten werden afgeslacht door luie rugzaktoeristen die dit worstelende land als hun privéspeeltuin beschouwden. Het was walgelijk en fout en ging gewoon niet gebeuren.

Hanks merkte mijn terugkeer niet op. Hij was druk bezig de eigenaar van de koeien te leren hoe hij de lasso om een stronk moest werpen.

De koeien waren helemaal naar de andere kant van het weiland gedrenteld. Ik pakte een roestig stuk metalen golfplaat van de vuilnishoop. Toen liep ik langs de omheining en tuurde ik naar het zand totdat ik had gevonden wat ik zocht: een grote steen.

Nadat ik me ervan had vergewist dat niemand mijn kant op keek, maakte ik het hek los en liet ik dit wagenwijd openstaan. Om de koeien door de opening te jagen, moest ik achter hen zien te komen. Ideaal zou zijn als ze van me *weg* renden, niet *over* me heen! Denkend aan wat Hanks had gezegd, sloop ik om de kudde heen totdat ik aan de andere kant stond. Ik hield het stuk metaal omhoog – vanuit een ooghoek zag ik de eigenaar met zijn armen naar me zwaaien en Hanks met open mond naar me staren – en toen, SMAK! Ik beukte met de steen op de metalen plaat, en nog eens, en nog eens. Zeggen dat de koeien doodsbenauwd waren, was nog mild uitgedrukt – ze denderden door het openstaande hek weg. Ze holden alle twintig door het aangrenzende weiland, langs KNAL ZE NEER KNAL ZE NEER PANG PANG!, voorbij de bamboeboerderijen van de buren zo de horizon tegemoet, tot alleen de stofwolken in de lucht nog over waren.

Ziezo.

Vassar Spore als heldin!

De eigenaar was met stomheid geslagen door mijn daad – en mijn filosofie. Hij zat gehurkt voor zijn hut hoofdschuddend naar me te staren. 'Koe is vlees,' zei hij. 'Opblazen geen verspilling. Vlees direct naar markt. Voor eten.'

Toch was het niet juist.

'Wat niet juist is, is dat je deze man zijn inkomen hebt ontnomen,' zei Hanks. 'Wat maakt het nou uit of ze worden gedood door een granaat of door het slagersmes?'

'Hanks, je weet best dat het wat uitmaakt.' Ik werd echter geplaagd door twijfel. Had hij gelijk?

Een paar koeien kwamen op hun gemak onze kant op geslenterd. Hanks zei: 'Grote kans dat de meeste uiteindelijk vanzelf terugkomen. Koeien zijn gehecht aan hun vaste patroon – eigenlijk net als een kennisje van me.'

Ik negeerde zijn grijns.

De eigenaar zei tegen Hanks:

'Jouw vrouw veel problemen gemaakt. Ik bel politie.'

*Oh-oh.*

We staarden hem hulpeloos na toen hij naar zijn hut liep. Zijn telefoontje zou mijn tweede aanvaring met de Cambodjaanse politie binnen één week betekenen.

'Het was niet mijn bedoeling uw hek te beschadigen!' riep ik hem na. 'Echt niet.'

Hij liep echter stug door.

'En als ik je nou eens drieënvijftig dollar geef?' riep ik hem na en ik liet het geld zien dat oma Gerd me had gegeven voor de reis tot aan Laos.

De eigenaar bleef staan, maar schudde toen zijn hoofd.

'Een zilveren medaillon met een Latijnse inscriptie dan?' Ik trok de ketting over mijn hoofd. '*Nulla dies sine linea.*'

Opnieuw schudde hij zijn hoofd.

'Wat wil je dan wel?' vroeg Hanks behoedzaam.

De eigenaar wees. Naar Hanks' Godings.

'Laars. Ik niet bel politie.'

'Echt niet.'

'Ik bel politie.' Hij liep door naar de hut.

Hanks en ik probeerden van alles, maar de eigenaar hield voet bij stuk: 'Geen laars, geen deal.'

Hanks tilde zijn hoed op en streek met een hand over zijn kuif. Hij staarde omlaag naar zijn laarzen. Toen naar mij. 'Oké.'

Een voor een trok Hanks zijn met de hand gemaakte Godings uit 1940 met chique rood-witte sierstukken uit. Hij staarde er even naar en streelde met zijn hand over het leer. Toen gaf hij ze aan de eigenaar. Hij draaide zich snel om, trok zijn sokken uit en liep blootsvoets over de weg naar de motorfiets. Hij zag er erg kaal uit. *Ik was de reden waarom Hanks zonder Godings op een Cambodjaanse weg liep!* Waarom had ik niet eerst in gedachten een lijst van VOORS en TEGENS gemaakt voordat ik de koeien bevrijdde? Thuis zou ik nooit zo onstuimig hebben gehandeld zonder zorgvuldige afweging. Wat bezielde me? Wacht, ik wist best wat me bezielde: Cambodja. Het land was onder mijn huid gekropen en had me ertoe verleid me totaal anders te gedragen dan de gewone Vassar Spore.

189

Hanks' ogen waren ondoorzichtig. Blanco. Dit was erger dan woede. Schold hij me de huid maar vol.

'Zodra ik terug ben in Amerika, koop ik een nieuw paar laarzen voor je. Dat beloof ik.'

Hij glimlachte triest. Alsof hij wilde zeggen: *Veel succes met het vinden van klassieke Godings uit 1940 in mijn maat.*

Zijn lusteloze berusting veroorzaakte een misselijk gevoel in mijn maag.

*Zeg dat het je spijt. Zeg gewoon dat het je spijt!*

Telkens wanneer ik mijn mond opendeed, bleven de woorden echter ergens in mijn slokdarm steken. Waarom was het nu zo moeilijk om dit te zeggen?

*Goed gedaan, Vassar. Ten eerste word je gearresteerd en bijna in het gevang gegooid. Ten tweede ontsnap je ternauwernood aan de Cambodjaanse autoriteiten. Ten derde vermoord je bijna je oma met zuiveringsspray van de zwarte markt. Ten vierde zet je twee incidenten waarbij je geweld gebruikt op je naam – ook al gebeurde dat met plastic menukaarten. Ten vijfde laat je koeien ontsnappen. Ten zesde neem je door je impulsieve gedrag Hanks zijn waardevolste bezit af. Wat wordt nummer zeven, Vassar? Afpersing, moord, kidnapping?*

Als ik niet snel uit dit land zou wegkomen, was het onmogelijk te voorspellen hoeveel schade ik nog meer zou aanrichten – bij mezelf of bij anderen. Cambodja was gevaarlijk voor mijn gezondheid en deugdzaamheid.

Terwijl ik met mijn armen om Hanks' middel geslagen terugreed naar het pension, drong de ironie van dit alles tot me door:

*Ik ben verliefd op Hanks.*

*En nu heeft hij de pest aan me.*

# Deel 4

# Laos

# Hoofdstuk 1

## Volo praecessi domus.
## (Ik wil naar huis.)

Hanks gedroeg zich als altijd, maar ik voelde dat er een on-zichtbare barrière tussen ons in stond. Dat iemand niet blij met me was vanwege mijn daden was iets wat ik nog nooit eerder had meegemaakt. Het voelde afschuwelijk. Ik had mijn ouders nooit teleurgesteld, mijn leraren nooit teleurgesteld, mijn vriendinnen nooit teleurgesteld. (In het geval van oma Gerd zat zij gewoon fout – dus dat telde niet.) Tijdens onze laatste twee weken in Cambodja voelde ik steeds een scherpe steek in mijn borst wanneer ik Hanks op de goedkope rubberen slippers zag lopen die hij bij een straatventer had gekocht. Toeristische attracties bekijken of concentreren op mijn roman lukte me niet meer.

Ik voelde me ellendig.

Eigenlijk, bedacht ik, was alles oma Gerds schuld. Het was haar idee geweest om me door Zuidoost-Azië te laten trekken, haar idee om me naar Cambodja te laten gaan – het land van mijn ondergang. Nu bleek dat ze helemaal niet stervende was, was de vraag welk geheim in vredesnaam zo belangrijk kon zijn dat het leven en de toekomst van haar kleindochter ervoor moesten worden verpest. D-A-I-E-P? Wat betekende dat?

Boeien.

Het was dus een enorme opluchting toen we van Cambodja naar Luang Prabang in Laos vlogen. Een weelderig begroeid, ongelooflijk mooi land. Net als Malakka vormde ook hier de Franse koloniale architectuur een scherp contrast met de tropische achtergrond. Tweeëndertig spitse *wats* (tempels) stonden verspreid door de stad – de een nog overdadiger versierd dan de ander met hun ingewikkelde, met bladgoud bedekte, uitgesneden bas-reliëfs. Luang Prabang was een oase van rust in de zee van Zuidoost-Azië. Ironisch genoeg was Laos communistisch. Bijzonder intolerant jegens heel veel dingen, hoewel het oppervlakkig gezien een paradijs leek.

'Stimuleer je het communisme niet door communistische landen te bezoeken?' had ik aan oma Gerd gevraagd toen we in het pension onze spullen stonden uit te pakken. Pension Altijd Charmant – dat inderdaad zeer charmant was. Het pand had twee verdiepingen, een balkon dat er helemaal omheen liep en uitzicht op de *wat* (compleet met saffraangele monniken en oranje novicen) aan de overkant van de straat.

'Zo zie ik het niet,' had ze gezegd. 'Ik denk dat hoe meer toeristen zien wat er gaande is, des te groter de kans op veranderingen is. De sleutel is de minst bereisde weg te nemen, van de gebruikelijke rondleidingen af te zien en het *echte* Laos te bekijken. Op een goede dag zullen er in dit land vrije verkiezingen worden gehouden, net als in Cambodja – niet dat Cambodja zijn zaakjes al helemaal op orde heeft, maar dat land kent in elk geval de vrijheid om het te proberen.'

Haar echte reden om naar Laos te gaan was echter:

De gerimpelde regenboogkever.

'Het wordt de focus van de collage,' vertelde oma Gerd. 'De heilige graal onder de gevonden kunst. Zo ongrijpbaar dat maar heel weinig mensen hem weten te vinden. Ik ben hem echter op het spoor...'

Ik had kunnen weten dat we hier niet waren om mij kennis te laten maken met Luang Prabang: de vriendelijke glimlachjes van de bewoners, de kristalblauwe lucht, de verfrissende bries, de architectuur of de stromende Mekong. Natuurlijk niet. Het draaide allemaal om haar en haar kunst. Zo zou het altijd zijn.

Opeens was ik moe. Echt heel erg moe.

Ik wilde naar huis.

Het kon me zelfs niet meer schelen of ik er ooit achter zou komen wat Het Grote Geheim inhield. Ik negeerde de stem in mijn achterhoofd die fluisterde: 'Je hebt nog nooit de handdoek in de

ring gegooid bij een probleem, vergelijking of project. Hoe zit dat? Ga je nu opeens opgeven?'
Nee. Ik was verstandig. Ik beperkte mijn verliezen. Ik ging ervandoor nu het nog kon – als het tenminste nog kon.

Amber: *Zet het GOEDE werk voort – je hebt WAANZINNIG veel fantasie! Hoe VERZIN je het allemaal? Je mag ECHT pas naar huis wanneer je dit klusje hebt geklaard!*
Denise: *Je kunt niet serieus zijn in je overweging om op te geven. Vassar Spore GEEFT NOOIT OP! Sorry voor de hoofdletters à la Amber, maar ik ben ziedend. Niet alleen heb je de roman nog niet afgerond, maar ook ben je er nog niet achter wat Het Grote Geheim is! Hoe kan jouw intellectuele nieuwsgierigheid nu zijn bevredigd als die van ons dat niet is? Hoe kun je in vredesnaam op dit punt je academische carrière verspelen? Moet ik de motiverende woorden herhalen... WENDY STUPACKER!!! (Sorry, maar iemand moest het doen.)*
Laurel: *Je kunt nog niet naar huis komen – Sarah heeft nog geen lepels gekocht!*

Een week later verzamelde ik in de badkamer van het pension, waar ik een bloes stond uit te wringen die ik net had gewassen, al mijn moed bij elkaar om oma Gerd te vertellen dat ik naar huis wilde.
Ze was net binnengekomen nadat ze foto's had gemaakt van een wat en ik overviel haar ermee voordat ze kans had gezien haar tas en toestel neer te leggen.
Het was verbazingwekkend gemakkelijk. Hoewel ze een tikje gekwetst was, besefte ze net zo goed als ik dat de situatie onhoudbaar was. Waarom deed ze geen enkele poging me van gedachten te doen veranderen? Waarom haalde ze me niet over te blijven? Ik had op zijn minst verwacht: 'Frangi, wees niet zo'n watje. Reizen verbreedt de horizon. Nieuwe ervaringen! De kans van je leven! Je leeft maar één keer! Avontuur!'
Dat deed ze niet. Ze hielp me zelfs met het inpakken van mijn grote reisrugzak en hield een driewielige, gemotoriseerde *tuktuk* aan om me naar het vliegveld te brengen.

'Zeg, nu kun je me Het Grote Geheim wel vertellen, hé?' zei ik tegen oma Gerd voordat ik in de tuktuk stapte.

Ze klakte met haar tong. 'Sorry. Je kent de regels.'

Ze pakte mijn arm vast. 'Niet vergeten, Frangi: wat er ook gebeurt, ik... hou van je.'

Ik verstijfde even. Was dat niet precies wat mamma me had gezegd op het vliegveld?

'Ik hou ook van jou,' mompelde ik, maar ik vind je niet altijd aardig.

'Hé.' Hanks kwam het pension uit met een van zijn lolly's in zijn mond. Zonder me aan te kijken, stak hij zijn hand uit – de hand met de zilveren hoefijzerring – en hij zei toonloos:

'Tot ziens.'

Wat? Geen: 'Het was me een genoegen, dametje'? Geen: 'Fijne reis'? Ik hoorde mezelf met een kunstmatig hoge stem alsof ik helium had ingeademd zeggen:

'Ik stuur je een paar nieuwe Godings, dat beloof ik.' Toen sprong ik zonder om te kijken in de tuktuk. Toen we wegreden, staarde ik recht voor me uit en ik keek niet één keer achterom. Zelfs niet om te zwaaien.

Zodra ik buiten hun gezichtsveld was – huilde ik.


'Ik kom naar huis,' vertelde ik mijn vader en moeder via de betaaltelefoon op het vliegveld.

'Echt waar?' Mijn moeder kon haar jubelstemming niet onderdrukken. 'Leon! Vassar komt naar huis!' En toen: 'We begrijpen het volkomen, Vassar. Er is een grens aan de hoeveelheid tijd die een geestelijk gezond iemand met Gertrude kan doorbrengen.'

'En maak je maar geen zorgen. Ik heb meer dan voldoende materiaal om mijn roman af te ronden zodra ik terug ben...'

'Daar maken we ons absoluut geen zorgen over! De academische kant kun je gemakkelijk aan. Maar een onvoorspelbare, onconventionele grootmoeder is iets heel anders.' Haar stem klonk iets benauwder toen ze verder ging. 'Maar... is er een bijzondere reden waarom je eerder terugkomt?' Mijn moeder klonk bezorgd. Ik verzekerde haar ervan dat dit niet zo was.

Oma Gerd had me precies genoeg geld meegegeven om het ticket naar Singapore te kunnen betalen en mijn retourticket naar Seattle van augustus naar juli om te zetten. Eindelijk deed ik wat ik wilde wanneer ik het wilde. Ik had mijn lot in eigen hand – voor de verandering.

Ik zette mijn kleine rugzak en de grote reisrugzak voor de balie van Laos Air op de grond. De armzalig besnorde medewerker glimlachte en zei: 'Sabadii.'

'Sabadii, meneer. Zijn er nog plaatsen beschikbaar op de vlucht van 14.00 uur naar Singapore?'

Hij keek op zijn computerscherm.

'Ja. Dat kost honderdvijftig Amerikaanse dollars.'

'Dan graag één ticket.'

'Paspoort, alsjeblieft.'

Rits-rits. Mijn rijbewijs, bonnetjes en retourticket.

Geen paspoort.

Ik keek nog eens. Ik was nog nooit van mijn leven iets kwijtgeraakt. Het moest er zijn.

Niet dus.

Ik rukte de huidkleurige moneybelt van mijn middel en leegde de inhoud op de balie. De medewerker hielp me behulpzaam alle voorwerpen op keurige stapels te leggen. Hij keek alsof hij het heel erg vond dat hij me zoveel overlast bezorgde.

Geen paspoort.

Ik kon het niet geloven. Ik had mijn moneybelt *voortdurend* bij me gehad. Letterlijk. Tijdens het slapen zat hij om mijn middel of onder mijn kussen. Was een bijzonder behendige zakkenroller op straat langs me heen geschuurd? Was een geniepige pension-medewerker de slaapkamer ingeslopen toen ik onder de douche stond?

Allemaal erg onaannemelijk.

Wat moest ik doen? Het was wel duidelijk dat ik nergens naartoe ging. Ik moest naar de Amerikaanse ambassade om een nieuw paspoort aan te vragen. Wie wist hoe lang dat zou duren? Hanks had gezegd dat de meeste ambassades in Zuidoost-Azië jonge Amerikanen met 'kwijtgeraakte' paspoorten ervan verdachten dat ze deze voor duizenden dollars aan inwoners van het land hadden verkocht.

Terwijl de dunne vingers van de baliemedewerker behendig de stapels Cambodjaanse biljetten en bonnetjes gladstreken, ontdekte ik een stukje opgevouwen papier met een gevlekte potloodkrabbel. Met een akelig voorgevoel vouwde ik het open:

*Ik weet het. Je bent van streek. Later zul je me dankbaar zijn. OG*

De baliemedewerker en ik keken allebei verrast op bij de godslasterlijke termen die uit mijn mond stroomden. Ik wist niet eens wat sommige ervan betekenden.

Toen ik bij pension Altijd Charmant terugkwam, was oma Gerd weg, maar op mijn bed lag een gele envelop. Er zat weer een briefje in:

*Morgen gaan we op een vierdaagse voettocht door de jungle om de gerimpelde regenboogkever te zoeken. Pak zo min mogelijk in en zorg dat je goed slaapt. Als je de instructies opvolgt, krijg je je paspoort terug. Hoe koppiger je je gedraagt, des te onaangenamer deze hele ervaring zal zijn. Waarom ga je niet gewoon... LIMMEN. OG*

Hanks had gelijk. Toen ik de Amerikaanse ambassade in de hoofdstad Vientiane belde, stonden ze niet welwillend tegenover mijn situatie.

De ongeduldige mannenstem aan de andere kant van de lijn snoof verachtelijk en zei: 'Je verwacht toch niet dat we geloven dat je eigen oma je paspoort heeft gestolen? Kom zeg, je zult echt met iets beters moeten komen.'

Hoewel er twee rugzaktoeristen achter me stonden te wachten die ook de telefoon in de lobby van het pension wilden gebruiken, pleegde ik nog een telefoontje.

'Hoe bedoel je, je komt niet naar huis?' Mijn moeders stem klonk hoog en onvast.

Geduldig – geduldiger dan ik me voelde – legde ik alles uit, tot ergernis van de rugzaktoeristen.

'Dit kunnen we niet over onze kant laten gaan! We bellen de ambassade – de Amerikaanse ambassadeur – het Witte Huis...'

'Althea, we kunnen niets doen.'

'Je kunt altijd wel iets doen!'

Mijn vaders stem klonk verbazingwekkend ferm door de hoorn: 'Nee, Althea. Deze keer is er niets wat... wij... kunnen... doen.' Mijn moeder hikte en zweeg.

'Hier,' zei mijn vader. 'Neem er hier maar een van.' Ik hoorde het onmiskenbare geluid van een potje met pillen dat werd geopend. 'Vassar maakt gewoon die voettocht en gaat ervan genieten. Zo is het toch, Vassar?'

'Ja, pap,' zei ik. En toen, voor mijn moeders gemoedsrust: 'Nu ik erover nadenk, klinkt een voettocht eigenlijk best leuk – hartstikke leuk zelfs.'

Mijn vader had gelijk. Ik had geen keus. Ik was een gevangene in Laos en oma Gerd was de gevangenbewaarder.

Er was *wel* een uitweg: oma Gerds instructies opvolgen. Wel ironisch. Degene die een hekel had aan plannen, onderwierp haar kleindochter nu aan een plan.

## Hoofdstuk 2

### Bounmy

*Oma Gerd niet haten. Oma Gerd niet haten.*
Oma Gerd gaf me een reep chocola. 'Hier. Je kunt wel een op-peppertje gebruiken.' Op de wikkel stond *Krisknars!* 'Komt uit Japan. Daar zijn ze dol op bizarre merknamen.'
Ik nam de reep aan zonder iets te zeggen of ook maar één spier-tje in mijn gezicht te vertrekken. Dat gunde ik haar niet. Nu was het mijn beurt om haar dood te zwijgen.
We liepen met ons drieën langs de Mekong, op weg naar onze gids. We hadden allemaal een klein rugzakje bij ons (we wilden zo min mogelijk meesjouwen; de rest van onze bagage bleef in het pension achter) en we droegen de nieuwe groen-zwarte junglelaarzen die oma Gerd voor ons had gekocht.
'Het is geen topkwaliteit, maar goed genoeg om ermee heen en terug te komen,' merkte oma Gerd op. 'Je kunt geen voettocht door de jungle maken op slippers of sandalen – ook al doet de plaatselijke bevolking dat wel.' Ze zag er grappig uit met haar nieuwe laarzen, de vissersbroek, een mannenoverhemd en de Vietnamese tropenhelm. Maar ja, dat gold ook voor Hanks met zijn cowboyhoed en bakkebaarden.
Wat mij betreft, ach. Als mijn vader en moeder hun enige doch-ter nu eens konden zien: mijn stijlvolle linnen reiskleding en be-trouwbare Spring-Zs waren verdwenen – vervangen door een wijde, groene vissersbroek, een T-shirt van Laos Bier, jungle-laarzen en een gebruinde huid. Mijn grote witte hoed had ik nog wel.
Oma Gerds rugzak puilde uit met doosjes en katoen voor alle gerimpelde regenboogkevers die ze wilde vangen. 'Dit specifieke

gedeelte van Laos is de enige plek in Zuidoost-Azië waar ze voorkomen,' legde ze aan Hanks uit.

Oma Gerd liet zich plotseling op haar hurken zakken en grabbelde in het zand. Al snel sprong ze overeind met een geplet pakje sigaretten in haar hand. Ze veegde het af aan haar hemd en liet bruine strepen achter op haar borst. 'Briljant! Moet je die tekening eens zien: een lotus. Een rode lotus tegen een goudgele achtergrond. Is het niet sensationeel?'

'We nemen dus de minst bereisde weg,' zei ik. Haar doodzwijgen begon te vervelen. Ik verschoof mijn rugzak wat. Mijn schouders waren er niet aan gewend zoiets zwaars te dragen.

'Frangi,' grinnikte oma. 'We nemen *geen* weg.'

Dat klonk niet best.

'Reizen Zonder Wegen – we volgen hun Tocht Waar Geen Reiziger Ooit Is Gegaan!'

'Maar in mijn reisgids staat dat de regering van Laos overnachtingen in dorpen van stammen verbiedt...'

'*Tenzij* je met een vergunninghoudende organisatie reist. En toevallig is Reizen Zonder Wegen de enige vergunninghoudende organisatie in Luang Prabang. We krijgen het *echte* Laos te zien – geen toeristische nabootsing. Onze gids, Sone, is *de* expert op het gebied van bergstammen in Laos. *De* autoriteit op het gebied van de gerimpelde regenboogkever.' Ze rommelde in het zijvak van haar rugzak.

'Nu je weer met me praat...' Oma gaf me een verzameling kleine, aan elkaar geplakte kiezels die een *T* vormden.

'Waarom denk je dat het me nog steeds interesseert?'

'Die intellectuele nieuwsgierigheid van je.'

D-A-I-E-P-T.

Fietsen, motorfietsen en tuktuks reden langs ons. Voor een ambachtswinkeltje stonden houten kratten vol platgedrukte papierpulp met kleine oranje bloemen te drogen in de zon. Oma Gerd slaakte een verrukte 'Aah!' en maakte snel een foto met haar Brownie. Daarna kocht ze elf rollen gedroogd papier, die ze op de terugweg zou ophalen.

Hanks liep voor me uit, zijn cowboyhoed naar achteren geschoven.

Waarom was hij meegegaan? vroeg ik me af. Hoe minder tijd hij met mij moest doorbrengen, des te beter, zou ik hebben gedacht. Het was alsof hij mijn gedachten kon lezen, want precies op dat moment keek hij over zijn schouder. Ik kon zijn blik echter niet lezen. In de spiegelende glazen van zijn zonnebril zag ik alleen mijn eigen weerspiegeling – en wat ik zag, beviel me niet. Gelukkig waren de muggenbulten en de paarse bult minder opvallend. Kom op, sprak ik mezelf toe, wat kan het je schelen of hij je leuk vindt of niet – hij lijkt totaal niet op je prototype. Hij is geen 1 meter 90, niet blond en ook geen chirurg-in-opleiding. Hij bezit geen boot of een dikke, witte trui. Bovendien woont hij een triljoen kilometer bij je vandaan. Totaal ongeschikt als vriendje.

Het werkte niet.

Onder ons glinsterde de Mekong in de ochtendzon. Smalle, langwerpige blauwe, rode en gele long tail boats gleden door het modderige water. We gingen op een kiezelstrand zitten en aten croissantjes, terwijl we op Sone wachtten. De croissants waren romig en licht – een welkom bijproduct van de Franse kolonisatie (volgens mijn *Gids voor respectabele reizigers*). Ik was me ervan bewust dat Hanks' bovenbeen het mijne vluchtig aanraakte. We keken echter allebei strak voor ons uit en werkten ons ontbijt weg.

Een witte *sawngthaew* (een pickuptruck met in de laadbak aan weerszijden een bankje) remde naast ons af.

Van de passagiersstoel sprong een jongen naar buiten die met uitgestrekte hand naar ons toe kwam.

'Sabadii, dames en heer! Ik ben jullie gids!'

Hij kon onmogelijk ouder zijn dan twaalf. Zelfs oma Gerd, die altijd overal voor in was, leek van haar stuk gebracht. We draaiden ons tegelijkertijd om, op zoek naar een geschikter iemand.

'Ben jij Sone? De beroemde expert op het gebied van bergstammen? De internationale autoriteit op het gebied van de gerimpelde regenboogkever?' vroeg oma.

'Ik ben Bounmy, dame! Ik zal pogen jullie tevreden te stellen!'

Hij was 1 meter 50 lang, pezig, met de gebruikelijke cappuccino-kleurige huid en gitzwarte haren. In plaats van de standaard Lao-tiaanse uitrusting in koele zijde, katoen of linnen droeg hij een spijkerbroek, een zwart T-shirt en een dik jack met op de rug in grote letters NEW YORK YANKEES.

'Bounmy? Ik dacht dat onze gids Sone heette?' zei ik.

'Plannen gewijzigd, dames en heer!' zei hij opgewekt, en hij hees onze rugzakken in de sawngthaew.

'Weet jij dan wat de gerimpelde regenboogkever is?' Oma Gerds stem klonk geforceerd. 'En waar je die kunt vinden?'

'Sone vertelt mij,' zei Bounmy en hij wuifde met zijn hand.

'Briljant! Onvoorspelbaar! Ik vind het nu al enig!' antwoordde ze opgelucht en ze stopte het laatste stukje van haar croissant in haar mond.

'Hoe oud ben je?' vroeg ik.

'Oud genoeg om van de vrouwen te houden,' zei hij met een wel-lustige blik.

Wie was dit knulletje? En waar had hij dat taalgebruik opgepikt?

'Ben je dan getrouwd? Heb je kinderen?' vroeg Hanks met ge-speelde ernst.

'Helaas, ik heb mijn speciale dame nog niet gevonden,' zei Bounmy sip.

Na een ritje van een kwartier reed onze sawngthaew-bestuurder een hobbelig zandpad op dat naar een open plek midden in de jungle leidde. Op die open plek stond een gebutste helikopter. Oma Gerd, Hanks en ik wisselden een blik met elkaar uit.

'Wat doen we hier? Ik dacht dat we de bergen ingingen?' vroeg ik.

'Moet met helikopter naar begin van tocht,' antwoordde Boun-my en hij hield de deur van de sawngthaew open, zodat we eruit konden klimmen.

De helikopter, legde Bounmy uit, was een Air America-heli die was overgebleven van de drugsoorlog. Hij zag eruit alsof hij aan elkaar was gesoldeerd – waarbij sommige plekken blijkbaar wa-ren overgeslagen.

'Dat ziet er niet echt veilig uit,' zei ik tegen mijn oma.

'Is enige manier om bij pad te komen, juffrouw,' drong Bounmy aan. 'Wees niet bang, Bounmy zeer deskundige gids!'

Bounmy trok met een groots gebaar de zijdeur open.

'Ach, als het ding een oorlogsgebied heeft overleefd...' Hanks maakte zijn zin niet af, want de deur liet los in Bounmy's hand. Nadat de piloot de deur met een bungeetouw had gerepareerd, klom ik met tegenzin achter oma Gerd, Hanks en Bounmy aan de helikopter in. De piloot was een gezette man die geen Engels sprak. De wieken draaiden rond en stofwolken vlogen op. We schoten rukkerig de lucht in. Mijn knokkels zagen wit, omdat ik in mijn armleuning en oma Gerds onderarm kneep. Ze vertrok geen spier, maakte aan één stuk door polaroids door het groezelige – gebarsten! – raampje.

Nu hingen we boven Luang Prabang. Ik had nooit gedacht dat er zo veel tinten groen waren. Rijstveldgroen, junglegroen, berggroen. Bespikkeld met glanzende gouden puntjes.

'Kijk eens naar al die wats,' zei oma Gerd.

*Fssst!*

Onder ons baande de Mekong zich een weg tussen de groene en bruine vlakken door. Ik leidde mezelf af door de wats te tellen.

*Een, twee, drie, vier – nee, dat was een hotel – vier, vijf – ik moet zo overgeven! – tellen, tellen, o, kijk daar – misselijk, misselijk, ik ben misselijk...*

De helikopter landde ten slotte op een vrijgemaakt deel van een veld aan de voet van een berg. Arbeiders die in de buurt met machetes bamboe kapten, hielden even op om ons te zien uitstappen. Ik holde naar een stapel weggegooide stengels om over te geven. Terwijl ik mijn mond afveegde met een papieren zakdoekje, steeg de helikopter alweer op en de wieken bliezen stukken bamboe in onze gezichten. Ik gilde. Iedereen die zuurstofdoorlatende lenzen draagt, kent de ondraaglijke pijn die zelfs de kleinste stofdeeltjes kunnen veroorzaken wanneer ze onder een lens terechtkomen. Ik haalde snel de lens uit mijn rechteroog en stopte hem in mijn mond in de hoop dat mijn speeksel het ellendige voorwerp eraf zou spoelen.

Opeens voelde ik een klap op mijn rug en oma Gerd vroeg: 'Beter zo, Frangi? Alles eruit gekregen?'

Slik!

Ik stikte bijna, kuchte en probeerde genoeg slijm aan te maken om de contactlens in staat te stellen met de stroming ervan mee naar buiten te komen. Ik stak mijn vinger in mijn keel om nog meer over te geven. Ik kokhalsde echter alleen maar… mijn mentale ik wist dat mijn fysieke ik niets meer in haar maag had om op te geven. De lens liet zich niet in de luren leggen. Vijf minuten lang bleef ik schelden, afgewisseld door weer een vinger in mijn keel. Oma Gerd, Hanks, Bounmy en de bamboekappers keken alsof ik een of andere rituele stammendans uitvoerde.

Ik draaide me vliegensvlug om naar oma Gerd.

'Door jou heb ik mijn contactlens ingeslikt!'

Ze hadden geen flauw idee hoe scheef en uit balans de wereld er door één lens uitzag. Alsof dat niet al erg genoeg was, drong het ook nog tot me door dat ik mijn reservebril in mijn grote rugzak in het pension had laten zitten.

'Wanneer neem je nu eens zachte lenzen, net als de rest van de wereld?' vroeg oma Gerd.

'Zuurstofdoorlatende lenzen zorgen er toevallig voor dat mijn ogen niet achteruitgaan,' zei ik en ik klemde mijn kaken zo stevig op elkaar dat ik onmiddellijk hoofdpijn kreeg.

Bounmy staarde me vol verwachting aan – hij vroeg zich waarschijnlijk af welke akelige lichaamsfunctie ik als toegift zou uitvoeren.

'Bounmy, kun je de helikopter terughalen? Met één lens kan ik geen voettocht door de jungle maken.'

Hij glimlachte bemoedigend. 'Sorry, juffrouw! Hier geen telefoon. Hele voettocht geen telefoon. Heel natuurlijk, heel rustiek, zoals gevraagd.'

Ik probeerde mijn stijgende ongeduld in te tomen. 'Nee, met je mobieltje.'

'Mobieltje?'

'Wat? Heb je geen mobieltje bij je – zelfs geen pager?'

Hij lachte verheugd. 'Nee, juffrouw. Helikopter komt over vier dagen terug, zoals afgesproken. Geen telefoon nodig met goed plan.'

Juist.

'Hoor je dat?' vroeg ik aan oma Gerd. 'En als er nu eens wat gebeurt?'

'Jullie zullen ervaren de gulle gaven van onze kokette moeder natuur. Ontspan en geniet, alsjeblieft. Klaar, juffrouw?' Bounmy hield mijn rugzak omhoog. 'Wij ons haasten om prachtige kevers te zien.'

Toen hing hij een enorme rugzak vol etenswaren om zijn schouders, waaraan ook nog vier opgerolde rubberen matjes bungelden. Ook tilde hij twee plastic tassen vol flessen water op.

'Zullen we gaan?'

'Je gaat dat toch niet allemaal dragen?' vroeg mijn oma.

'Ik help wel,' zei Hanks.

Bounmy leek net een slak met een veel te groot huis. 'Het gaat goed.'

'Laat me je alsjeblieft helpen,' drong Hanks aan.

Ten slotte gaf Bounmy toe: 'Als dat het plezier vergroot.' Hij overhandigde Hanks een van de tassen met water.

'Dames en heer, als jullie goed tempo weet te houden, zal ik jullie onthalen op betoverende zonsondergang.'

We liepen achter hem aan over een smal, hard zandpad. De bamboekappers zette zich weer aan het kappen van bamboe. De voorstelling was afgelopen.

'Zeg, Bounmy,' zei oma Gerd. 'Hoe vaak heb je deze voettocht al gemaakt als gids?'

'Eerste keer.'

'Wat?!'

Ik bleef stokstijf staan. Oma Gerd versnelde haar pas, onwillig om mijn starre blik op te vangen. Ze zei: 'Interessant. Hoe weet je dan waar je naartoe moet?'

'Ik volg Sone één keer. Kijk! Vlinder! Danseres van de natuur!'

'Waar is Sone eigenlijk en waarom kon hij niet zelf met ons mee?' vroeg ik.

'Sone in ongeluk. Ah, zo veel vlinders! Wees gewaarschuwd: ze volgen schoonheid.'

Als vingers die een pijnlijke tand niet met rust konden laten ging ik door:

'Wat voor ongeluk?'

'O, hij van klif gevallen en allebei been gebroken. Modder erg glibberig. Heel erge tragedie.'

We keken elkaar even aan.

'Sone is gewond, maar ze willen werk niet kwijtraken. Dus ze vragen mij, want ik Sone één keer gevolgd op tocht. Bounmy neemt vrij van school om jullie voortreffelijk te gidsen!'

# Hoofdstuk 3

## De voettocht

Zelfs oma Gerd was met stomheid geslagen door Bounmy's onthulling. We liepen de weelderige jungle in die ons als een paraplu
beschermde tegen de felle zon, maar ook geen verfrissende bries-
jes doorliet. Mijn kleren waren doornat van het zweet. Bamboe,
varens, palmen en ander groen omsloten ons met een verstikken-
de dichtheid. De geur van mijn naamgenoot, frangipane, vulde
de lucht. Boven onze hoofden dansten vlinders. Het pad voerde
ons zigzaggend een berg op. Hoger, nog hoger, steeds hoger via
een pad dat zo smal was dat er maar één van ons tegelijk over-
heen kon.

*Oké, rustig blijven, rustig blijven. Zo te zien weet hij waar hij
naartoe...*

'Stop, alsjeblieft, dames en heer!' zei Bounmy en hij perste zich
gracieus langs ons heen in de richting waar we vandaan kwamen.
We volgden gehoorzaam. Toen we onder aan het pad kwamen
dat langs de voet van de berg liep, sloeg hij plotseling een zij-
weg in. 'Ja. Nu gaan we goed!' Zijn in Levi's gehulde benen gingen ons voor naar boven, verder naar boven, steeds maar naar
boven.

Ik weigerde grimmig commentaar te leveren en oma Gerd besefte
dat ze beter niets kon zeggen.

Hoe kon Bounmy al die spullen sjouwen, terwijl mijn kleine rugzak al als een berg bakstenen aanvoelde?

Oma Gerd liep de eerste acht keer kwiek mee en weer terug,
maar ging toen in een lagere versnelling over op langzame, grote
stappen. Weer tien minuten later schakelde ze nogmaals naar een
lagere versnelling en nam ze loodzware reuzenstappen.

'Bounmy, zijn hier wilde dieren waar we op moeten letten – zoals anaconda's?' vroeg ik.

'Pardon?'

'Slangen.'

'Aha, slangen. Geen akelige slangen. Alleen vriendelijke slangen. Maar wel veel bloedzuiger, spin en schorpioen.'

'Is dat een pak van je hart?' vroeg oma Gerd.

Ik stopte mijn broekspijpen in mijn sokken en besproeide mezelf met wat insectwerend spul.

We zwoegden verder en verder – minuten voelden als uren aan.

'Wacht even!' Achter me bukte oma Gerd zich om iets van de grond op te rapen: een regenboogkleurige steen. Ze liet hem weer vallen en rechtte haar rug. 'Laat maar. Vals alarm.'

Hanks hield de pas in en bleef bij me staan toen ik stilhield om uit te rusten. Hij zette zijn Aviator-zonnebril met spiegelende glazen af en stopte hem in zijn borstzak.

'Snel lopen en dan stilstaan – dat is niet goed voor je lichaam.'

'Nou en?' Ik hijgde zo hard dat ik amper kon praten.

'Hou een langzaam, regelmatig tempo aan in plaats van voort te hollen en dan weer stil te staan om op adem te komen. Zie je lichaam als de motor van een auto. Elke keer dat je hem start en weer stilzet, kost het meer kracht en brandstof. Door een tragere, gelijkmatige snelheid aan te houden, bespaar je energie. Begrijp je dat?'

'Ik denk het wel.'

Hij zocht in het kreupelhout en keerde terug met twee bamboestengels. 'Gebruik deze maar om op te steunen en je evenwicht te bewaren. Een, twee, een, twee.'

Ik bleef staan. 'Hanks.'

Hij bleef één stap voor me staan. 'Ja?'

Ik keek hem aan. Zijn cowboyhoed wierp een schaduw over zijn ogen. Het enige wat ik kon zien, waren zijn neus en mond. Wat het gemakkelijk maakte om te zeggen wat ik wilde zeggen: 'Het spijt me echt verschrikkelijk van je Godings.' Mijn stem piepte onnatuurlijk hoog. Ik schraapte mijn keel. 'Ik vind het echt verschrikkelijk.'

Er ging een ogenblik voorbij. Toen glimlachte hij traag. Hij schoof zijn hoed achter op zijn hoofd, zodat ik zijn donkerbruine ogen kon zien. 'Het geeft niet. Het waren tenslotte... *maar* laarzen.'
*Flip flop.*
Het loodzware gewicht dat ik dagenlang had meegetorst, verdween en een nieuwe golf energie stroomde door mijn lijf. Nu kon ik eeuwig doorlopen!
'Ho ho!' Als Hanks me niet had vastgegrepen, was ik pardoes over de rand gewandeld. 'Dit is al de vierde keer dat ik je hachje red. Laat het geen vijfde keer gebeuren.'
'Dames en heer, we stoppen hier voor versnapering!' riep Bounmy even verderop op het pad.
'Dat werd wel tijd,' kraste oma Gerd ergens achter me.
Ze zag eruit als een baal doorweekt wasgoed – haar vissersbroek, overhemd en sokken dropen. Bij mij was het al niet anders. Na vier uur lopen waren we allemaal één grote zweetklier – en nog hongerige zweetklieren ook. Bounmy deelde een late lunch uit, bestaande uit platgedrukte baguettes met ham en kaas (nog een voordeel van de kolonisatie), maar oma Gerd en ik waren zo moe dat we bijna niet konden kauwen. Zodra ik zat, vloeide de hernieuwde energie namelijk weg uit mijn lichaam. De combinatie van hoogte, vochtigheid en het intensieve gebruik van spieren die tot nu toe nog nooit waren gebruikt, had me uitgeput. Er werd dus niet gepraat. Het enige geluid was dat van brood dat tegen de tong werd platgedrukt.

Tante Aurora doet ons dit allemaal aan vanwege een of andere stomme gerimpelde regenboogkever, dacht Sarah bij zichzelf, terwijl ze puffend de berg op liep.

Hanks depte zijn gezicht droog met zijn rode zakdoek. Ik keek gefascineerd toe hoe een druppel zweet langs zijn kaak druppelde. Zijn bakkebaarden lieten los en zijn hemd kleefde tegen zijn borst. Elke spier was nadrukkelijk zichtbaar.
*Flip flop.*
Voordat we verder klommen, sneed Hanks met zijn zakmes

210

pleisters voor ons af. We plakten er onze blaren mee af – die we alledrie hadden opgelopen dankzij onze nieuwe junglelaarzen.

Bounmy had energie in overvloed. 'Geniet jullie van tocht, dames en heer? Zulke mooie flora en fauna zien wij vandaag. Er komt nog meer. Vlinder!'

Ons gebrek aan enthousiasme weerhield hem er niet van ons op letterlijk elke vlinder te wijzen die we tegenkwamen.

'Bounmy, ik heb liever dat je je ogen gebruikt om kevers op te sporen,' zei oma Gerd en ze wuifde zich koelte toe met een servetje.

'Kevers, heel leuk. Zo mooi, zo kleurrijk.'

'Hoe ver is het nog?' Het kostte me zoveel moeite om deze eenvoudige woorden te vormen dat ik me het liefst in de foetushouding had opgerold.

'Vijf piepkleine uurtjes, dames! Nog vijf uur vol heerlijke uitzichten!'

Had ik nu maar niets gevraagd.

Waarom beklommen mensen bergen? Die idioten die zo nodig naar de top van de Machu Picchu, de Kilimanjaro, de Everest wilden – wat bezielde hen om zoveel tijd en energie te verspillen, alleen om op het hoogste punt van een gebied te staan?

Sierlijke druppeltjes transpiratie parelden over Bounmy's slapen. Ook zijn korte zwarte haar was vochtig – maar hij weigerde zijn leren NY Yankees-jack uit te trekken. Hij haalde een pakje sigaretten van het merk Lotus uit zijn achterzak en stak er met de vloeiende beweging van een veertigjarige verslaafde een op. Hij inhaleerde diep en blies de rook vakkundig door zijn neus weer uit. Toen bood hij ons beleefd het pakje aan.

'Mag jij op jouw leeftijd wel roken?' vroeg ik.

'Roken is een geschenk waarvan iedereen mag genieten! Maakt niet uit hoe oud,' zei hij met een beleefd knikje naar oma Gerd.

De rook vermengde zich met de vlinders die boven ons fladderden.

# Hoofdstuk 4

## Meneer Vangs gastvrijheid

Een logeerhuis is een verrukkelijke manier om jezelf in de plaatselijke cultuur onder te dompelen. Een thuis weg van thuis vol mensen die o-zo-anders zijn dan *jij*!

*Gids voor respectabele reizigers: Laos*

Tegen de tijd dat we de top van de eerste berg bereikten, klopten mijn bovenbeen- en kuitspieren van de pijn. Het schemerde al. Opnieuw strekte een fenomenale tropische zonsondergang zich uit langs de hemel.

'We gaan nu authentiek Hmong-dorp in,' zei Bounmy.

Het kleine dorp telde tien hutten van bamboe en hout die op palen boven de grond stonden. Een systeem van holle bamboestengels voerde water aan uit een nabijgelegen beekje. Overal zwierven dikbuikige biggetjes en honden rond. In ronde, sierlijke hokken van dunne bamboestengels waren hanen en kippen gehuisvest. Bungelende bruine repen van het een of ander, zo te zien leer.

'Wat zijn dat?' vroeg ik aan Bounmy.

'Gedroogd vlees,' zei hij.

'Vergelijkbaar met de Amerikaanse Beef Jerky-snack,' zei Hanks. In het dal onder ons glinsterden trapsgewijs aangelegde rijstvelden goudkleurig in de gloed van de ondergaande zon. Zover het oog reikte waren we omgeven door bergen en heuvels. Toen we achter Bounmy aan over het hoofdzandpad van het dorp liepen, kwam de geur van brandend hout ons uit de hutten tegemoet en de vochtige nacht verkoelde onze huid.

Zowel de volwassenen als de kinderen begroetten ons vrolijk met een *sompiah* (vergelijkbaar met de Maleisische *salaam*-groet: de handen op borsthoogte tegen elkaar gedrukt) toen we langsliepen.

'Hallo!'

'Americano!'

De vrouwen droegen bloezen en felgekleurde sarongs; de mannen droegen overhemden en korte broeken; ze liepen allemaal op rubberen slippers of blootsvoets. Ze hadden met hun donkere ogen en blauwzwarte haar veel weg van de bewoners van Laos in Luang Prabang, alleen was hun huid iets donkerder door hun werk op het land.

Het was duidelijk dat hier eerder westerlingen waren geweest, maar niet zo veel dat hun nieuwsgierigheid of welwillendheid eronder had geleden. Een oude vrouw die suikerriet zat te snijden, stond erop ons allemaal een stuk te geven. Bounmy liet zien hoe je erop moest kauwen, alle suiker er uitzoog en de rest dan uitspuugde.

We liepen voorbij een kraal met twee bruine koeien erin.

'Als je het maar uit je hoofd laat,' zei Hanks.

Hij had mazzel dat ik mijn mond vol suikerriet had.

Ons eerste logeerhuis was de hut van meneer Vang, een weduwnaar. Zijn brede grijns bood ons een blik op glanzend wit met gaten waar tanden behoorden te zitten. Zijn haar was keurig geknipt en hij rook naar aftershave.

'Hallo! Dank u! God zegen u!' zei hij op joviale toon en hij schudde ons een voor een de hand.

'Dank u wel voor uw gastvrijheid,' zei oma Gerd. 'We zijn...'

'Hallo! Dank u! God zegen u!'

'Dat enige Engels dat hij kent. Hij spreek Hmong en beetje Laotiaans,' zei Bounmy en hij sprak even in het Laotiaans met Vang. 'Meneer Vang zegt jullie zijn heel welkom en op een dag hij bezoekt Disneyland.'

'Hallo! Dank u! God zegen u!'

We trokken onze modderige schoenen uit en gingen de woning van Vang binnen.

De bamboehut was groot en ruim, en zo schoon dat ik van de met bamboelatten bedekte vloer kon eten. Hij was er op een of andere manier in geslaagd een sierlijk bewerkt houten bureau de berg op te krijgen en daarop stonden allerlei flessen: water, frisdrank, wijn en – zelfs Polo-aftershave. Witte plastic stoelen stonden om een grote houten tafel midden in de hut. Afgesloten slaapkamers tegen de linkermuur en een grote ruimte om te koken tegen de rechter. Een houten trap leidde naar de eerste verdieping die als slaapruimte dienstdeed. Aan het spits toelopende plafond bungelde een eenzame gloeilamp – Vang was beretrots op zijn kleine generator. Hij had jarenlang rijst moeten verbouwen om die bij elkaar te sparen. Blijkbaar was Vang voor een Hmong tamelijk welvarend.

Vang woonde samen met zijn twee getrouwde dochters (wier namen losjes werden vertaald als Gratie en Vrede), hun echtgenoten en vijf kleinkinderen. Helaas waren de mannen van zijn dochters weg om een koe te kopen en zouden ze pas over enkele dagen terugkomen. Ze zouden het jammer vinden dat ze ons hadden gemist. De familie Vang bood graag onderdak aan reizigers en ontving gemiddeld tweemaal per maand logés. Diverse reisbureaus bedankten hen voor hun gastvrijheid met eten en een geldbedrag. Ze deden het echter voornamelijk om vrienden van over de hele wereld te maken. Aan een bamboemuur hing een groot stuk karton met daarop de handtekeningen van alle gasten die ze hadden gehad, van Maryland tot IJsland. We signeerden het bord om de beurt met mijn rode pen. In plaats van zijn handtekening tekende Hanks een HL in een omgekeerde U.

'Mijn brandmerk,' zei hij.

Boven het bureau hing een 'Schilderen op nummer'-portret van Jezus als de Goede Herder. De kleuren waren geelgroen, poepbruin, worstrood en alarmerend witter-dan-wit voor de schapen en wolken. Het schilderij was nog niet af – een van de schapen ontbeerde alle verf.

Oma Gerds ogen lichtten op. 'Fantastisch!'

'Oma...' fluisterde ik waarschuwend. Ik zag al voor me hoe ze zijn enige decoratie probeerde te kopen. Of – laten we eerlijk zijn: stelen.

'Wat is er?' vroeg ze onschuldig.

'Wil iemand zich wassen?' vroeg Bounmy.

Ik had hem wel kunnen zoenen.

Nadat we ons allemaal hadden gewassen in Vangs geïmproviseerde, buitenshuis staande douchecel van bamboe, bananenboombladeren en een emmer water, trokken we schone kleren
aan. Het was een opluchting om de met transpiratie doorweekte
broek en T-shirt te kunnen uittrekken. (Waarom rook mijn zweet
in Zuidoost-Azië veel indringender dan mijn zweet in Seattle?
Dat was een vraag voor Denise, die de jaarlijkse wedstrijd exacte
vakken had gewonnen met een werkstuk getiteld: 'Het identificeren van het bacteriële enzym dat geurmoleculen bevattend
zwavel afscheidt in zweet.')

Voor het eerst sinds ik in Zuidoost-Azië was aangekomen, vond
ik het een beetje kil. Mijn reisgidsen vermeldden dat het in de bergen afkoelde en dat het 's nachts in hoger gelegen gebieden zo-
waar koud kon worden. Heerlijk verfrissend voor de verandering!

In de keuken bereidde Bounmy gehurkt naast het vuur een snelle
maaltijd. Uit zijn rugzak verscheen een eindeloze hoeveelheid in-
grediënten, tupperwarebakjes en kookgerei. Blijkbaar was het de
bedoeling dat de gids in logeerhuizen alle maaltijden verzorgde.

Vangs oudste dochter Gratie hielp enthousiast mee en haar snelle, behendige handen sneden champignons in plakjes en een recentelijk geslachte kip in stukken. Ze had een gouden voortand
en lachrimpels rond haar ogen. Vrede gaf haar baby in een hoek
de borst en leek goedmoedig grapjes te maken over Bounmy's talent voor de fijne keuken.

'Vrede zegt ik word goede echtgenote,' vertaalde Bounmy grin-
nikend. Hoewel Vrede slechts een jaar ouder was dan ik, had ze
al twee kinderen – een van drie maanden en een van een jaar oud.
Ze had net als ik een kuiltje in haar kin en een moedervlek onder
haar linkeroog die net op een bruine traan leek. Haar zus en zij
droegen allebei een T-shirt onder hun sarong en hadden hun
haren met een haarelastiek bij elkaar gebonden.

Ik probeerde me voor te stellen dat Denise, Amber, Laurel en ik
allemaal getrouwd waren en kinderen hadden.

Dat lukte me niet.

Vrede gebaarde naar Hanks, die in de grote kamer van de hut naast oma Gerd zat. Vang liet hen zijn megaverzameling ansichtkaarten zien die voormalige bezoekers hadden gestuurd. Ze zei met een zachte, zangerige stem iets tegen Bounmy en wees naar haar wang.

'Ze wil weten of zijn haar... hoe zeg je... kriebelt,' zei Bounmy. Vrede en hij giechelden. Gratie sprak Vrede bestraffend toe, maar giechelde even hard mee.

'Zeg maar dat ik dat niet weet,' zei ik. En ook nooit zou weten. Toen liet Vrede Bounmy aan mij vragen: 'Is hij jouw speciale vriend?'

Ik wierp een blik in de andere kamer. Hanks las een ansichtkaart met *Groeten uit Sausolito!* erop.

Toen fluisterde ik tegen Bounmy: 'Zeg maar dat ik dat graag zou willen.'

Dat deed hij. Vrede giechelde weer en wreef met haar gezicht over het haar van de baby.

Bounmy proefde van zijn knoedel-spinaziemengsel en trok een gezicht. 'Moet koriander bij,' merkte hij op en hij liep naar buiten.

De volwassenen namen plaats rond de krappe tafel en de kinderen aten op geweven matjes op de grond. Vrede bracht me naar de plek naast Hanks en bedekte haar mond om een hoog gegiechel te smoren. Hanks trok een wenkbrauw op. Ik wendde mijn hoofd af voordat hij in de gaten kreeg dat mijn gezicht roze werd. Het viel me op dat we allemaal een metalen Aziatische lepel kregen – maar er waren geen aparte opscheplepels voor de vijf gerechten. Iedereen stak gewoon zijn eigen lepel in de kommen. Een bacillenholocaust in wording! Ik wilde mijn antibacteriële zeep pakken om in elk geval mijn eigen lepel te kunnen reinigen, maar bedacht toen dat ik die in mijn grote rugzak in het pension had achtergelaten.

Terwijl Vang in het Hmong voor het eten bad, bad ik dat ik niets zou oplopen. Ach, het was het proberen waard. Zodra hij was uitgesproken, vulde ik als eerste mijn kom met grote scheppen eten, zodat ik geen tweede portie uit de 'besmette' schalen hoefde te nemen nadat de familieleden allemaal voor een tweede keer hadden opgeschept. Hanks keek me nadenkend aan.

'Hmmm... die knoedels met spinazie zijn heerlijk,' zei oma Gerd en ze werkte haar eten naar binnen alsof ze drie weken lang was uitgehongerd.

'Dat komt door koriander, zalige koriander,' zei Bounmy.

Toen liet hij een geweven mand rondgaan.

'Paarse kleefrijst. Specialiteit uit Laos.'

We namen ieder een handvol.

'Kleefrijst' was inderdaad het goede woord. Het was zo kleverig dat ik er een minuut lang op moest kauwen. Er zat echter meer smaak aan dan aan gewone rijst. En ik vond de bruin-paarse kleur wel mooi.

'Doop kleefrijst in eten – geen vork nodig!' Bounmy rolde een beetje rijst tot een balletje en doopte dit in een kom fijngehakte kip met muntblad. Toen stopte hij het in zijn mond.

'Geen gek idee,' zei Hanks, die een tweede en zelfs een derde keer opschepte.

'Kleefrijst net als Laotiaanse tijd,' zei Bounmy met een hap rijst in zijn wang. 'Voor Amerikaan, negen uur is negen uur. Voor Laotiaan, negen uur is tien uur. Tijd van rubber!'

'Dat is echt wat voor mij, hè, Frangi?' zei oma Gerd. Haar grijze haar zat warriger dan anders en de groenige glazen van haar bril waren dof.

Ik glimlachte stijfjes en wendde me toen af. Ik had haar nog steeds niet helemaal vergeven.

De familie Vang liet luidruchtig haar enthousiasme voor Bounmy's kookkunsten blijken.

'Feest, juffrouw Vassar! Geniet van eten!' zei Bounmy toen hij zag dat mijn kom leeg was.

'Dank je, Bounmy, het is verrukkelijk – echt waar. Maar ik zit vol.'

Hij keek een beetje gekwetst, maar ik liet mijn gezondheid niet verpesten door goede manieren.

Met een sierlijk gebaar zette Vang een fles en kleine, vierkante glazen op tafel.

217

Bounmy glimlachte en stak een sigaret op. '*Lao-lao*. Vangs heel bijzondere speciale recept.' Hij liet het pakje rondgaan. Vang nam een sigaret – en stopte hem in een van de gaten, waar hij als een walrustand naar buiten stak.

'Wat is lao-lao?' vroeg ik.

'Een soort gedistilleerde rijstdrank,' zei oma Gerd. 'Wees maar niet bang, het is niet sterk.' Uit de blik die ze me toewierp maakte ik op dat ik verplicht was mee te doen om onze gastheer niet te beledigen.

Vang schonk voor ieder van ons een glas in, hief zijn eigen glas op en proostte met een melodieuze, zangerige stem. Bounmy vertaalde: 'Dank dat jullie mijn huis eren met jullie aanwezigheid. Jullie zijn hier altijd welkom. God zegen jullie, jullie familie en jullie toekomstige familie.'

We dronken. Ik wist niet wat ik ervan moest denken. De enige alcoholhoudende drank die ik tot nu toe had gehad, was Nyquil-hoestsiroop. Dit was zachter, veel zoeter en met minder nasmaak. Vang schonk onze glazen weer vol.

'Op Vangs gastvrijheid!' zei oma Gerd.

We dronken. De glazen werden nogmaals gevuld.

'Op Bounmy, onze gids!' zei Hanks.

Proosten. Drinken. Vullen. Herhalen.

Toen keek Vang naar mij en hij proostte. Bounmy grinnikte.

'Hij zegt: "Dat Hanks en jij een lang leven mogen hebben samen, met heel veel kleine Hanksjes."'

Ik hapte naar adem.

'Daar drink ik op,' zei Hanks grijnzend en hij goot snel zijn lao-lao naar binnen.

## Hoofdstuk 5

## Vers gebrouwen

Nadat we ons hadden gereedgemaakt om te gaan slapen en het bamboebuitentoilet hadden gebruikt, klommen we via de trap in de hut naar de slaapzolder. De matten waren uitgerold en op elk ervan lag met dank aan meneer Vang een dikke, donzige deken. We lagen op een rij: Bounmy, Hanks, oma Gerd en ik. De familie Vang sliep in de twee slaapkamers beneden. Oma Gerds piepende gesnurk en Bounmy's regelmatige ademhaling klonken al snel door de ruimte. Wat Hanks niet bijzonder prettig vond.

'Heb je nog meer oordoppen?'

'Nee. Hier. Jij één en ik één, dan gaan we met ons oordoploze oor op het kussen liggen.'

Hij stak een hand uit, maar aarzelde toen.

'Wat is er?'

'Oorsmeer.'

'Dan niet,' zei ik en ik stopte ze allebei in mijn oren.

'Ik maak maar een grapje! Wacht!'

Zijn harde gefluister werd echter al snel gedempt door de uitzettende stukken oranje schuim in mijn oren en ik dommelde in.

Twee uur later werd ik gewekt door mijn blaas. Ik was niet gewend vlak voor het slapengaan zoveel te drinken. Ik haalde mijn oordoppen uit mijn oren en hoorde:

Regen.

Heel fijn. In *dat* weer moest ik dus naar buiten.

Ik tastte in mijn rugzakje naar mijn toilettas en zette voorzichtig mijn ene contactlens in. Toen pakte ik mijn zaklamp en papieren zakdoekjes.

Ik sloop stilletjes langs de slapende mensen en via de krakende

219

bamboetrap naar beneden. Niemand bewoog. Wat onhandig om maar één ingang te hebben in huis.

Ik duwde tegen de deur. Die gaf geen millimeter mee. Ik probeerde het opnieuw, totdat ik besefte dat hij aan de buitenkant werd tegengehouden door een stuk hout.

Ik wiebelde het hout heen en weer – maar ik kreeg het niet van zijn plek.

Wat had dit verdorie te betekenen? Waarom die barricade? Het was tenslotte een hut – niet het ministerie van Financiën!

De druk op mijn blaas was inmiddels zo groot dat ik mijn benen over elkaar sloeg en heel hard tegen elkaar kneep.

Ik wiebelde heen en weer, en vroeg me af of ik Vang of een van zijn dochters wakker kon maken. Het vooruitzicht om op een van de gesloten bamboedeuren te kloppen en hen in hun slaap te storen, sprak me niet echt aan. Ik rammelde aan de deur in een poging de houten barrière op een of andere manier los te schudden. Geen greintje speling. Met tegenzin liep ik naar een van de slaapkamerdeuren. Ik stond op het punt erop te kloppen toen ik een ingeving kreeg.

Ik klauterde via de trap naar boven, liep terug naar mijn slaapmat en haalde een lege waterfles uit mijn rugzak. Als Hanks het kon, kon ik het ook!

Eerst controleerde ik of oma Gerd, Hanks en Bounmy nog steeds allemaal sliepen. Toen deed ik mijn zaklamp uit en trok ik me zo ver mogelijk bij mijn reisgenoten vandaan terug in een hoek. Het was vrij donker, dus als een van hen wakker werd, zou hij niet goed kunnen zien wat ik uitspookte. Ik kon dan net doen alsof ik kramp in mijn been had en rekoefeningen deed. Of zoiets.

Ik bond een sarong die ik in Cambodja had gekocht om mijn middel als extra bescherming tegen toevallige toeschouwers.

Ik zette de fles op de goede plek.

En ik dwong mezelf te plassen.

Niets.

Op commando plassen is op zich al moeilijk genoeg, maar op commando *in een fles* plassen terwijl je niet eens zeker weet of je *goed mikt* is het moeilijkste wat ik ooit heb geprobeerd – en dat is inclusief het uit het hoofd leren van het hele periodieke systeem.

Och, was ik maar een kerel. Die hadden het veel gemakkelijker!

Ik nam opnieuw mijn positie in en deed nog een poging.

Achter me kuchte iemand.

Ik verstijfde.

O, laat het alsjeblieft niet Hanks zijn, niet Hanks, niet Hanks!

'Probeer je nou toch de fles maar eens uit?'

Er schoot me iets te binnen. Dat zou hij toch niet doen, of wel?

'Als je het waagt een foto te nemen...' zei ik knarsetandend.

De bamboevloer kraakte en toen stond hij vlak achter me.

'Hier, ik hou die sarong wel voor je vast. Zie je wel?'

'Niet kijken!'

'Dat doe ik niet. Ontspan je nou maar.'

'Stel nou dat het ding overloopt? Ik weet niet of ik wel kan ophouden wanneer ik eenmaal ben begonnen.'

'Rustig aan. Het komt heus wel goed. Geloof me.'

'Ik kan dit niet – ik word zenuwachtig van je.'

'Toe maar. Doe gewoon net alsof je thuis op de wc zit, je je huiswerk voor Latijn zit te maken...'

Latijn! Was het maar zo gemakkelijk als Latijn!

Ik deed mijn ogen dicht en dwong mezelf me te ontspannen: ontspan, ontspan, ontspan. Denk aan kalme dingen. Kalm. Lezen met mama en papa bij de haard, kruidenthee drinken...

Op een of andere manier lukte het me de fles te vullen en – *Euge!* – had ik geen tweede nodig.

Ik hees mijn pyjamabroek omhoog en slaakte een enorme zucht van opluchting.

Hanks liet zijn armen zakken en de sarongmuur stortte in. Een euforische bedwelming maakte zich van me meester. Ik was totaal ontspannen – en leeg.

'Draai de dop er goed op – we willen echt niet dat hiermee wordt gemorst,' zei hij.

Met de fles warm vocht in mijn hand draaide ik me om – om tot de ontdekking te komen dat ik neus aan neus stond met Hanks. Of, om precies te zijn, *bijna* neus aan neus, want hij was een paar centimeter kleiner. Zijn zwarte haar hing in zijn ogen en zijn bakkebaarden zaten nog steeds op zijn wangen.

'Ik zet dat wel voor je weg.' Toen hij de fles wilde pakken, raakte zijn hand de mijne.

'Dat hoeft niet...'

Ik wilde me lostrekken, maar zijn greep verstrakte.

Daardoor begon ik over mijn hele lichaam te tintelen.

Plotseling had ik het gevoel dat ik weer moest plassen.

Zijn gewoonlijk ondeugende ogen waren nu indringend. Net twee magneten. Ze leken mijn ogen de zijne in te zuigen.

In mijn fantasieën had ik geen moment rekening gehouden met de mogelijkheid dat mijn eerste zoen zou zijn met een bakke-baarddragende Chinees-Maleisische cowboy die Hanks heette, in een hut bij een bergstam in het communistische Laos – terwijl ik een fles met mijn eigen vers gebrouwen urine in mijn hand hield! Hanks boog zich naar me toe.

Ik bleef heel stil staan.

Zachter dan ik had verwacht, met de milde smaak van lao-lao.

*Flip flop flip flop flip flop flip flop flip flop flip flop flip flop flip flop flip!*

*Ik sta te zoenen!* Ik smolt inwendig, mijn oren zoemden, mijn maag tolde rond, mijn ogen werden glazig en mijn huid scheidde liters zweet uit. Hanks leek echter niets te merken. Ik was me zo hyperbewust van zijn warme huid, het bloed dat door zijn aderen werd gepompt, de druk van zijn vingers, dat ik onbewust mijn adem inhield. *Kon hij merken dat dit mijn allereerste zoen was?* Na een paar minuten liet ik een gesmoorde, verstikte halve boer en ik hapte naar adem.

Hanks lachte.

Wat romantisch.

Hij raakte voorzichtig het kuiltje in mijn kin aan.

'Dat moesten we nog maar eens doen,' zei hij hees.

Mijn lichaam had blijkbaar een heel eigen wil – plotseling klem-de ik me stevig aan hem vast.

*Stevig. Steviger. Nog steviger.*

'Frangi, wat doe je daar? Het is twee uur in de ochtend.'

Terwijl oma Gerd naar haar bril zocht, vlogen Hanks en ik bij elkaar vandaan – waarbij de fles op de bamboevloer kletterde.

'Pas op,' zei Hanks – zijn stem nog heser dan zo-even.

Teleurstelling spoelde over me heen. Dat korte moment was niet voldoende – ik wilde meer!

'Ik wilde ehm... Hanks een van mijn oordoppen geven,' zei ik. En ik voegde de daad bij het woord.

Hij nam hem aan. 'Zo doe je dat dus.'

We kropen op onze matten. Ik deed mijn lens uit en duwde mijn oordop in mijn oor – en zette de beugel in die ik eerder op de avond was vergeten.

Ik had me nog nooit van mijn leven zo wakker, zo *levend* gevoeld. Aan de andere kant van oma Gerd lag een cowboy die van mij was.

'Zie je wel?' fluisterde Hanks. '*Sarah* valt wel degelijk op *Wayne*.'

Van slapen zou die nacht niet veel terechtkomen.

## Hoofdstuk 6

## Een herhaling van Ta Prohm

Een typische Zuidoost-Aziatische wekker kukelekude vlak bij mijn oor. Dat leek tenminste zo, omdat het zo luid was. Ochtend. Stromende regen. Mijn wazige ogen konden nog net de gedaante van oma Gerd ontwaren – die een slok uit een waterfles wilde nemen.

'Sjjjtop! Nhheeee!' brabbelde ik onverstaanbaar vanwege mijn beugel.

'Wat is er?'

Toen drong het tot me door dat *mijn* waterfles nog altijd veilig en wel naast mijn slaapmat stond.

Hanks vond dat bijzonder grappig.

'Och, let maar niet op haar. Ze heeft vannacht te weinig slaap gehad.'

Oma Gerd keek me glimlachend aan. 'Dat weet ik.'

Het was vreemd om bij het ontwaken te beseffen dat ik met Hanks had gezoend.

*Flip flop!*

Ik kon Hanks' gezicht nauwelijks zien, maar ik wist dat hij glimlachte. Een gulle glimlach. Wat zou het logeerhuis ons vanavond brengen? Ik kon haast niet wachten!

Toen bewoog ik me. 'Auwwww...'

'Zeker niet gewend om negen uur achter elkaar te lopen?' zei Hanks.

'Hier. Extra sterke pijnstillers van Tylenol,' zei oma Gerd en ze nam zelf twee tabletten in.

Ik merkte dat ik alles wat Hanks deed met mijn ogen volgde. Toen hij zijn rugzak optilde, ontdekte ik een fascinerende spier in zijn bovenarm. Ik had die spier in het menselijke spierstelsel al heel vaak benoemd als de *triceps brachii*, maar ik had nooit geweten hoe aantrekkelijk hij bij een levensecht exemplaar kon zijn.

Ik maakte het Latijnse citaat voor die dag open: '*Malum consilium quod mutari non potest.*' *(Publilius Syrus.)*
*Het is een slecht plan als het niet kan worden veranderd.*
Toen oma Gerd en ik langs de ladder naar beneden kwamen voor het ontbijt, zag ik dat meneer Vang een houten pen van de hutdeur verwijderde en moeiteloos het stuk hout optilde dat me opgesloten had gehouden.
'Dus dat was het!'
'Wat?' vroeg oma, terwijl we aan tafel gingen zitten.
'O, niets...' Nergens voor nodig om mijn stomheid wereldkundig te maken.
Toen Hanks fris van zijn ochtenddouche de hut binnenkwam, zweefde er een vleugje Old Spice door de deuropening naar binnen. Zijn natte kuif glinsterde. Zijn krachtige spieren golfden. Zijn lippen...
Hanks keek me grijnzend aan. 'Maak maar een polaroid, die gaan langer mee.'
Ik wendde al starend mijn blik af. Nergens voor nodig om hem verwaand te maken. Maak daar maar *verwaander* van.
Tijdens een ontbijt van bananen met kleefrijst giechelde Bounmy over het dramatische verhaal dat Vang zat te vertellen, compleet met grote armzwaaien en veel gewuif.
'Wat zegt hij?' vroeg ik en ik pelde nog een banaan.
'Hij praat over... hoe zeg je... wonder,' zei Bounmy.
'Wat voor wonder?'
'Lang geleden, toen hij jonge man was, komt missionaris naar dorp en hij geneest vrouw.'
'Wat mankeerde haar?'
'Hoe zeg je – stinkadem? Zij heeft stinkadem, stink als stinkdier. Man geneest haar – adem als bloemen. Heel lekker.'
Ze lachten allebei. Toen voegde Vang er iets aan toe.
Bounmy grinnikte. 'Toen maken zij veel kinderen. Goed wonder.'

Vang straalde.

'Wat een schattig verhaaltje,' zei ik.

*Fssstttt!*

'Geloof je niet in wonderen, Frangi?' vroeg oma Gerd, terwijl ze met een polaroid van de 'Schilderen op nummer'-Jezus wapperde. Ze probeerde in elk geval niet het ding te kopen of pikken. Haar immorele inborst kende dus toch grenzen.

'Tuurlijk wel. Ik geloof in het wonder van de wetenschap en het wonder van de moderne technologie, en natuurlijk in de wonderbeha.' Ik lachte om mijn eigen geestigheid.

'Ze liggen daar in Port Ann vast en zeker dubbel van het lachen om jou,' zei Hanks. 'Die John Pepper vindt jou vast de grootste komiek die er rondloopt.'

'Hou je kop!' Ik smeet een schil naar zijn hoofd. Hij ving hem behendig op.

Oma Gerd zette haar bril recht en schonk me een van haar alwetende blikken. 'Er is meer in het leven dan alleen dat wat tastbaar is.'

'Wij gaan,' zei Bounmy en hij stond op van tafel. 'Nog twee meer dag en nacht nodig om bij kever te komen.'

We stonden alledrie op om onze rugzakken op de schouders te hijsen en onze laarzen aan te trekken.

'Vertel Vang maar dat het een fantastische ervaring was,' zei oma Gerd tegen Bounmy. 'Zeg tegen hem dat zijn gastvrijheid...'

'Aaauww!' Hanks smeet zijn junglelaars op de bamboevloer en greep naar zijn rechtervoet. Bounmy rende naar hem toe en wilde de laars oppakken, maar:

'Nee!' schreeuwde Hanks.

Er kroop een *dertig centimeter lange duizendpoot* uit.

'Ta Prohm!' zei ik.

'Nee, duizendpoot,' zei Bounmy. 'Beet erger dan schorpioen.' Voordat hij het beest met de andere laars kon doodslaan, glipte het tussen de bamboelatten weg.

Hanks' voet zwol op tot driemaal de oorspronkelijke grootte. Zijn gezicht werd rood en hij zweette enorm. Het leek wel of hij moeite had met ademhalen.

Blijkbaar was dit de 'normale' reactie na de beet van een duizendpoot.

'Het is maar goed dat hij niet allergisch is voor het gif. Zonder medische voorzieningen zou hij voor zonsondergang dood zijn geweest,' zei oma Gerd.

'Ik heb je toch gezegd dat deze tocht een slecht idee was!' hoorde ik mezelf roepen. 'Dat we onnodig veel risico namen! Geen mobieltje, geen hulp in noodgevallen en Bounmy heeft zelfs geen verbandtrommel bij zich!'

'We hebben kattensnor,' zei Bounmy en hij wees naar Vrede, die met een kleine houten kom vol zalf binnenkwam. 'De wortel, hij verkoelt. De bloem des... desin...'

'Desinfecteert?' zei oma Gerd. 'Mooi, mooi. Vaak werken homeopathische middeltjes beter dan commerciële. Dit is het beste wat je kunt hebben, op ijs na. En dat zullen we hier zeker nergens vinden.'

Vrede smeerde voorzichtig zalf op Hanks' rode, knolvormige voet. Hij trok een pijnlijk gezicht. Gratie depte met een handdoek zijn voorhoofd droog en gaf hem wat water.

'Waarom zuigt niemand het gif uit zijn teen?' vroeg ik geïrriteerd. 'Nu verspreidt het zich alleen maar...'

'Rustig aan, Frangi. Dat gebeurt alleen bij slangenbeten. En volgens mij is zelfs bewezen dat het niet effectief is...'

'Hoe voel je je?' vroeg ik aan Hanks.

Hanks draaide zijn hoofd om en gaf over. Precies op mijn voet.

Het was duidelijk dat Hanks voorlopig nergens naartoe ging. Hij mocht zijn voet niet gebruiken, moest rusten, veel vocht drinken en om de vier uur een van oma Gerds extra sterke Tylenoltabletten nemen. Omdat hij niet allergisch was, was de situatie iets minder spoedeisend (hoewel ik weigerde oma, Bounmy of Reizen Zonder Wegen te vergeven voor het feit dat hij door hun toedoen in deze situatie was beland). Na een tijdje zou de zwelling wegtrekken en de pijn minder worden. De komende drie dagen zou hij de terugtocht naar beneden zeker niet aankunnen.

*Daar gaat mijn romantische nacht in logeerhuis nummer 2.*

Hanks stond erop dat oma Gerd, Bounmy en ik de laatste drie dagen van de trektocht gewoon zouden afmaken.

'Ga maar,' zei Hanks met een schorre stem. 'Werk aan je emotionele band met je oma. Ik weet niet hoe het met jou zit, maar ik wil weten wat Het Grote Geheim is.'

'Weet je zeker dat je niet wilt dat ik blijf...'

'Ben je nou nog niet weg? Hop, in de benen!' Dat kostte hem zijn laatste restje energie. Hij liet zich op zijn mat terugzakken.

Oma was het met hem eens. 'We kunnen hier niet echt veel doen, Frangi. Dan kunnen we net zo goed afmaken waaraan we zijn begonnen.'

'Vrede verzorgt *jouw* Hanks,' zei Vrede verlegen in vormelijk Engels.

*Jouw* Hanks. Dat klonk goed.

Toen ik me wilde omdraaien, stak Hanks een hand uit om mijn arm vast te pakken: 'Wacht.'

Ging hij me nou een afscheidszoen geven? Hier, waar iedereen bij was? Wat romantisch!

'Je vergeet iets.'

Hij gaf me een lege waterfles.

# Hoofdstuk 7

## Zulke plekken bestaan toch zeker alleen in negentiende-eeuwse romans?

'Ik vind het ongelooflijk dat je ons zo'n berg laat beklimmen voor een stomme kever,' merkte ik op toen we na een bijzonder afmattende klim even in de schaduw pauzeerden.

'Wacht... maar... tot je... hem ziet. Het is niet... zomaar een... kever... het is... het is een... waar... kunstwerk.' Normaal gesproken had dit energiek geklonken. Nu hijgde oma Gerd echter zo hard, dat ze de woorden amper over haar lippen kreeg.

Zonder Hanks hing er een wat bedrukte sfeer. Hoewel ze zwaar ademde en zweette, slaagde oma Gerd erin Bounmy en mij bij te houden. Bounmy daarentegen rookte meer en kletste minder. Op een kruispunt van twee gelijk uitziende paden bleef hij even verward staan. Zijn brutale zelfvertrouwen maakte langzaam maar zeker plaats voor een ietwat peinzende blik. Oma Gerd merkte zo te zien niets, maar ik wel. Zeker toen we twee keer dezelfde waterval passeerden.

'Bounmy, je bent verdwaald.'

'Niet verdwaald; toeristische route. Fraaie schoonheid.' Het klonk echter niet overtuigend.

Regen spet-spatterde op de bananenboombladeren, een hol geluid. Bounmy gaf mijn oma en mij dunne, doorzichtige plastic regencapes. Er is niets ergers dan in de stromende regen met een vochtigheidsgraad van honderd procent tot aan je enkels door de modder te moeten ploeteren – je wordt tot op de laatste draad nat. Zelfs mijn ondergoed droop. Wat hadden die capes trouwens voor zin? Door het plastic kon de huid niet ademen. Ik zweette meer dan ik dronk, omdat we zuinig moesten zijn met het water.

Er verschenen zwarte vlekken voor mijn ogen. Ik struikelde.

'Hier. Een pakje elektrolyt,' zei oma Gerd en ze greep me beet voordat ik kon vallen. 'Los dit *meteen* op in water en neem een slok.'

Ik gehoorzaamde.

'We moeten er extra goed op letten dat we hier niet uitdrogen,' zei ze. Ze goot een pakje in haar eigen water.

'Oppassen! Bloedzuigers!' zong Bounmy toen hij door een diepe plas waadde.

Kroop er iets langs mijn been omhoog? Een dertig centimeter lange duizendpoot misschien?

Ik dwong mezelf naar beneden te kijken – gewoon een stukje drijvende varen.

Tegen zonsondergang bereikten we het volgende Hmong-dorp. Bounmy viel bijna flauw van opluchting. 'We zijn er, dames!'

We werden onmiddellijk omringd door een groep kinderen. Ze stonden op een kluitje om ons heen, niet voor geld of cadeautjes, maar om ons te bekijken. Reizen Zonder Wegen had gelijk: er kwamen hier maar weinig of misschien zelfs geen westerlingen. De kinderen staarden als gehypnotiseerd naar ons westerse uiterlijk. Ze sprongen geschrokken achteruit toen oma's fototoestel een polaroid uitspuugde.

'Geniet van de spectaculaire zonsondergang. Ik kom terug,' zei Bounmy zwaaiend met zijn sigaret, zijn zelfvertrouwen volledig hersteld. We namen plaats op een paar grote witte stenen om naar de ondergaande wijnrode cirkel tegen de blauw-roze gestreepte lucht te kijken. De kinderen verdrongen zich om ons heen. Hun haren geurden naar rook. Oma Gerd tekende in een klein schetsboek karikaturen van de kinderen. Ze wees naar een klein meisje met waterige bruine ogen en een brede lach, zei: 'Jij!' en schetste haar razendsnel in een paar brede, tekenfilmachtige halen. De kinderen giechelden en persten zich nog dichter op elkaar om ons heen, tot ze in onze nek ademden. Hoewel ze schattig waren, hadden ze allemaal een loopneus en was elke vierkante centimeter huid bedekt met vuil. Het enige wat ik dacht was: *bacillen!*

'Jij!' Oma wees naar een brutaal jochie dat een voortand miste. Ze tekende hem zittend op een reusachtig varken. Hij lachte onbedaarlijk en lag letterlijk dubbel van de pret.

Ik kon bijna niet geloven dat ze zich zo oprecht vermaakten om een paar eenvoudige potloodschetsen.

Twee kinderen vormden echter een scherp contrast met de rest: een jongetje van drie met waterige ogen en een gezicht vol schrammen, alsof hij op het grind was gevallen. En een meisje van zes met een verwarde bos haar en het vuilste gezicht van allemaal, die een handvol puntige stokken bij zich had en daarmee een soort spel speelde: ze liet ze op de grond vallen en raapte ze dan een voor een op. Ze liet ze weer vallen en raapte ze opnieuw een voor een op. En *nog* een keer. Toen een ander meisje wilde meespelen, zette ze het op een krijsen, en ze graaide haar stokken bij elkaar en ging ervandoor. De andere kinderen keken elkaar veelbetekenend aan. Toen de kinderen hun aandacht weer op oma Gerds volgende tekening hadden gericht, bekeek het meisje elk stokje zorgvuldig om te zien of het wel bij haar verzameling hoorde.

'Dames – bereid jullie voor op jullie onderkomen voor vannacht,' zei Bounmy toen hij terugkwam. We ontdekten dat de koraalrood gestreepte zonsondergang vager was geworden en de duisternis inviel. De kinderen en hun ouders gingen snel hun hutten in. Binnen een paar minuten waren Bounmy, oma Gerd en ik de enige mensen buiten.

Ergens jankte een hond.

Ik huiverde.

'Animistenstam. Heel bijgelovig. Bang voor geesten – junglegeesten die 's nachts tevoorschijn komen,' zei Bounmy.

Geen wonder dat de sfeer hier anders was dan in Vangs dorp.

De zon zakte weg achter de bergen en het werd kil. Het leek net alsof de zwarte silhouetten van de palmen tegen de grijze lucht uit inpakkarton waren geknipt – zwarte gedaanten die op een grijze achtergrond waren geplakt.

Ik huiverde weer. Ditmaal van de kou.

Het eerste wat ons opviel aan ons logeerhuis was dat de hut heel ver van de rest van het dorp vandaan stond. Ten tweede behoorden zowel Jongen Met Geschramd Gezicht als Meisje Met Stokjes tot de kinderen des huizes. Ten derde waren hun ouders en de zes andere volwassen familieleden die er blijkbaar woonden, niet echt vriendelijk. Ze waren niet vijandig, maar afstandelijk en apathisch. En ze hadden stuk voor stuk doffe, lege ogen. Ze zaten op rare houten krukjes (die wel wat weg hadden van een schoenpoetserskrukje waarop je goed moest balanceren, want anders viel je om) en staarden naar de twee westerse vrouwen die hun woonruimte waren binnengedrongen. Het huis was niet eens groot genoeg voor de dertien leden van hun clan, laat staan voor nog eens drie leden van een reisgezelschap. En ten vierde had de hut niet schameler (om niet te zeggen smeriger) kunnen zijn: aarden vloer, in het midden een open vuur, en in een van de hoeken achterin een rechthoekig, verhoogd platform van bamboe. Ons bed voor die nacht.

'Voilà!' zei Bounmy en hij gebaarde met zijn arm naar de hut. 'Het huis van meneer Ly en familie.'

Meneer Ly was een stuurse man van veertig jaar met klittend haar, gele tanden en een gezicht dat oud was voor zijn leeftijd. Hij droeg een smerig wit T-shirt en een gescheurde zwarte korte broek. Mevrouw Ly was een vrouwelijke versie van haar man, met langer haar en een vale rode sarong.

'Tijd voor Bounmy om te koken!' kondigde onze gids aan in een poging ons moed in te spreken.

Tijdens de maaltijd lepelde de familie Bounmy's smakelijke knoedels zwijgend naar binnen. Meisje Met Stokjes hield oma Gerd en mij voortdurend in de gaten, terwijl ze probeerde de rijst met haar stokjes op te pakken.

Ik miste de Vangs ontzettend.

Toen we klaar waren met eten, slenterde een magere man van in de dertig, slechts gekleed in een rafelige zwarte sarong die tot op zijn enkels hing, naar binnen en hij liep regelrecht naar de bamboeverhoging. Hij strekte zich erop uit en legde zijn hoofd op mijn rugzak! Mevrouw Ly stond op van haar krukje en maakte een klein houten doosje open. Ze haalde er een kleverig bruin goedje uit dat ze in een lepel boven een kaars verhitte.

'Wat doet ze?' siste ik tegen oma Gerd.

'Opium.'

Opium!

En jawel hoor, mevrouw Ly zette zo'n opiumpijp klaar die je wel eens in boeken tegenkomt en de scharminkelige buurman rookte er lustig op los. Een weeë lucht zweefde door de ruimte.

Ik keek naar Bounmy. 'Kijk nou! Ze gebruiken opium – daar! Op ons bed!'

Bounmy keek op van zijn kom rijst. 'Ja, ja. Hij is voor bedtijd klaar.'

Geen wonder dat de enige twee 'vreemde' kinderen uit deze specifieke hut kwamen – het was de *opiumkit* van het dorp!

Meneer Ly rookte nu zelf ook iets in een holle bamboestengel, die hij vervolgens doorgaf aan de andere volwassenen van het gezin. De geur die daaruit opsteeg, was beslist niet van tabak!

Bounmy merkte bemoedigend op: 'Deze mensen leven in stamverband. Ze roken opium en hasj. Dat is hier heel gewoon.'

'De Vangs deden het anders niet!'

Hij luisterde niet.

'Ik dacht dat opiumkitten in de negentiende eeuw waren opgeheven,' zei ik tegen oma.

'O, nee. Ze zijn nog steeds in zwang. Ook in Zuidoost-Azië zijn er goede en slechte mensen. Het helpt ook niet dat de regering het toestaat.'

Ik kuchte.

'Ik denk dat we beter even buiten een frisse neus kunnen gaan halen, anders maak je straks iets minder leuks mee,' zei oma Gerd en ze kwam overeind. Ze liet onopvallend iets in de zak van haar vissersbroek glijden – een van de stokken van Meisje Met Stokjes.

*Echt, ze heeft totaal geen geweten!*

We maakten van de nood een deugd en bereidden ons buiten met behulp van mijn zaklamp alvast voor om naar bed te gaan. Bounmy en Reizen Zonder Wegen hadden ons geen van beiden gewaarschuwd voor een gebrek aan stromend water – totaal geen lopend water eigenlijk. We hadden alleen de flessen water die Bounmy had meegezeuld en die moesten we bewaren om van te drinken. We waren bezweet, zaten onder een korst vuil en stonken werkelijk verschrikkelijk – en moesten noodgedwongen zo naar bed.

Ik gebruikte een klein deel van onze watervoorraad om mijn enige lens te reinigen. Oma scheen met de lichtstraal op mijn handen, zodat ik kon zien wat ik deed.

De straal gleed langzaam naar de begroeiing en liet me in het donker achter.

'Oma!'

'Oeps, sorry.' Ze richtte de lichtstraal weer op mijn handen. 'Ik dacht dat ik wat hoorde.'

Toen mijn lens veilig zat opgeborgen in zijn plastic bakje, zei ik geërgerd: 'Wat is de zin van dit alles eigenlijk?'

'Hmm?' Oma Gerd werd nog steeds afgeleid door de geluiden in de struiken.

'Waarom heb je mijn paspoort gepikt? Waarom deze voettocht? Waarom de gerimpelde regenboogkever? Waarom gebruik je al je spaargeld om mij naar Zuidoost-Azië te halen?'

Ze keek me eindelijk aan. Ik had haar nog nooit zo ernstig gezien. Haar gebruinde gezicht zag er beige en gespannen uit. 'Weet je, ik begin me af te vragen of het inderdaad wel zo'n goed idee was.'

Heel fijn. Prima moment om van gedachten te veranderen. We zitten pats boem midden in niemandsland. 'Daar is de boosdoener,' zei oma toen een rondbuikig biggetje uit de struiken tevoorschijn kwam en voorbij trippelde.

Toen ik even later achter een paar stuiken kroop en oma de wacht hield – de familie Ly had geen buitentoilet – drong het plotseling tot me door dat ik gehurkt zat. Moeiteloos. Na weken van weerstand, de onmogelijkheid om de 'ontspannen bil-tegen-hielhouding' aan te nemen, was het me eindelijk gelukt! Hanks had gelijk, het *was* gemakkelijk. Mijn benen deden geen pijn, trilden niet. Nu kon ik urenlang gehurkt blijven zitten. Was ik leniger geworden?

Toen de laatste opiumverslaafde eindelijk van ons bed was gerold, vouwde Bounmy onze slaapmatten uit. Op de vloer lagen ook matten en de volwassen Ly's lagen al op een rij te slapen, met hun hoofd bij de muur van dunne bamboelatjes en hun voeten naar het midden van de ruimte. De kinderen sliepen allemaal in de enige kamer in de hut die kon worden afgesloten, apart van de anderen. Het vuur knisperde nog steeds, maar nam de kilte amper weg. De berglucht was nu bijna ijzig.

Ik zocht onder de verhoging naar eventuele opgerolde duizendpoten.

Bounmy legde op elke mat een deken. 'Deken' was een zeer vrije definitie. Het had meer weg van een vaatdoek: 1 meter 20 lang en 60 centimeter breed – met het gewicht van een papieren zakdoekje. Hij reikte amper tot mijn enkels en hield bij mijn kin op. Vangs dekens waren in vergelijking gigantisch geweest.

Oma Gerd en ik waren al moe en vies – en nu dit weer. Onze veerkracht slonk aanzienlijk. Bounmy legde uit dat deze dekens de enige waren die Reizen Zonder Wegen voor ons had ingepakt. Het was wel duidelijk dat hun 'Tocht Waar Geen Reiziger Ooit Is Gegaan'-pakket nog enkele kinderziektes bevatte. We openden onze rugzakjes en trokken elk kledingstuk aan dat we bij ons hadden: lange broek, pyjama, beide bloezen, twee paar sokken. Laagjes. Dat weerhield de kou er niet van ons tot op het bot te verkleumen. Ik had het bij het slapengaan nog nooit zo koud gehad.

Nadat we twintig minuten rillend op onze matjes hadden gelegen, siste oma Gerd: 'Hier. Neem een Xanax. Het is de enige manier om wat slaap te krijgen. Ik heb er nog twee.'

'Nee, bedankt.' Wat hypocriet van haar om me nu, na wat we zojuist hadden gezien, een verslavend middel aan te bieden – ook al was het gewoon in de apotheek verkrijgbaar!

'Zeker weten? Je hebt ze tenslotte al eerder geslikt zonder last te krijgen van bijwerkingen...'

'Niet uit vrije wil, weet je nog wel?'

Ze haalde haar schouders op en stopte ze alletwee in haar mond. Toen gaf ze me een rond zuurtje met pepermuntsmaak.

'Ik heb mijn tanden al gepoetst.'

'Het is een aanwijzing.'

'Wat moet het voorstellen?'

'Een O natuurlijk, wat anders?'

'Wees eens eerlijk: je geeft me gewoon wat willekeurige letters tot ik naar huis ga, hè? Als we zo doorgaan, heb ik straks een heel alfabet in mijn bagage.'

'Nee, hoor. Dit is de laatste. Je hebt nu alle letters die nodig zijn om Het Grote Geheim te kunnen spellen.'

Om een of andere reden deed het me vrij weinig.

Ik draaide het zuurtje om en om in mijn verdoofde vingers. Zo leidde ik tenminste mijn aandacht af van mijn bevriezende ledematen.

D-A-I-E-P-T-O. Tape? Doet? Apie? Pot? Dito? De top? Patio? Toe pad?

'Is het soms een naam?'

Oma Gerd ademde alleen maar rustig uit. Hoe kon ze nu al slapen? Ik moest tot de volgende dag wachten. Mijn intellectuele nieuwsgierigheid was inmiddels aanzienlijk afgenomen. Wat kon er nu zo belangrijk zijn? Haar kennende was het waarschijnlijk een enorme anticlimax. *Veel drukte om niets.*

Bounmy had onze slaapplaatsen met het hoofdeinde bij de bamboemuur gelegd, net als de andere volwassenen, maar ik draaide de mijne om, zodat ik met mijn hoofd bij het vuur lag.

Na een paar minuten kwam Bounmy op zijn tenen naar me toe geslopen en hij zei: 'Alsjeblieft zo slapen, graag.' Hij draaide mijn mat weer om, zodat ik weer net als de anderen lag. 'Neem rugzak als fijn kussen. Zie? Heel comfortabel.' Hij zette mijn rugzak tegen de muur.

Ik was te moe om tegen te sputteren.

Mijn rugzak was hobbelig. Ik lag helemaal niet lekker. Mijn hoofd jeukte. Stel nu eens dat de opiumverslaafden hoofdluis hadden? Ik krabbelde flink over mijn hoofd, deed de oordoppen in, zette mijn oogmasker en operatiemasker op (het was nergens voor nodig om restjes hasjrook in te ademen) en dwong mezelf me doezelig te voelen. De ijskoude nacht glipte echter tussen de bamboelatjes naar binnen en bevroor mijn hoofd. Waarom had niemand me verteld dat de temperatuur 's nachts tot noordpool-niveau kon zakken? Zodra ik terug was, zou ik een hartig woordje wisselen met een zekere Reizen Zonder Wegen-vertegenwoordiger.

*Vergeet het maar.* Ik ging rechtop zitten en draaide me om, zodat mijn hoofd weer dichter bij het vuur lag. Stukken beter.

Enkele minuten ving ik vaag het zachte geluid van sluipende voeten op en toen boog Bounmy's kleine lijf zich over me heen. 'Alsjeblieft, dame, je moet alsjeblieft omdraaien.'

Ik verwijderde mijn oogmasker, operatiemasker, oordoppen en beugel. 'Ik heb het ijskoud! Ik moet echt met mijn hoofd bij het vuur liggen...'

'Het is respectloos. Je moet omdraaien. Luister alsjeblieft.'

Binnensmonds mompelend deed ik wat hij vroeg. Toen bracht ik al mijn nachtelijke accessoires weer aan.

Bounmy hobbelde terug naar zijn mat en al snel hoorde ik dat zijn kinderlijke, regelmatige ademhaling zich vermengde met het gesnurk van meneer en mevrouw Ly. Blijkbaar had niemand hier een schone neus-keelholte.

Ik rilde en trok mijn dunne deken op tot aan mijn kin in een poging alle koude lucht te verdrijven. Uiteindelijk offerde ik een van mijn bloezen op, die ik om mijn vochtige hoofd wikkelde om te voorkomen dat het kleine beetje lichaamswarmte dat ik bezat zou ontsnappen. Ik dutte eindelijk in, maar toen renden er een paar wezens over mijn benen! Ratten? Hagedissen? *Duizendpoten!?!* Ik wilde het niet weten.

De bloes rond mijn hoofd was doorweekt met vocht dat van buiten kwam. Ik schoof mijn oogmasker opzij en staarde nijdig naar oma Gerds slapende gedaante met een woede die alleen een slapeloos iemand voor een slapend iemand kan voelen. Waarom had ik de Xanax niet aangenomen? Dan had ik in elk geval een complete REM-cyclus kunnen afleggen, in plaats van de griep op te lopen. Hoe kon het feit dat ik alleen maar warmte zocht nu 'respectloos' zijn? Het was gewoon niet logisch. Ik draaide me weer om met mijn hoofd naar het vuur en kroop er zo dicht mogelijk naartoe zonder mezelf te schroeien. Ah, warmte!

Nu mijn lichaam helemaal verzorgd was, kregen mijn gedachten de vrije loop. En lopen deden ze – regelrecht naar Hanks. (*Flip flop!* Die zoen! Hij is mijn allereerste vriendje ooit! Hoe krijg ik hem mee naar huis?)

Toen kregen de letters weer de overhand. ITAEDOP. PODETAI. EATIDOP.

De woorden vormden zichzelf, vielen uiteen, namen nieuwe vormen aan. Elke letter stond in mijn hersens gegrift. Een caleidoscoop van...

Ik hapte naar adem.

Dat kon niet. Ik probeerde het nogmaals uit. Dat moest het zijn. IK WIST WAT DE AANWIJZINGEN BETEKENDEN!

Het was alleen niet logisch. Wat wilde dit zeggen? Hoe kon het in vredesnaam op mij slaan?

Cocon... geboorte... te jong... rubberen bal... sterft... ei...

Wat was het verband tussen de aanwijzing en die woorden die ik had opgevangen?

Ik stak mijn hand uit om tegen oma's schouder te tikken. Ze sliep echter zo vast en met zo'n vredig glimlachje rond haar lippen, dat ik het niet over mijn hart kon verkrijgen haar wakker te maken. Ik moest tot de volgende ochtend wachten met het onthullen van mijn intellectuele bedrevenheid.

# Hoofdstuk 8

## Je kunt verkeerd slapen

Plotseling stond er iemand aan mijn enkel te trekken. In mijn droom hoorde ik een gedempte stem van veraf zeggen: 'Juffrouw! Alsjeblieft, juffrouw! Word wakker, alsjeblieft, juffrouw!' Versuft schoof ik mijn blauwe oogmasker weg en ik ontdekte dat Bounmy, meneer Ly, mevrouw Ly en alle andere verslaafden op een kluitje om me heen stonden, samen met Meisje Met Stokjes dat – jazeker – nog steeds de bundel stokken in haar armen klemde.

Het duurde minstens een minuut voordat ik in de gaten kreeg dat dit echt gebeurde en geen droom was. Ik probeerde mijn contactlensloze ogen op Bounmy te focussen, die wild praatte en met zijn handen zwaaide. Ly stond doodstil met zijn armen over elkaar geslagen, net een rotsblok, zijn gezicht volkomen uitdrukkingsloos. Mijn eerste gedachte was: 'Ik hoop dat ze het niet voor limonade hebben aangezien!' Toen besefte ik dat ik nu in een *ander* dorp was – het dorp van de opiumkit.

Bounmy kletste maar door in puur koeterwaals, totdat ik mijn oordoppen uit mijn oren haalde en opving:

'Jij draait je weer om! Ik waarschuw je! Ik waarschuw je drie keer! Drie keer moet ik zeggen jij omdraaien! Drie keer zeg ik alsjeblieft hier met hoofd en daar met voeten slapen! Nu jij maakt geesten boos! Jij stoort geesten!' Zijn eerdere verbale vaardigheid was verdwenen. Hij was niet langer een zelfverzekerd jongetje, maar een bang kind.

Ik ging langzaam rechtop zitten. Mijn gewrichten waren stijf van mijn verkrampte slaaphouding. Ik zette mijn operatiemasker af en deed mijn beugel uit. 'Waar heb je het over?'

Bounmy wees theatraal naar de grimmige meneer Ly. 'Familie

veel boos! Veel, *veel* boos! Hij ziet dat jij slaapt verkeerd! Hij ziet dat jij stoort geesten door respectloos slapen! Jij stoort de *dab nyeg* – de geesten. Hij wordt wakker, hij ziet jij slaapt zo! En nu...' Bounmy zag wit om zijn neus. 'Nu hij zegt jij... *jij moet betalen*!'

Ik voelde me net een acteur die op het toneel zijn tekst niet wist. Ik tuurde op mijn Angkorloge: drie over vijf in de ochtend. Ik bedacht dat de bloes-tulband nog steeds om mijn hoofd zat en rukte hem los.

'Wacht, wacht. Ik maak mijn oma even wakker.'

Oma Gerd leek net een in verschillende kledingstukken ingepakte zwerfster – ook zij had een shirt om haar hoofd gewikkeld. Ze lag roerloos in een door zelfmedicatie opgewekte diepe slaap.

Ik porde haar. 'Oma Gerd! Word wakker. Oma!'

Geen reactie.

'Oma Gerd?'

Geen reactie.

'Oma!'

Deze keer schudde ik haar door elkaar. Hard. Met twee handen. 'Oma-oma-oma-oma!'

Oma Gerds hoofd bungelde slap heen en weer als een poppenkop. Haar arm viel op de aarden vloer.

Mijn hart bonkte. Paniek welde als gal in mijn keel op.

*Dood!*

Stroperig. Ik voelde me stroperig. Stroperig en traag en uitgerekt. Verdoofd. Wazig.

Ik kon niet nadenken. Er schoot me geen enkele gedachte te binnen. Ten slotte laadde mijn denkvermogen zichzelf langzaam op, de raderen smeerden zichzelf en begonnen te draaien.

*Ik zit in een hut. In een afgelegen stammendorp. Op een berg. In Laos. In communistisch Laos. Mijn oma is dood. Mijn oma is dood. MIJN OMA IS DOOD!*

Wat-moest-ik-doen? Wat-moest-ik-doen? *Wat-moest-ik-doen*!?!

Rond haar lippen lag nog altijd een serene glimlach.

*Hoe durfde ze me dit aan te doen! Net nu ik erachter was wat Het Grote Geheim was!*

Toen liep mijn mentale machinerie vast door shock. Ik voelde me alleen nog maar... *stroperig.*

*Had ik haar maar meer gesteund met haar rijstzakrok.*

De gedachte aan haar rijstzakrok ontdooide mijn emoties en ik barstte in huilen uit.

De chagrijnige groep aan het eind van de verhoging deed als één man een stap achteruit.

Bounmy wisselde een blik van verstandhouding met Ly en zei toen plechtig: 'Zie je? Je maakt geesten heel boos.'

'Oma! Oma!' Ik pakte oma Gerds lichaam vast en probeerde haar met een uit tragedie geboren supermenselijke kracht op te tillen – ze gleed echter uit mijn handen en haar hoofd sloeg dreunend tegen de dikke bamboepoot van de verhoging.

'Waaaaaaaaat?' Een misvormde kreun steeg op uit oma Gerds lichaam.

Ik liet haar op de zandvloer vallen.

*'Ze leeft!'*

Haar rechteroog ging langzaam open. Toen het linker.

'Waar... waar ben ik? Wie heeft me geslagen? Waarom lig ik op de grond?'

Ze ontwarde haar lange ledematen, stond op en trok het shirt van haar hoofd. Haar zilvergrijze haar stond recht overeind, alsof ze was geëlektrocuteerd.

Dankzij de Xanax (en Nyquil-tabletten die ze, zo bleek later, ook had ingenomen) duurde het minstens tien minuten voordat oma Gerd de situatie en haar rol erin helemaal doorhad.

'Oma Gerd! Ik dacht dat je dood was! *Dood!!!*'

'Nou, het is wel duidelijk dat ik dat niet ben, Frangi. Ik was *wel* helemaal van de wereld, sliep eindelijk eens vast, maar toen sloeg iemand me op mijn hoofd en gooide me op de vloer.'

De oude, vertrouwde oma Gerd. Nou, ik zou haar aanwezigheid *nooit* meer als iets vanzelfsprekends beschouwen, dat stond vast. Een golf van waardering spoelde over me heen, waardering voor mijn oma in al haar kleurrijke schakeringen.

Toen Bounmy besefte dat ze weer in het land der levenden was, gebaarde hij woest naar haar.

'Jouw kleindochter luistert niet naar mij! Ik vertel haar drie keer! Drie keer vertel ik haar omdraaien! Ik vertel haar, zij luistert niet! Zij heeft de geesten boos gemaakt!'

Toen wendde hij zich tot mij. 'Ik vertel jou, ik vertel jou. Waarom jij luistert niet naar mij? Familie veel overstuur, heel veel overstuur! *Jij roept vloek uit over hut en dorp!'*

Oma Gerd staarde hem aan alsof ze haar oren niet kon geloven. Ik wierp Bounmy een sceptische blik toe. 'Vloek? Omdat ik verkeerd om heb geslapen?'

'Is zeer respectloos! En jij doet drie keer! Drie keer! Slecht nummer. En nu jij moet betalen!'

Ik was het spuugzat. Nadat ik eerst bijzonder ongemakkelijke, onmenselijke omstandigheden had moeten verduren, kreeg ik nu een tirade over me heen omdat ik bij het vuur had willen liggen. Ik sprong van de bamboeverhoging af, aangedreven door mijn groeiende gevoel van onrechtvaardigheid.

'Ben je gek geworden? Het was puur een kwestie van overleven! Ik bevroor bijna! Je had ons geen geschikte dekens gegeven en verwachtte van ons dat we zo konden slapen! Toen mijn hoofd bij de muur lag, werd het drijfnat! Het spijt me, maar gezondheid is belangrijker dan slaapvoorschriften!'

Oma Gerd keek me aan. 'Werkelijk, Frangi. Ik dacht dat je wel wist hoe belangrijk het is om de gebruiken van de plaatselijke stammen te respecteren.'

O, nou ging *zij* me ook nog eens de les lezen? De Schone Xanax-Slaapster?

Bounmy wrong in zijn handen. 'Jij moet nu betalen, juffrouw. Je moet eigenaar betalen voor offer, zodat familie hut en dorp kan zuiveren. Heel belangrijk dat zij zuiveren om boze geesten tevreden te stemmen, omdat mevrouw... hoe zeg je... zij zwanger. Zij willen niet dat baby is vervloekt.'

'Zou het misschien kunnen zijn dat het niet boze geesten zijn die hun kinderen verpesten, maar misschien, heel misschien wel... hun *drugsgebruik!?!?!'*

Oma Gerd mompelde tegen me: 'Rustig blijven. Je moet je gezicht redden. Omwille van Bounmy zullen we hen moeten betalen. Het

is wel vijf of tien dollar waard om wat lange tenen te ontzien.'
Ik ademde heel diep in en uit. Toen keek ik naar Bounmy, die in
een mondhoek een zenuwachtige tic vertoonde. 'Hoeveel?'
Bounmy raadpleegde meneer Ly en vertaalde: 'Driehonderdvijftig dollar.'
Onze monden zakten gelijktijdig open, als marionetten. Dat was
een flink bedrag – voor Amerikaanse begrippen! Voor een stam
in de jungle van Laos zonder stromend water of elektriciteit,
waar een gezin van amper honderd dollar per jaar moest rond-
komen – was het astronomisch.
'Even serieus, Bounmy,' zei oma Gerd. 'Hoeveel gaat dit ons
kosten?'
Bounmy nam met bevende hand een flinke trek van zijn vierde
sigaret van die ochtend. Zijn kettingroken deed echter niets om
de spanning te verlichten – of de tic te stoppen. Hij was zichtbaar
geïntimideerd door de Hmong-eigenaar van de hut. Dit vormde
tenslotte heel veel stress voor een twaalfjarige.
'De eigenaar zegt driehonderdvijftig dollar,' zei Bounmy schor
voordat hij werd overvallen door een hoestbui. Oma Gerd klopte
op zijn rug.
Ik haalde diep adem en vroeg zo rustig mogelijk: 'Hoe kan het
monetaire equivalent van "verkeerd slapen" nu in vredesnaam
driehonderdvijftig dollar bedragen? Waarom dat specifieke bedrag?'
'Familie moet stier kopen voor offer – is tweehonderdvijftig dollar. Een haan om kop af te hakken – vijftig dollar. Het bloed
moet buiten bij hut en in dorp in lucht worden gegooid. Ook
hoofd van dorp nodig om ceremonie te leiden – vijfentwintig dollar. En een *txib neeb* – medicijnman, sjamaan – die spreuken op-
zegt, zingt en danst – vijfentwintig dollar. Meer als hij *txiv neeb*
moet maken, metalen ratel.'
Oma en ik waren allebei met stomheid geslagen. Ten slotte vroeg
ze: 'Hoe kan een koe nu tweehonderdvijftig dollar waard zijn?'
'Een koe onderhoudt hele familie. Kost veel spaargeld.'
'Belachelijk! Dat zouden we absoluut nooit betalen – zelfs niet
als we het geld hadden.' Oma Gerd zocht in haar rugzakje en

haalde haar echinacea met Canadese geelwortel tevoorschijn. Ze stopte een handvol in haar mond. Door de scherpe geur begonnen mijn ogen te tranen.

Bounmy vertaalde dit voor meneer Ly, die letterlijk tegen ons gromde.

Nu raakte Bounmy volledig overstuur. 'Maar... maar jij moet alsjeblieft betalen! Als je niet alsjeblieft betaalt, dan zij gijzelen jullie totdat zij geld krijgen! O, Bounmy erg in problemen! Erg, erg, erg in problemen!'

Gijzelen? Nu werd het echt te gek. Waar bleven de accordeonmuziek, de ballonnen, de dame met de baard?

'Bounmy, is dit soms één grote grap?'

'Geen grap! Hij doet deur op slot en laat jou niet buiten.' Alsof iemand hem een teken had gegeven, schoof meneer Ly een stuk hout voor de enige deur (ook hier gold: één deur per hut!), alsof hij daarmee Bounmy's opmerking kracht wilde bijzetten.

Bounmy jammerde: 'Ze zeggen jij behandelt geesten respectloos en moet betalen voor reiniging.' Toen heel zacht: 'Betaal alsjeblieft, juffrouw! Bounmy wordt gestraft, erg gestraft. O, zo'n vreselijk erge tragedie.'

'Ik heb helemaal geen contant geld! We zouden een jungletocht maken, waarom zou ik dan een stapel geld meenemen? Het enige wat hierin zit...' ik wees naar mijn moneybelt, '... is mijn paspoort. En zelfs als ik het geld had, zou ik het hen niet geven. Het is verkeerd. Dit is afpersing! We zijn niet gewaarschuwd voor geesten of de religieuze gewoonten van deze stam. Het is de schuld van Reizen Zonder Wegen. Als er al betaald moet worden, moeten *zij* dat doen!'

'Wind je niet zo op, Frangi,' mompelde oma Gerd.

'Ze houden jou gevangen!' Bounmy hyperventileerde bijna. Zijn hand trilde zo heftig dat hij zijn sigaret nauwelijks naar zijn mond kon brengen.

'Ze kunnen ons hier heus niet zomaar vasthouden...'

'Jawel, jawel! Ze zijn stamleden met machetes en geen kennis van moderne wereld, zoals ik!' Hij kreunde zacht: 'Ik vertel haar... Ik vertel haar drie keer...'

'Ik geloof er niets van dat ze ons zouden gijzelen,' zei oma Gerd en ze liep naar de gebarricadeerde deur. Ze was er bijna, maar toen stapten twee mannelijke familieleden van Ly naar voren, die nonchalant met hun machetes zwaaiden.

'Hoewel...' zei ze en ze deinsde achteruit.

Ik draaide me snel om en keek Bounmy aan. 'Dit zijn helemaal niet het dorp en het logeerhuis waar we werden verwacht, hè?'

Heel even leek het erop dat hij zou tegensputteren, maar toen gaf hij toe: 'Slechte Bounmy, slecht, slecht, slecht. Zijn schuld dat aardige dames verdwalen. Wat een bedrieger!'

'En de enige plek waar je ons kon onderbrengen, was de plaatselijke opiumkit, klopt dat?'

'Zo heel erg onfortuinlijk!'

'En,' zei oma Gerd, die plotseling een ingeving kreeg, 'je hebt zeker ook geen flauw idee waar de gerimpelde regenboogkever is? Of wel soms?'

Bounmy liet zijn hoofd hangen. 'Nee, nee, nee!'

Meneer Ly zei bruusk iets tegen Bounmy, die zich met tegenzin tot ons wendde:

'Ly zegt: oude dame gaat terug voor geld. Meisje blijft.'

Ik staarde hem niet-begrijpend aan. Oma Gerd zei: 'Waarom laat hij ons niet *allemaal* gaan, dan kan Bounmy het geld later brengen...'

'Niet goed. Hij gelooft jou niet. Amerikanen onbetrouwbaar, zegt hij.'

'Onbetrouwbaar!?! Hoe komt *hij* erbij *ons* onbetrouwbaar te noemen!? Hij is degene die ons berooft!'

Oma Gerd gaf me een por. 'Geen gezichtsverlies, Frangi. Dat verontwaardigde gedrag werkt misschien in de VS, maar hier niet.'

Bounmy herhaalde koppig: 'Hij houdt vol: oude dame gaat, meisje blijft.'

Razend van woede keek ik toe hoe oma Gerd haar rugzak inpakte. Ze gaf me een plastic zak met Krisknarsrepen en haar extra kledingstukken. 'Met deze en mijn deken zou je het vanavond warm genoeg moeten hebben...'

Vanavond! Ik zou *alleen* in deze enge opiumkit moeten slapen! *Ik ga niet huilen ik ga niet huilen ik ga niet huilen!* Mijn mantra hield mijn gezicht in de plooi. Ik kon niets zeggen, dan zou ik instorten.

'Niet je hoofd laten hangen, Frangipane. Voor je het weet, ben ik weer terug. Het is hooguit een paar dagen naar de voet van de berg. En zodra we weer in Luang Prabang zijn, kunnen we ongetwijfeld wel ergens een helikopter huren om ons op de berg af te zetten, zodat we niet opnieuw naar boven hoeven te klimmen. Zo is het toch, Bounmy?'

Hij staarde haar mismoedig aan. 'Vliegen heel gevaarlijk...'

Oma Gerd legde hem haastig het zwijgen op.

'Beschouw dit maar als een gelegenheid om nieuw materiaal voor je roman te vergaren – te beginnen met de geur van opium en hasj.'

'Het is niet grappig.'

'Zo bedoel ik het ook niet.' Haar stem brak.

Het drong tot me door dat ze haar angst probeerde te verbergen. Haar joviale kop-oppraatje was bedoeld om mij te doen vergeten dat ik bang was. De gewoonlijk onoverwinnelijke oma Gerd was zelf echter *doodsbang.*

Ik sloeg mijn armen om haar heen. Ze knuffelde me stevig terug. Toen liet ze me met tegenzin los en hees ze haar rugzakje om haar schouders. Ik greep haar arm vast.

'Je kunt niet weggaan zonder me Het Grote Geheim te vertellen!'

'Zullen we daarmee wachten tot...'

'Je hebt me lang genoeg laten wachten en dat weet je zelf ook,' zei ik. 'Het zou mijn *gevangenschap* een stuk draaglijker maken.'

We wisten echter allebei dat dit slechts loze woorden waren. De onderliggende gedachte was: *Vertel het me nu maar, want misschien zien we elkaar nooit meer terug.*

Ze zette haar rugzak neer. Uit het voorvak van de mijne haalde ik de letters.

Bij de hut van de deur kreunde Bounmy ongeduldig. Oma Gerd schonk geen aandacht aan hem.

'Vassar, ga even zitten. Hier...' Ze duwde me zachtjes op een van de uitgesneden, lage houten krukjes.

'A-D-O-P-T-I-E,' zei ik en ik legde de letters een voor een op het zand.

'Goed gedaan,' zei ze.

Ik schraapte mijn keel: 'Ik weet dat mijn vader geadopteerd is, maar wat heeft dat te maken met Het Grote Geheim? De chantage?'

Ze legde haar handen op mijn schouders en kneep er zo hard in dat haar zilveren ringen in mijn vlees kerfden.

'Vassar Frangipane Spore: *jij* bent geadopteerd.'

## Hoofdstuk 9

## Wie ben ik???

Oma Gerd schudde zachtjes aan mijn schouders. 'Frangi? Heb je gehoord wat ik zei?'

Ik knipperde razendsnel met mijn ogen.

'Het zou geen al te grote schok moeten zijn,' ging ze verder. 'Je lijkt helemaal niet op Leonardo of Althea. Je was op je veertiende al een hoofd groter dan zij.'

'Maar... niet alle kinderen lijken op hun ouders.'

'Klopt. Maar is het je dan niet opgevallen op wie je het meest lijkt?'

Wacht eens even. Dat kon niet.

'Toch niet...?'

'Excuseer, dame, we moeten gaan.' Bounmy's gespannen stem leek van mijlen ver weg te komen.

'*Jij?*'

Oma Gerd stond op.

'Wacht! Je kunt nu nog niet gaan! Hoe, wanneer, waarom...'

Oma Gerd mijn biologische moeder!? Waarom had ik dat niet eerder gezien? Allebei 1 meter 75, allebei slungelige armen en benen, allebei slechte ogen. Had oma donker haar gehad voordat ze vroegtijdig grijs werd? En die foto in het Allesboek waarop ze een opbollende wijde jurk aanhad – dat kwam niet door de wind, ze was in verwachting van mij!

Mijn hersens maakten salto's in mijn schedel. Mijn vader was niet langer mijn vader – hij was mijn *halfbroer*. Maar nee, hij was ook geadopteerd, dus wat waren we dan van elkaar? Mijn hele wereld was een verzinsel, een schijnvertoning, een illusie!

'Mijn vaders hele driehoeksanalogie was compleet nep!'

De hut en zijn bewoners raakten steeds verder op de achter-grond. Oma Gerd en ik waren op dat moment de enige twee mensen op de hele wereld.

De rechterhelft van mijn hersenen zei: *Wat opwindend! Nu kun je onderzoek verrichten naar aangeboren versus aangeleerd!* De linkerhelft van mijn hersenen zei: *Oh-oh. Stel dat ik op oma Gerd ga lijken!?*

Ik moest beide helften uitschakelen. Ik kon het gewoon niet aan er nu over na te denken. Duisternis omarmde me – ik duwde snel mijn hoofd tussen mijn knieën.

'Dame! Alsjeblieft! Wij moeten NU gaan!'

'Nog heel even, Bounmy,' antwoordde oma.

Hij kreunde.

'Wie is dan... wie is dan mijn echte vader?' vroeg ik gedempt.

'Je bent verwekt tijdens mijn eerste bezoek aan Malakka. In een hotel aan het strand op het eiland Tioman. Door een man die ik net had ontmoet.'

Mijn maag wentelde zich om. Mijn oren suisden. 'Wie was hij?'

Er kroop een schaapachtige uitdrukking over oma Gerds gezicht.

'Dat weet ik niet.'

'Hoe bedoel je: dat weet ik niet!?!'

'Ik was eenzaam, het was donker en de gin&tonics benevelden mijn gezonde verstand.'

Ik was fysiek niet in staat te reageren.

'Bounmy erg, erg in de problemen!' jammerde Bounmy en hij verfrommelde zijn nu lege pakje Lotussigaretten.

'Hé, ik ben niet trots op wat ik heb gedaan, maar ik ben wel trots op het resultaat.' Ze kneep nogmaals in mijn schouder. 'Wist je dat ze de musical *South Pacific* op Tioman hebben opgenomen? Ik had de man meteen uit mijn hoofd willen zetten, maar...'

Ik bleef doodstil zitten.

'Het was allemaal erg escapistisch. Zijn vrouw had hem net ver-laten voor een basgitarist en ik was nog steeds een rouwende we-duwe – zelfs na al die jaren. Zeven uur later werd ik alleen wak-ker op het strand. Heel beschaamd en heel erg verbrand. Ik heb hem nooit meer gezien. Drie maanden later was ik op Malta – en verrassing! Een blinde passagier.'

'Blinde passagier?'

'Je weet wel: zwanger.'

*Wat een enorme chaos!*

'Geloof me: daarna ben ik gestopt met drinken, met uitzondering van zo nu en dan een enkel glas wijn. Hoewel ik daar de laatste tijd trouwens ook weinig trek meer in heb, dankzij jouw *Vreemd Voedsel Zuiveringsspray.'*

'Je kunt me dus helemaal niets vertellen over... mijn echte vader?'

Ze tilde mijn gezicht op, zodat ik haar aankeek. 'Ik kan je vertellen dat zijn ogen de kleur van een Hershey-chocoladereep hadden. En dat hij die ook had.' Ze wees naar mijn kruintje. 'En dat.' Ze wees naar het kuiltje in mijn kin. 'Hij was gek op dissonante jazz. O ja, en hij was een Thai.'

'Wat?!'

'Hij was een Thai – kwam uit Thailand.'

'Weet je het zeker? Maar... maar... ik zie er helemaal niet... Aziatisch uit.'

*Was ík degene die sprak? Zo kalm en beheerst?*

'Dat is niet ongebruikelijk voor iemand van Europees-Aziatische komaf.'

*Europees-Aziatische komaf!?*

Hup, mijn hoofd weer tussen mijn knieën.

'Alsjeblieft, dame, ik smeek je!' Bounmy stond onrustig in de deuropening, bijna in tranen, de tic bij zijn mond voortdurend aanwezig.

'Goed, Bounmy. Ik kom.' Ze liep naar de deur.

Ik kwam wankel overeind. Het was net alsof mijn benen van rubber waren.

De rechterhelft van mijn hersenen zei: *Dit bewijst dat het leven oneindig veel mogelijkheden heeft. Niet alles ligt vast, niets is onvermijdelijk. Een deel van jou is een onbekende variabele. Een mysterie.* De linkerkant van mijn hersenen zei: *Gevaar! Pas op! Chaos! Ongecontroleerd! Rommelig! Ongepland!*

Bounmy gaf me wat repen gedroogd vlees en in bananenboom-blad gewikkelde kleefrijst. Toen trok hij oma Gerd voorzichtig mee naar de deur.

'Ik kan het niet geloven... Ik ben nog steeds... in shock...'

'We hebben het er een andere keer wel over, Frangi, maak je geen zorgen.' Ze streek mijn haren glad – plukte er toen iets uit. 'Wilde je dit soms voor later bewaren?'

Het was een klontje kleefrijst.

'Je mag je uiterlijke verzorging niet laten sloffen omdat je nu toe-vallig wordt gegijzeld. Wat zou Althea daar wel niet van zeggen?' Ze probeerde luchtig te klinken, maar haar stem trilde. 'Vergeet niet om te...'

'LIMMEN,' maakte ik haar zin zachtjes af. Mijn hoofd was nog bezig alles te verwerken. Toen omhelsde mijn oma – *mijn moe-der!?* – me stevig, totdat Bounmy haar lostrok en door de deur naar buiten duwde.

Terwijl ze om de hoek van de hut verdwenen, zweefde Bounmy's gespannen stem door de lucht naar me toe: 'Jij zuivert Bounmy van alle blaam? Jij legt uit aan mijn baas? En zuivert Bounmy van alle blaam?'

Ly deed de bamboedeur goed dicht, schoof de houten plank op zijn plek en wierp mij een blik toe die zei: 'Laat dat maar uit je hoofd.'

Voor het eerst in mijn leven was ik... *alleen*.

# Hoofdstuk 10

## ???

Ik ben geadopteerd!?!
Ik ben van Europees-Aziatische komaf!?!
Ik ben een gijzelaar!?!

## Hoofdstuk 11

## Ik wacht

Een deel van me waardeerde deze periode van alleenzijn waarin ik alles kon verwerken. Als gijzelaar had je echt enorm veel verwerkingstijd. Mijn leven vóór Zuidoost-Azië was netjes, keurig en georganiseerd geweest. Alles op zijn eigen plek. Ongecompliceerd. Alles stond vast.

En nu... nu was het alsof iemand mijn bril had afgepakt en ik geen meter voor me uit kon zien. Over zien gesproken: heel voorzichtig en met gebruik van zo weinig mogelijk water zette ik mijn ene lens in.

Meisje Met Stokjes zat gehurkt naast me aandachtig haar stokken te tellen en hertellen – met een niet-begrijpende uitdrukking op haar gezicht. Nadat ze ze een paar keer had geteld, draaide ze zich om en keek ze mij achterdochtig aan.

'Ik heb hem niet, maar ik weet wie hem wel heeft,' zei ik en ik glimlachte naar haar.

Bij het geluid van mijn stem keek ze echter alleen maar kwader.

De lusteloze vrouwen in de hut deden hun karweitjes en negeerden me. Ik had net zo goed een van hun houten krukjes kunnen zijn. De eerste opiumklanten van de ochtend druppelden binnen. Ze keken even nieuwsgierig naar het vieze Amerikaanse meisje dat in een hoek op een mat zat, maar vergaten me al snel in hun nevelige dromen.

Ik klapte mijn schrijfblok open. Misschien hielp het als ik alles in een hoofdstuk beschreef. Mijn rechterhand bleef echter roerloos liggen. Mama en papa hadden Het Grote Geheim dus zestien jaar lang voor me verborgen gehouden – en oma Gerd al die tijd bij me uit de buurt gehouden. Wat vond ik hiervan? Hoe voelde ik me? Overweldigd – dat zeker. Verward – dat ook. Verdoofd – ja. Verraden? Dat was misschien iets te hard. Ze hadden het geheim waarschijnlijk 'voor mijn bestwil' bewaard. En wat zouden Denise, Amber en Laurel hiervan vinden? En ik had nog wel gedacht dat het krijgen van mijn eerste zoen belangrijk nieuws was! Ik sloeg het schrijfblok dicht, te moe om nog langer te piekeren, en gaf aan dat ik naar de wc moest. Ly deed de deur open, maar droeg Meisje Met Stokjes en Jongen Met Geschramd Gezicht op me te volgen. Terwijl ik zat te plassen, hurkten ze een paar centimeter bij me vandaan en hun niet-knipperende, uilachtige ogen volgden elke beweging die ik maakte.

Toen ik klaar was, liet ik mijn blik over het dorp glijden. De groep kinderen die oma Gerd de vorige avond had geschetst, staarde me nu verwijtend aan. Waarom? Omdat ik hun plezier had vergald? Blijkbaar was het nieuws van mijn 'respectloosheid' het dorp al rondgegaan. Zelfs de vriendelijke moeders bewaarden afstand en beantwoordden mijn glimlach niet.

Nu wist ik hoe Hester uit Hawthornes *De rode letter* zich voelde. Het enige wat ik nodig had, was een grote 'R' op mijn bloes.

Van de Grote P naar de Grote R – in nog geen twee maanden tijd. In Vangs dorp had vreugde geheerst. Hier overheerste echter beklemming. Verslaving. Angst.

Ik wandelde een stukje de heuvel op om mijn benen te strekken, maar het meisje volgde me en prikte me met een van haar stokken in mijn been, totdat ik terugkwam.

Tegen zessen bereidden mevrouw Ly en haar medezombies rijst, groenten en onbestemd vlees. Ze boden me echter niets aan. Wat onmenselijk! Vooral aangezien ik bij de lunch al mijn gedroogde vlees en kleefrijst had opgegeten.

Gezeten op mijn mat in de hoek at ik een paar havermoutkoekjes, een handvol rauwe cashewnoten en een Krisknarsreep. Meneer en mevrouw Ly hadden hun bamboeverhoging weer opgeëist. Iedereen negeerde me, behalve Meisje Met Stokjes, die steeds probeerde mijn rugzak open te ritsen. Uiteindelijk deed ik hem op slot. Ze gromde – en begon onmiddellijk met een van haar stokken op het slot in te hakken. Niemand lette op haar.

Die nacht wikkelde ik opnieuw al mijn kleren om en over mijn koude lichaam, dankbaar voor oma Gerds extra deken. Ik wilde net gaan liggen – jawel, met mijn voeten de *goede* kant uit – toen de stuurse meneer Ly gebaarde dat ik mijn mat, rugzak en dekens moest oppakken. Ik stond langzaam op en liep achter hem aan. Wat was hij precies van plan? Mijn zintuigen verscherpten. *Als hij iets probeert uit te halen, mik je op de ogen en het kruis.* Mijn moeder had me precies geleerd waar ik mijn duimen moest plaatsen en hoe ik druk moest uitoefenen om de oogballen eruit te laten rollen. Ik haalde onopvallend de zaklamp uit mijn rugzak en greep het ding stevig vast in mijn rechterhand. Het was niet veel, maar hij was in elk geval van metaal.

Hij bracht me naar de afsluitbare kamer waar de kinderen hadden geslapen. De kinderen sliepen nu allemaal in de grote ruimte – behalve Meisje Met Stokjes. Hij gebaarde dat ik op de aarden vloer moest slapen. Toen liep hij achterwaarts de kamer uit en deed hij de deur dicht – en zette deze met een bamboestok vast. Meisje Met Stokjes en ik zaten opgesloten.

De maan scheen door de kieren tussen de bamboelatten en verlichtte haar achterdochtige gezicht. Ze lag op haar bamboemat, de stokjes nog steeds in haar handen geklemd, totaal bewegingloos, afgezien van haar ogen, die me door de ruimte volgden.

Al snel hoorde ik de diepe ademhaling en het gesnurk van de familie in de grote kamer – de muren van het kamertje waren blijkbaar meer voor de show dan om privacy te bieden.

Ik deed mijn zaklamp aan en de smalle lichtstraal viel op de muur van bamboelatten naast me. Ik onderdrukte mijn gil nog net op tijd. De muur was bedekt met dikke, witte spinnenwebben vol ingepakte lijfjes van dode insecten – ze werden bewaakt door harige, zwarte spinnen ter grootte van een krentenbol! En wat misschien nog wel erger was: op de bamboedelen die niet onder het spinrag zaten, hingen drie kakkerlakken met de lengte en breedte van een bordenwisser.

*Getver! Getver de getver de getver de getver! Niet aan denken, niet aan denken.*

Ik schoof zover mogelijk van de muur vandaan zonder Meisje

Met Stokjes lastig te vallen. De wezens lieten haar blijkbaar koud – misschien bleven ze wel waar ze zaten. Ik deed behoedzaam mijn ene lens uit. Toen zocht ik in mijn rugzak naar een stukje suikervrije kauwgum, want ik was te moe om mijn tanden te poetsen en moest zuinig zijn met water. In plaats daarvan sloot mijn hand zich om de polaroid die oma Gerd in het restaurant in Siem Reap van Hanks en mij had gemaakt.

Hanks.

*Flip flop.*

*Wacht maar tot Hanks hoort dat ik van Europees-Aziatische komaf ben.*

Wel ironisch dat mijn eerste echte vriendje Aziatisch is. Over voorbodes gesproken!

Behoor je je op een of andere manier anders te voelen wanneer je er achterkomt dat je genetische samenstelling niet helemaal is wat jij dacht dat ze was? Maakt het echt iets uit als je niet met de cultuur bent opgegroeid? En nu we toch bezig zijn: hoe zit het nu eigenlijk precies met aangeboren versus aangeleerd?

*Ik, Vassar Spore, ben een wetenschappelijk experiment.*

# Hoofdstuk 12

## En ik wacht

Er sijpelde iets nats op mijn gezicht. Ik deed mijn ogen open en zag bloed dat uit de bungelende kop van een onthoofde haan spoot!
'Respectloos! Respectloos!'
Ly kakelde uitgelaten en schudde het beest nog wat harder. Ik wilde rechtop gaan zitten, maar zijn smoezelige kinderen klommen boven op me, op elke arm en been één. Het bloed bedekte mijn gezicht en droop in mijn oogholten, en zodra ik een mondvol bloed uitspuugde, stroomde er weer nieuwe in. Ik verdronk erin. Ik kreeg geen lucht...
Ik werd wakker en ontdekte dat Meisje Met Stokjes naast me zat en in mijn gezicht spuugde.

Bounmy en oma Gerd hadden zich verschrikkelijk vergist bij het inschatten van hun tijdschema. Ze waren de volgende avond helemaal niet terug. De avond erop ook niet. *En de avond daarna al evenmin.*
Mijn zenuwen waren geknakt. Stel dat hen iets was overkomen op hun tocht naar de voet van de berg? Stel dat oma Gerd een hartaanval had gekregen? Stel dat misnoegde familieleden van meneer Ly hen waren gevolgd en hen met de machetes hadden gedood?
*Stel dat meneer Ly me dwingt deel te nemen aan het offeren van de koe, het onthoofden van de haan en het in de lucht gooien van bloed? Compleet met metalen ratel?*
Ik dwong mezelf dergelijke gedachten te blokkeren. Ik kon het me niet veroorloven mezelf gek te maken met dergelijk gespeculeer. Mijn mentale gezondheid was zo al breekbaar genoeg.

De afwezigheid van stromend water begon zijn tol te eisen. Afgezien van het feit dat ik me niet kon wassen, raakten ook de flessen drinkwater leeg. Natuurlijk water was moeilijk te krijgen en de stamleden dronken het zelden. Zelfs als ze me iets hadden aangeboden, zou ik mijn leven riskeren door het te drinken. Via vuil water kon ik giardiasis oplopen. Ik liep toch al kans op malaria, dengue – en mogelijk lepra. Om nog maar niet te spreken van gaatjes in mijn gebit. Mijn ontstellende lichaamsgeur in combinatie met de almaar toenemende hoeveelheid haar onder mijn armen en op mijn benen hielp ook al niet om mijn humeur op te vijzelen.

Dit gold evenmin voor het feit dat Meisje Met Stokjes er ten slotte in slaagde in mijn rugzak te komen door hem open te snijden met haar vaders machete. Ik kwam er pas achter toen ik haar zag lopen met mijn beugel aan een koordje om haar nek en mijn operatiemasker als een feestmuts op haar hoofd met het elastiek onder haar kin. Ze werd helemaal in beslag genomen door mijn Baby Powder Fresh-deodorantstick waarmee ze haar benen, voeten en gezicht insmeerde.

Voor het eerst sinds mijn gijzelneming lachte ik. Wat een type! De deodorant had bij haar waarschijnlijk meer effect dan bij mij.

Om de tijd te doden schreef ik mijn hoofdstukken… het schrijfblok hield ik te allen tijde bij me voor het geval Meisje Met Stokjes zich iets in haar hoofd zou halen.

*27 juli: ik heb het ijskoud. Mijn hoofd jeukt. Ik kan me niet herinneren wanneer ik voor het laatst heb gedoucht of iets te eten heb gehad, afgezien van wat kleefrijst. Zo had ik mijn zomer niet willen doorbrengen – of een eind aan mijn leven maken. Hadden we op die regenachtige avond in mei de voordeur nu maar niet opengedaan…*

Er was overigens nog iets wat voor afleiding zorgde: luizen. De hele hut zat onder, dus het was slechts een kwestie van tijd voordat ik ze ook kreeg. De jeuk was ondraaglijk. Ik zag hoe Meisje Met Stokjes de luizen uit haar haren kneep en trok, en probeerde haar na te doen. Moeilijker dan het eruitzag. Nadat ze een half-uur lang mijn pogingen om mezelf te ontluizen had gadegeslagen, kreeg Meisje Met Stokjes medelijden met me. Ze schuifelde voetje voor voetje naar me toe en nadat ze me een behoedzame 'ik-weet-niet-of-ik-dit-wel-moet-doen-maar-je-bent-zo-pathetisch-dat-ik-niet-zomaar-kan-zitten-toekijken'-blik had toegeworpen, plukte ze de insecten met haar behendige vingertjes een voor een uit mijn haar. Ik voelde me net een aap. Toen haar missie was volbracht, schuifelde ze langzaam terug naar haar hoek, waar ze haar stokjes telde. Ik gaf haar een zuurtje met kaneelsmaak dat ik in een zijvak van mijn rugzak had gevonden. Ze staarde naar het ronde, witte voorwerp in haar hand. Ik gebaarde dat ze het in haar mond moest stoppen. Ze staarde eerst een tijdje naar me, maar likte er toen voorzichtig aan. En nog een keer. Ze koesterde het snoepje en beperkte zich tot één likje per uur, zodat het twee hele dagen meeging.

Op de zesde dag gedroeg de familie Ly zich openlijk vijandig. Ze hadden hun hoop op de driehonderdvijftig dollar min of meer opgegeven. Ik was ervan overtuigd dat ze onderling bespraken wat ze moesten doen met dit veel te lange, respectloze, 'westerse' (maak daar maar *Europees-Aziatische* van!) meisje dat een vloek over hen had uitgeroepen. Om te voorkomen dat ze een lijk in hun maag kregen gesplitst, gunden ze me heel af en toe een piep-klein kommetje paarse kleefrijst. Mijn maag rammelde pijnlijk, maar ze toonden geen genade. Intussen had ik al mijn koekjes, noten en Krisknarsrepen opgegeten.

En ik had nog maar één fles water over.

En ik had geen papieren zakdoekjes meer. Ik had mijn toevlucht gezocht bij mijn Latijnse citaten. Niet helemaal de toepassing die mijn vriendinnen in gedachten hadden.

Ik moest het feit onder ogen zien dat er iets *moest* zijn gebeurd met oma Gerd en Bounmy, en misschien ook wel met Hanks!

Mijn huid rimpelde.

*Niemand weet dat ik hier ben.*

Wat moest ik doen?

## *Hoofdstuk 13*

## Je kunt je overal een weg uit plannen

Toen Ly op de zevende avond de deur van mijn slaapkamer had gebarricadeerd, ontdekte ik dat mijn kamergenootje, wier vieze neus zachtjes floot, al diep in slaap was – ze had nog steeds haar beugelketting om en haar operatiemaskerfeestmuts op.

Ik maakte de laatste van mijn Latijnse citaten open om te gebruiken bij mijn hurksessie voor het naar bed gaan. Het papier was verkreukeld en groezelig, maar het lukte me om de woorden te ontcijferen:

*Carpe diem.*

Pluk de dag.

Pluk. De. Dag.

*Pluk de dag!*

En waarom ook niet?

*Waarom zou ik blijven? Waarom probeer ik niet te ontsnappen? Het pad is goed begaanbaar en ik heb mijn zaklamp. Waarom zou ik blijven zitten wachten op het naderende onheil? (Of op zijn minst een akelige wraakoefening.) Je hebt geen keus, Vassar. De watervoorraad is vrijwel uitgeput en je leven hangt aan de spreekwoordelijke draad. Doe iets!*

Ik stond liever niet stil bij de geloofwaardigheid van een dergelijk plan. Alleen al de gedachte aan de Grote P vormde voor mij een injectie met adrenaline, waardoor mijn hart begon te kloppen. Voor jezelf opkomen! Daadkracht!

*Aut viam inveniam aut faciam* – Ik zal óf een weg vinden, óf er een maken! Net als Hannibal en zijn olifanten zou ik ofwel de weg terug vinden, ofwel me een weg terug banen. Kon ik mezelf met *plannen* echt uit deze situatie krijgen?

Mijn blik viel op de met urine doorweekte aarde bij de muur –
de nachtelijke po van Meisje Met Stokjes en mijzelf. Verschillende bamboerepen die in de hoek van de muur waren vastgemaakt,
waren doormidden gebroken. Ik kroop ernaartoe en duwde mijn
hand erdoorheen – de flexibele latten bogen als een luikje naar
achteren en lieten zo een kleine opening vrij. Kropen de kinderen
hier naar buiten en weer naar binnen zonder dat hun ouders
ervan afwisten?
Stilletjes reeg ik mijn junglelaarzen dicht (duizendpootcontrole!)
en stopte ik de zaklamp in mijn zak. Toen deed ik mijn zuurstofdoorlatende lens in – natgemaakt met slechts een druppeltje
kostelijk water. Nog maar driekwart fles over. Tijd om als een
kameel te denken. Gelukkig kostte het veel minder energie om
langs de heuvel naar beneden te gaan dan omhoog. Ik haalde
mijn *Laotiaans reisboek voor bezonnen bezoekers* en *Gids voor
respectabele reizigers: Laos* uit mijn rugzak – stopte ze toen weer
terug. *Nee, Vassar, houd het licht.* Ik haalde ze er weer uit en
legde ze naast het hoofd van Meisje Met Stokjes. Ze kon in elk
geval de foto's bekijken. Ik maakte mijn moneybelt strak om
mijn middel vast met een veiligheidsspeld.
Toen kroop ik terug naar de muur. Met een platgedrukte lege
waterfles schepte ik voorzichtig de natte aarde weg, terwijl ik
tegelijkertijd een zacht snurkend geluid liet horen om het ge-
schraap te overstemmen. Intussen nam ik in gedachten mijn ontsnapping door: een deken op een hoop laten liggen, zodat Meisje
Met Stokjes in het donker zou denken dat ik nog steeds sliep; één
deken meenemen voor het geval ik in de jungle moest overnachten; eerst mijn rugzak naar buiten duwen en dan zelf erachter-
aan; het verbrokkelde muurdeel zorgvuldig terugplaatsen; naar
het pad lopen. Het Angkorloge gaf 01.16 uur aan. Dat hield in
dat ik minstens vier uur had om in het donker langs de heuvelhelling naar Vangs dorp te lopen.
Ik hield op met graven. Zo. *Ik zou mijn lichaam door dat gat
moeten kunnen persen – helemaal na mijn hongerdieet.*
Ik draaide me om – Meisje Met Stokjes zat rechtop naar me te
staren. De haren in mijn nek kriebelden.

Ik verstijfde – en wachtte op de bloedstollende schreeuw die het complete in een opiumroes verkerende huishouden naar de kamer zou halen.

Niet dus.

Ze keek heel rustig naar me, met de stokjes tegen haar borst geklemd. Ze wist wat ik aan het doen was – *en ze liet me gaan.*

Nu of nooit. Meneer Ly had zijn avondritueel al uitgevoerd: nadat hij de gijzelaar had gecontroleerd, rookte hij een kwartier lang opium tot hij bewusteloos was – een ritueel dat door de andere volwassenen werd nagevolgd. Een zachte bries ritselde door de bladeren van het dak en de papajabomen. Zwerfhonden blaften zo nu en dan in de verte. Het gesnurk, gesnuif en gehijg droegen samen bij aan *witte ruis.* Perfect geschikt om de geluiden die ik maakte te overstemmen.

*Vastberaden, beheerst en rustig, Vassar, geen abrupte bewegingen die argwaan kunnen wekken.* Zacht, continu bamboegeruis zou aan de wind worden toegeschreven, maar een harde dreun van diezelfde bamboe zou beslist correct door iemand worden geïnterpreteerd – zelfs door iemand in een opiumlethargie.

Voordat ik naar buiten kon glippen stond Meisje Met Stokjes op en ze stak haar hand uit:

Mijn beugel.

Ik nam hem van haar aan. Ze zag er zo klein en plechtig uit. En triest. Ik maakte mijn ketting los en hing hem om haar nek. *Nulla dies sine linea.* Was het zinloos te hopen dat ze ooit zou leren schrijven? Het zilveren Latijnse medaillon hing bij haar navel. Ze keek omlaag naar het glanzende metaal en raakte het voorzichtig met haar vinger aan. Toen keek ze naar mij en ze glimlachte. Ze *glimlachte* warempel.

Toen raapte ze haar bundel geliefde stokken op en koos ze er zorgvuldig een uit, die ze aan mij gaf alsof het een gouden toverstaf betrof. Het enige van 'waarde' dat ze bezat. Ik bedankte haar – het enige woord dat ik in haar taal kende – en liet de stok in het voorvak van mijn rugzak glijden.

We keken elkaar even aan en wisselden nog een glimlach uit. Wat zou er met Meisje Met Stokjes gebeuren? Zou ze de rest van haar leven hier vastzitten? Ik wilde graag geloven dat ze hier op een of andere manier kon wegkomen – door haar koppigheid en vastberadenheid.

Ik verzette me tegen de aandrang haar mee te nemen. Ze zou linea recta worden teruggebracht, tenzij ik haar het land uit kon smokkelen. Ik voelde me heel hulpeloos tegenover de onrechtvaardigheid van het leven.

Dag, Meisje Met Stokjes.

Toen ging ze weer op haar mat liggen met het medaillon in haar hand geklemd, de bundel stokjes vergeten.

Ik ademde diep in en uit. Ik ging plat op mijn rug liggen, duwde de bamboelatten opzij en stak langzaam mijn hoofd door het gat. Ik schoof mijn lichaam er stukje bij beetje doorheen. Wurmde mijn schouders door het gat – krap. Te krap. Ik zat vast. *Geen paniek, geen paniek. Denk na. Gebruik je deductieve redenatietalent en probleemoplossende behendigheid om dit kleine dilemma op te lossen. Je bent altijd zo trots op je denkvermogen – gebruik het dan ook!* Ik probeerde er niet aan te denken dat mijn bloes en broek als een spons mijn eigen urine opzogen. Alsof dat ertoe deed – mijn stank kon toch al mijlenver in de omgeving worden geroken. Na even te hebben stilgelegen om de situatie in te schatten, begreep ik dat ik nog een paar stengels moest verwijderen om het gat groot genoeg te maken zodat de rest van mijn lijf erdoorheen kon. Ik probeerde ze met mijn handen af te breken, maar ze waren taaier dan ze eruitzagen. Het was duidelijk dat ik een of ander scherp voorwerp nodig had om de latten door te snijden, anders zou ik hier permanent vastzitten – niet in staat naar binnen terug te gaan en evenmin naar buiten te ontsnappen.

Wat zat er in mijn zakken of rugzak? Mijn zaklamp... die was niet scherp... papieren zakdoekjes... Wacht! De puntige stok van Meisje Met Stokjes! In het voorvak van mijn rugzak – die vrijwel tegen de bovenkant van mijn hoofd aan schuurde. Als ik één arm door het gat kon krijgen, kon ik hem eruit halen. Ik beet mijn kiezen op elkaar en duwde toen mijn rechterarm langs de ruwe randen van de bamboe. Ik voelde me net een stuk kaas dat over de rasp wordt gehaald. Mijn rechterarm was echter vrij! Zonder aandacht te schenken aan de sneden en het gutsende bloed pakte ik mijn rugzak. Ik ritste het voorvak langzaam open en tastte naar de stok. *Hebbes*!

Met onvermoede krachten doorboorde ik de eerste geplette lat met het stokje en sneed ik vervolgens door nog eens vijf stengels. Ik verstarde en luisterde of er binnen iets bewoog. Niets. Snel liet ik de rest van mijn lichaam naar buiten glijden. Ik was vrij!

Toen voelde ik iets vochtigs tegen mijn gezicht.

## Hoofdstuk 14

# Erger dan dit kan het niet worden

Puur op wilskracht slikte ik mijn gil in. Ik bleef kaarsrecht met open ogen liggen en mijn hart bonsde zo hard dat ik zeker wist dat iedereen in het dorp het kon horen – mijn eigen verraderlijke, 'respectloze' hart!

Ik draaide langzaam mijn hoofd om en zag toen... een dikbuikig biggetje! Zijn kleine, natte snuit was slechts centimeters van mijn wang vandaan! Mijn armen en benen werden slap van opluchting toen het beestje knorde en me porde – op zoek naar zijn moeders tepel!

Ik krabbelde overeind, griste mijn rugzak mee, klom over de primitieve omheining en liep langzaam in de richting van het junglepad. Ik durfde niet te rennen – dat zou verdacht zijn. In Hmong-dorpen rende er 's nachts niemand rond. De maan was vol, dus ik hoefde mijn zaklamp nog niet aan te doen. Ik wist dat ik om het dorp heen moest lopen totdat ik het pad naar beneden vond. Zodra ik uit het zicht was, kon ik de zaklamp aandoen. Tegen het hek stond zo'n bamboemand waarin de Hmong op hun rug rijst, bamboe, groenten en baby's vervoerden. Ik stopte mijn rugzak in de mand en hing deze over mijn schouders. Ik drapeerde mijn extra bloes als een sjaal om mijn hoofd en wikkelde de dunne deken als een sarong om mijn middel. Van dichtbij zou niemand erin trappen, maar vanaf een afstandje kon ik 's nachts misschien net voor een Hmong-vrouw doorgaan – zij het een vreemde, bijzonder lange.

Knor, knor. De zeug was me gevolgd. Samen met haar biggen. Een kip kwetterde. Een zwerfhond kwam naar me toe gehold om de rare aanblik te onderzoeken. De zeug en haar jongen stoven alle kanten op. De hond snuffelde met plat achterover liggende oren aan mijn been. Oh-oh. Na een grondige inspectie van mijn met urine besmeurde broek trippelde hij echter weg.

Het dorp sliep. Ik zag niemand tijdens mijn wandeling langs de rand van het dorp.

Dat komt doordat ze animisten zijn die bang zijn voor geesten en zich in het donker niet buiten wagen. Geweldig: leuke gedachte om op dit moment in je hoofd te hebben.

Voor me dook het pad op – het was me gelukt! Ik had mijn eigen ontsnapping gepland!

Nu niet verwaand worden, Vassar. Dit is slechts het begin.

Verwaand? Ik bevond me in de jungle, op een berg, bij een afgelegen stam, in communistisch Laos. Waarom zou ik me verwaand voelen? *Euforisch* was een beter woord! Ik was ontsnapt! Ik had me nog nooit in mijn leven zo onafhankelijk gevoeld! Of zo IN HET MOMENT! 'Oma Gerd, ik LIM!' wilde ik roepen.

Wacht. Hoe moest ik haar in het vervolg *noemen*? Dat was iets wat ik op mijn lijst van dingen die ik moet doen moest zetten.

Ik begon struikelend over het pad van modder en stenen aan de tocht naar beneden, en de euforie verdween: ik was alleen. In een jungle. Onbeschermd. Ik wist niet wie of wat zich in de donkere begroeiing om me heen ophield. Wist niet wanneer mijn ontsnapping zou worden opgemerkt en een troep geharde Hmong-mannen rennend de achtervolging zou inzetten.

Ik kon dankzij de flarden maanlicht die door de bananenbomen- en palmbladeren schenen nog steeds redelijk goed voor me uit zien en versnelde mijn pas. Ik stapte in een modderpoel – en gleed uit! De mand op mijn rug verstoorde mijn evenwicht. Ik wankelde op de rand van de klif en klampte me op het nippertje vast aan de stam van een reusachtige varen. Oké. Tijd voor de zaklamp. De bewegende lichtvlek zou in het dorp boven me niet zichtbaar zijn, maar kon door een slapeloos iemand in een van de hutten in het landschap onder me wel worden opgemerkt. Zouden ze dit vreemd vinden en de moeite nemen op onderzoek uit te gaan? Ik moest het risico nemen. Het leek me beter dan het risico dat ik over de rand van de berg tuimelde.

Ik richtte de zaklamp op de berghelling en niet naar het dal. Ik hield de lantaarn laag vast in de hoop dat de struiken, rotsen en begroeiing een groot deel van het licht zouden verbergen.

Ik besefte dat ik niet met mijn ogen knipperde, omdat ik bang was dat ik iets over het hoofd zou zien. Ik dwong mezelf mijn oogleden dicht te doen. Ik deed ze weer open – *tik*!

Mijn ene zuurstofdoorlatende lens zoefde door de lucht de duisternis in.

Oh oh.

Mijn tijdelijke euforie leek wel een eeuwigheid geleden.

Alles was vlekkerig... vaag... Ik kneep mijn ogen tot spleetjes om vormen te kunnen onderscheiden, maar daardoor werd alles juist nog vager.

*Ik bevind me op een verraderlijk junglepad, glibberig van de modder, en zal zo worden achtervolgd door een boze bende stamleden – EN IK KAN NOG GEEN HALVE METER VOOR ME UIT ZIEN!!!!*

*Niet hyperventileren... rustig aan, diep ademhalen, in uit in uit. Rustig. LIMMEN... dat moet ik doen: LIMMEN. Leven in het moment, Vassar, leven in het moment.*

Oké.

Ik schuifelde voetje voor voetje verder over het pad met een bamboestengel in de ene hand om te voorkomen dat ik te dicht bij de rand kwam en een in de andere om vóór me naar plassen, stenen en oneffenheden te tasten. Als ik zeg dat het een martelgang was, is het nog zacht gezegd. In dit tempo was ik morgen rond etenstijd hooguit halverwege.

Een voet voor de andere. Een-twee-een-twee. De positieve kant ervan was dat ik mezelf niet kon inbeelden in de jungle dreigende gedaanten te zien. Mijn bijziendheid wierp een buffer op. Het leek allemaal zo onwerkelijk dat mijn angst oploste. Ik was gewoon een vieze, gestreste, kippige klodder zweet die langs de berghelling naar beneden hobbelde.

Gelukkig was het pad duidelijk afgebakend en gemakkelijk te volgen. Ik kon niet per ongeluk verdwalen of een zijpad inslaan. Wat was het stil. Ik had meer enge junglegeluiden verwacht. In plaats daarvan: spookachtige stilte, af en toe onderbroken door een briesje dat door groepjes bamboestengels golfde en in bananenboombladeren ritselde.

Wat was dat voor stank?

Wat gênant. Ik was het zelf. Mijn continu aanwezige Ongewassen Meisje in Vochtig Klimaat-lichaamsgeur.

Ik mocht er van mezelf niet aan denken dat het kon mislukken. En ook niet dat ik misschien nooit beneden zou aankomen. En al evenmin dat ik gevangen kon worden genomen. Ik wilde niet stilstaan bij de ergste rampscenario's. Voordat ik er erg in had, begon ik impulsief te giechelen. Zonder enige aanleiding. Werd ik misschien gek? Ach, het was niet alsof daar ook geen aanleiding voor was. Er was juist *heel veel* aanleiding voor.

Van het getuur kreeg ik hoofdpijn. Ik bleef even staan om een slok water te nemen. Nog een halve fles over. Wie kon zeggen hoe ver ik nog te gaan had? Ik kon niet ver genoeg vooruitkijken om daar geld op te durven zetten.

*Ik ga echt nooit meer weg uit de VS. Ik plan al mijn reizen in het vervolg binnen de veiligheid van het continent. Ik waag me zelfs niet aan Canada. Nooit nooit nooit meer laat ik mezelf in een dergelijke hachelijke situatie manoeuvreren. Nooit nooit nooit meer ga ik ergens naartoe met oma Gerd – zelfs niet naar Gus' benzinestation. Ook al is ze mijn... moeder.*

Ik struikelde over een steen... en nog een. En belandde op mijn achterwerk. Tranen stroomden over mijn gezicht en prikten in mijn nutteloze ogen. Zout. Ik werd nog dorstiger dan ik al was. Ik stuur gedachtegolven aan oma Gerd, dacht ik bij mezelf toen ik opstond. *Kom me halen, kom me halen, kom me halen.*

Het drong tot me door dat voor het eerst van mijn leven de afloop onzeker was. Ik kon NIETS ANDERS doen dan Leven In het Moment. Ik had geen keus.

Terwijl ik over het pad hobbelde, bedacht ik: Wendy Stupacker wordt nu zeker Valedictorian. Wat leken mijn LIJSTEN en VASSAR SPORES LEVENSDOELEN nu belachelijk. Allemaal zaken die zich op de toekomst richtten, nooit op het heden. Altijd die vraag: 'Wat komt hierna?' Presteren, presteren, presteren.

Ik zag mezelf weer tegenover Wendy Stupacker staan bij de regionale spellingswedstrijd. Ik was ervan overtuigd dat ik ging winnen. Een enorme kalmte hing als een wolk om me heen. Ik had zo hard geleerd dat elk woord een oude vriend van me was en niet één een bron van onrust vormde. Ik kreeg het gevoel alsof ik buiten mijn eigen lichaam trad, alsof ik vanboven op mezelf neerkeek, verheugd over mijn voortgang. Het was een nek-aan-nekrace totdat ik 'ectexine' moest spellen en in gedachten afdwaalde naar het feestje dat mijn ouders en ik die avond zouden vieren – en ik per ongeluk de C en de T verwisselde. De triomfantelijke blik op Wendy's gezicht bracht me met een ruk terug op aarde. Hoe kon ik zo'n gemakkelijk woord nu verknallen?

*Mijn probleem was indertijd hetzelfde als nu: ik maakte me druk over wat hierna kwam in plaats van volop te genieten van het hier en nu.*

Fijn dat je daar nog achter bent gekomen nu je op het punt staat dood te gaan, Vassar.

Energie. Ik had brandstof nodig.

Ik had van mijn laatste schamele maal een bolletje paarse kleefrijst bewaard en dat in mijn zak gestopt. Ik wilde het net in mijn mond stoppen toen ik een idee kreeg. Ik rommelde in het voorvak van mijn rugzak en haalde de polaroidfoto van Hanks en mezelf eruit. Ik spuugde op de kleefrijst om hem vochtig te maken, liep naar de dichtstbijzijnde boom en gebruikte de rijst om de foto aan de stam te hangen – alleen zichtbaar voor degenen die langs de helling naar boven kwamen, niet voor degenen die naar beneden renden.

Ziezo. Mijn redders wisten nu in elk geval dat ik was ontsnapt en ergens in de buurt was.

Ik had kramp in mijn vingers van het vasthouden van de bamboestengels en mijn spieren deden pijn van de inspanning die het me had gekost om niet uit te glijden. Hoewel het nog steeds kil was, glinsterde er zweet op mijn armen. Hoe ver had ik gelopen? Mijn Angkorloge gaf 3.35 in de ochtend aan. Ik liep al bijna twee uur – en had nog maar anderhalf uur tot zonsopgang.

Ik bleef even staan om mijn spieren wat rust te gunnen. Toen hoorde ik stemmen – en *niet* in mijn hoofd. Opgewonden, babbelende stemmen in de verte die steeds dichterbij kwamen.
*Achter me.*

## Hoofdstuk 15

# Erger dan dit kan het echt niet worden

Mijn hart stuiterde bijna mijn borstkas uit.
*Denk na! Denk na! Wat-moet-ik-doen?*
Wat ik *wel* wist was dat ze me niet mochten zien. Aangezien ik minder hard kon lopen dan zij, had ik slechts twee opties: het tegen hen opnemen en het risico lopen dat ik mogelijk ledematen zou verliezen (of erger) – of me verstoppen.
Ik keek om me heen. Voor zover ik kon zien – en dat was niet heel veel – was er vrijwel niets wat als schuilplek kon dienen. Ik gluurde over de rand van de klif – ondoordringbare duisternis. Toen ik omhoogkeek, verlichtte de maan varens, palmen en rotsblokken die uit de helling van de berg staken. Het was wel duidelijk. Ik legde de twee bamboestengels in het gras langs de rand van het pad en klom als een orang-oetan langs de helling omhoog. De mand op mijn rug trok me naar achteren en mijn voeten, die onder de modder zaten, kregen geen grip op de gladde stenen. Ik helde over. Nog verder. Plotseling voelde ik dat ik...
*Viel!*
*Op mijn rug over het modderpad gleed!*
*En in vrije val over de rand van de klif tuimelde!*
Met wild maaiende armen schoot ik door een bosje bamboestengels heen en ik greep nog net op tijd een bijzonder stevige stam vast – waarmee ik mijn doodsmak afbrak. Voordat ik op adem kon komen – hoorde ik luid en duidelijk de stemmen. *Laat mijn gehijg en het gekletter van de bamboe me alsjeblieft niet verraden*. Ik plantte mijn rechtervoet in een spleet en wurmde mijn linkervoet tussen een steen en een boomwortel. En deed mijn best niet in paniek te raken toen ik aan mijn kloppende neus

voelde en merkte dat deze was gebroken. Het kraakbeen klikte.
*Wees nu gewoon dankbaar dat je niet dood bent.*

Waarschijnlijk konden ze me vanaf het pad niet zien, maar konden ze me met hun scherpe reukzintuig, intuïtie of een soort inheems 'derde oog' misschien wel ontdekken? Mijn hele lijf trilde van angst. Mijn neus prikte. Bloed druppelde in mijn mond. Mijn knie, die tegen een rots was geklapt, klopte.

*Vinden ze me of niet? Wel of niet?*

Stak mijn mand niet te ver uit? Hoorden ze mijn piepende ademhaling?

Ongeveer drie meter boven me doken wazige vormen waarin ik hoofden meende te herkennen als duveltjes uit een doosje boven de struiken op. Zagen ze me? Bloed stroomde uit mijn neus in mijn mond en liet vlekken achter op de bamboestengel.

*Dit meisje dat zich uit alle macht vastklampt aan op een heuvelhelling groeiende bamboe, terwijl haar gijzelnemers vlak langs haar lopen, kan Vassar Spore toch niet zijn... het is vast een droom.*

Het zachte gegrom van meneer Ly verstoorde die 'droom'. Ik zou zijn gutturale stembuigingen werkelijk overal herkennen. Ik was dus toch wakker. Helaas.

Hij had vier stamleden bij zich en ze liepen snel over het pad. Binnen een paar tellen verdwenen ze uit het zicht – maar het leek wel een *eeuwigheid*. Flarden van hun gesprek doorboorden de stilte van de jungle. Ik wachtte nóg een eeuwigheid voordat ik zelfs maar mijn gewicht verplaatste.

Bebloed, onder de schrammen en licht in het hoofd door slaapgebrek. Het zou een opluchting zijn als ze me vingen. Gijzelaar zijn is een makkie in vergelijking met wat ik mezelf aandeed. Een lichte waas kleurde de nachtelijke hemel. Zonsopgang. Ik veegde met mijn bloes het zweet uit mijn ogen en negeerde de vleug ranzige lucht.

*Je moet het onder ogen zien, Vassar, misschien ga je hier wel dood.*

Plotseling vond ik het heel erg dat ik niet in staat zou zijn mijn roman voor Engels voor gevorderden/Engels voor gevorderde gevorderden in te leveren. Een eigenzinnig deel van me ergerde zich aan het feit dat ik zo'n losse draad achterliet.

Hanks. Ik wilde niet sterven voordat ik die laatste zoen had afgemaakt.

En, het belangrijkst van alles, niet voordat ik mama en papa nog een keer had gezien, en oma Gerd. En natuurlijk Denise, Amber en Laurel.

Als ze me nu eens konden zien.

4.45 uur in de ochtend. Over een kwartier zou iedereen me kunnen zien.

Wat naar boven gaat, komt uiteindelijk ook weer naar beneden, maar in dit geval was het juist omgekeerd. Hoewel ze naar de voet van de berg onderweg waren – van mij weg – zouden ze, wanneer ze me niet vonden, ook weer naar boven komen – naar me toe. *Wat moet ik doen? Hier als een aap aan de bamboe blijven hangen of proberen op het pad te komen?*

Ik berekende hoe groot de kans op ontdekking was en besloot de gok te wagen. Hoewel ik me misselijk voelde vanwege mijn gebroken neus verzamelde ik voldoende kracht om mezelf rechtop langs de modderige klif omhoog te trekken. Ik kwam in de verleiding de mand los te rukken en deze samen met mijn rugzakje over de rand te kieperen, maar wie weet hoe lang mijn survivalverblijf in de jungle ging duren. Mijn hele lichaam beefde van de inspanning die het kostte om mezelf omhoog te hijsen. De aderen in mijn nek pompten als minibrandslangen. Vers zweet gutste uit me. Mijn vingers lieten geheel uit eigen wil de bamboe los. Ik gleed terug in de positie waarin ik was begonnen.

Nu zat ik pas echt goed vast.

# Hoofdstuk 16

## Een wonder?

Met een hortende en stotende ademhaling klemde ik me vast aan de zijkant van de klif, met tunnelvisie vanwege mijn verkrampte knieën. Aangezien het onmogelijk was om mijn hoofd tussen mijn benen te stoppen – elke beweging was trouwens onmogelijk – wist ik dat ik elk moment een black-out kon krijgen. Dat hield in dat ik de bamboe zou loslaten. En dat hield in...

*Dit is het eind. Als ik het bewustzijn verlies, ga ik naar het hiernamaals. ALS er tenminste een hiernamaals is.*

Ik had niets te verliezen:

'Help! Help me!'

Was dat mijn stem die zo zwakjes en schor riep? Dat zou niemand horen.

Het werd donker voor mijn ogen. Een suizend geluid in mijn oren.

'Heeelllppp!' Nauwelijks een trillinkje.

Mijn greep verslapte.

'God – als je inderdaad NIET dood bent en WEL bestaat – dan zou nu ECHT een heel goed moment zijn voor een wonder! Als je daar in de eenentwintigste eeuw tenminste nog steeds aan doet?'

Ik gleed weg!

'Oké, God. Je dwingt me het te zeggen: ik kan mijn leven *niet* plannen. Zo is het toch? Is dat niet wat je wilt horen? Prima, oké, je wint. Gehoord? JIJ WINT!'

Toen voelde ik opeens dat ik mijn beha niet aanhad. Mijn beha was weg. Mijn beha bevond zich niet langer om mijn lichaam. Mijn beha was KWIJT. Ik voelde de vochtige stof van de money-

belt nog steeds rond mijn middel, maar mijn beha was *verdwenen*.
Waar was hij?
WAAR WAS MIJN BEHA!?!
*Dat is het. Ik hallucineer. Ik bevind me in een onwerkelijke*
*wereld waarin onderkleding zomaar van je lichaam verdwijnt.*
Ik gleed verder omlaag!
*Het moment is aangebroken, God! Sta je daarboven klaar om me*
*met open armen in de hemel te ontvangen of…*
*Smak!* Iets langs en duns raakte me midden in mijn gezicht.
'Aaaahhh! Slang!'
'Het is geen slang, het is een lasso,' merkte een bekende stem op.
'Hanks!?!'
'Schuif hem over je hoofd en maak hem om één schouder en
onder één oksel vast.'
'Ik kan niet… ik val… flauw…'
'Je valt helemaal niet flauw. Gewoon de bamboe loslaten en het
touw vastpakken.'
'Dan val ik!'
'Je moet eerst loslaten, voordat je kunt worden gered – laat los!'
'Laat los, Frangi!' Oma?
'Laat los, juffrouw!' Bounmy?
'Vooruit, dametje, je kunt het. Je kunt best loslaten.'
*Laat los, laat los, LAAT LOS. Dat is LL in plaats van LIM… of*
*LIHM.*
Mijn hele lichaam trilde, waardoor het bosje bamboe bewoog en
een luid getik veroorzaakte. *Als je het doet, doe het dan snel!*
*Niet denken, gewoon doen. Reageren.* Ik peuterde mijn rechter-
hand los en griste het touw dat voor mijn gezicht bungelde naar
me toe.
'Goed zo, meisje! Nu de andere.'
'Maar…'
'Geen gemaar, Frangi! Opschieten!' Oma Gerd kon de angst in
haar stem niet verbergen.
Ik hield mijn adem in en trok mijn bevende, zweterige linker-
hand…
*Ik gleed nog verder omlaag!*

Op een of andere manier wist ik de lasso om mijn glibberige, met zweet doordrenkte lijf te krijgen en strak om mijn behaloze borst te trekken. Binnen een paar tellen bungelde ik in de lucht – toen werd ik langzaam langs striemende varens, snijdende stronken en schrapende stenen naar boven getrokken. De eerdere aanslag op mijn lichaam was niets vergeleken met wat ik nu moest doorstaan.

Sterke armen werden om mijn schouders geslagen.

'En jij dacht nog wel dat mijn lassowerptalent nergens goed voor was,' klonk Hanks' lijzige stem bij mijn oor.

Ik ontdekte dat ik op het modderpad zat, omgeven door vage gedaanten.

Was dat Vang die naar me stond te grijnzen?

Boven me doemde oma Gerds wazige gezicht op. Haar beringde vingers grepen mijn benen vast. 'Frangi!' Ze huilde. 'Ze hebben haar in elkaar geslagen! Moet je kijken wat ze met haar neus hebben gedaan – die schoften!'

Er verscheen een fles water en ik had al bijna de hele inhoud naar binnen gegoten voordat iemand hem wegtrok. Toen proefde ik opeens een stuk mango. Iemand veegde mijn gezicht schoon met een doek – een rode zakdoek.

'Kwam het... kwam het door de polaroid?' vroeg ik met een zwak stemmetje.

'Polaroid?'

'Ze lijdt waarschijnlijk aan waanvoorstellingen...'

'Ze stink als adem Vangs vrouw,' zei Bounmy.

Ik tuurde met samengeknepen ogen naar de bomen om me heen om te zien of ik die ene met de kleefrijstpolaroid kon vinden – en verstijfde. Want daar, bungelend aan een bamboestengel op de rand van de klif – hing mijn beha.

Mijn vermiste beha! Mijn smoezelig-witte, met zweetvlekken bedekte beha! Onmiskenbaar (zelfs met mijn slechte ogen) tegen het donkere groen van de jungle. Zo gepositioneerd dat alleen degenen die naar *boven* kwamen hem konden zien en degenen die naar beneden gingen niet. *Dat* was dus wat mijn redders op mijn aanwezigheid had gewezen!

'Verrekte slim om ondergoed te gebruiken. Beter dan een vuur-pijl...' Hanks' stem klonk van heel ver af.

Hoe was dat in vredesnaam gebeurd? Was hij ergens achter blij-ven haken tijdens mijn val? Was hij er gewoon uit geglipt? Nee. Dat kon niet. De beha kon onmogelijk vanonder mijn bloes zijn getrokken zonder dat genoemde bloes was meegetrokken of ge-scheurd. Dat was redelijkerwijs niet logisch. En zelfs als hij op een of andere manier was losgeraakt – hoe was hij dan in vredes-naam op die bamboestengel terechtgekomen? Door een aap...? Of een bijzonder felle windvlaag...?

*Nee.*

Geen aap. Geen windvlaag.

*Geef maar toe, Frangi: het is een hoogstpersoonlijk wonder – het wonder van de beha!*

Toen viel ik flauw.

# Deel 5

# Hoe moet het van hier af verder?

## Hoofdstuk 1

# Ben ik nog steeds dezelfde Vassar Spore?

Het enige wat ik me daarna nog kan herinneren is dat ik op een brancard van bamboe naar beneden werd gedragen. En dat Hanks de polaroid opraapte – die hij ondersteboven in de modder zag liggen.

'Kleefrijst is geen goed plakmiddel,' zei hij. 'Vooral niet wanneer er hongerige junglemieren in de buurt zijn.'

En oma Gerds strakke gezicht hing voortdurend boven het mijne, alsof ze me niet uit het zicht durfde te laten. En haar zachte gefluister: 'Ik dacht dat ik je kwijt was.'

Achteraf bleek dat Bounmy geen flauw idee had hoe hij in het opiumkitdorp verzeild was geraakt. Op de terugweg verdwaalden oma Gerd en hij dan ook, en ze hadden twee dagen naar Vangs dorp gezocht. Tegen die tijd waren ze totaal op en moesten ze eerst uitrusten voordat ze verder langs de berghelling konden afzakken naar Luang Prabang.

Nadat oma Gerd driehonderdvijftig dollar in contanten had opgenomen, trok ze met Bounmy, Hanks (wiens voet weer vrijwel in de oude staat was), Vang en drie gidsen van Reizen Zonder Wegen de berg weer op. Bounmy kon zich echter totaal niet herinneren hoe hij was gelopen. Blijkbaar lagen er diverse dorpen verspreid door de bergen en was de precieze ligging van de meeste ervan bij stedelingen niet bekend. Het dorp waar ik werd gegijzeld, was er een van. Ze hadden al op het punt gestaan om terug te keren naar Luang Prabang en daar hulp in te roepen van de communistische regering of zelfs de Laotiaanse maffia – aangezien de Amerikaanse ambassade in dergelijke gevallen weinig kon doen. Vang spoorde hen echter aan door te gaan en de moed niet op te geven.

'Wonder. Vang zegt wij verwachten wonder,' had Bounmy ge-
tolkt.

Om hem tevreden te stemmen waren ze nog een laatste keer het
pad op gelopen.

Een uur later had oma Gerd mijn beha zien hangen: dat groezelige, onwaardige, *wonderbaarlijke* kledingstuk.

Het was dus niet Hanks die me voor een vierde keer had gered.
Het was een veel *hemelser* iemand geweest – iemand die er geen
gewoonte van maakte bakkebaarden te dragen. (Voor zover ik
weet dan...)


Toen oma Gerd het dorp met de opiumkit aangaf bij de autoriteiten, vonden ze onze belevenissen hoogst amusant en kregen we
te horen dat we dit aan onszelf te danken hadden door in augustus bij volle maan 'verkeerd te slapen' in een animistendorp.

Een week lang was mijn leven heel eenvoudig: ik at, dronk, slikte
medicijnen en sliep twaalf uur per dag in Pension Altijd Charmant. Hanks kwam me water, fruit en bosjes frangipane brengen. En las me voor uit *Dust Up at the Double D*. Niet zo slecht
als ik had verwacht, hoewel er naar mijn smaak iets te vaak
'*Drijf die beesten bij elkaar!*' werd geroepen.

Toen ik hem vertelde wat Het Grote Geheim was, zei hij: 'Dan
zijn er dus twee Aziaten in Port Ann.'

Mijn schrammen en blauwe plekken genazen – met uitzondering
van mijn gebroken neus. Het kraakbeen klikte nog steeds. Een
plechtige, kalende Laotiaanse dokter had zangerig gezegd: 'Je
neus blijft dat "klikkende" geluid maken tot het kraakbeen weer
aan elkaar is gegroeid.'

'Hoe lang duurt dat?'

'Maanden. Jaren. Decennia. Misschien wel nooit.'

Dus zou ik, telkens wanneer ik over mijn neus wreef of hem
snoot, worden herinnerd aan mijn aanvaring met de dood. Nu de
hechtingen eruit waren, was er een litteken zichtbaar op de brug.

'Je oude neus was te volmaakt. Deze is wispelturiger,' zei oma
Gerd. 'Veel interessanter.'

'Ik weet het, ik weet het: wat volmaakt is, is nooit interessant.'

Een paar dagen later begeleidde Hanks me over straat naar een internetcafé. Ik had honderd e-mails...

Laurel: *We vinden dat Sarah en Wayne voor het eind van het boek nog een keer moeten zoenen.*
('Tja, daar moeten we dan maar eens aan gaan werken,' zei Hanks, die over mijn schouder meelas.)
Amber: *Over zoenen gesproken – Laurel en Garrett hebben nu officieel verkering. We verwachten dat ze ELK MOMENT kunnen gaan zoenen. (Buiten bij de supermarkt misschien? :-))*
Laurel: *Denise is naar dansles geweest zonder rode uitslag te krijgen. Ze is nu zelfs in staat over koetjes en kalfjes te keuvelen.*
Denise: *Zolang het gesprek maar wetenschappelijk, wiskundig of logistiek van aard is.*
Laurel: *Drie keer raden wie er bij Ambers laatste schaaktoernooi is komen opdagen? Haar moeder!*
Amber: *Hoewel ze na tien minuten alweer werd VERBANNEN en de school uitgezet, omdat ze haar gezicht in de schoolkleuren had geschilderd, telkens wanneer ik een zet deed haar misthoorn liet loeien, en mijn tegenstander voortdurend stoorde. (En ik dacht nog wel dat haar schimpscheuten bij de basketbalwedstrijden van mijn broers gemeen waren.)*
Laurel: *Het gaat om de gedachte!*
Amber: *En moet je eens horen: mijn moeder wil het volgende toernooi UIT ZICHZELF bijwonen. Ik weet zeker dat het gewoon een uitlaatklep is voor haar MEGA-competitieve ego – maar ach, het is in elk geval iets. Nu moet ik mijn vader gaan bewerken – wat een stuk lastiger zal zijn, tot de dag waarop er ook bij schaaktoernooien sprake is van doelpalen, helmen en sportparkhotdogs.*

De laatste e-mailtjes werden steeds dringender:

Denise: *En? Hoe gaat het verder?*
Amber: *Vooruit, vertel op!*

Denise: *Ik hoef het eigenlijk niet te zeggen, het hangt al om je nek: Nulla dies sine linea!*
Laurel: *Hallo daar, we wachten op nieuwe hoofdstukken.*
Amber: *Wachten NOG STEEDS op nieuwe hoofdstukken.*
Denise: WAAR BLIJVEN *#%@ DIE NIEUWE HOOFD-STUKKEN?

Ik mailde hen de hoofdstukken die ik in de hut in de jungle had geschreven.

Mama: *Ik ben zo trots op de vooruitgang die je met je roman hebt geboekt. Ik kan bijna niet wachten tot ik hem kan lezen!* (O, echt wel, neem dat maar van mij aan...) *En ik kan haast niet wachten tot ik mijn Vassar weer hier bij me thuis heb. Ik heb je zo ontzettend gemist! Gelukkig heb ik de tijd kunnen doden met de begeleiding van Amber. Ik moet iets goed hebben gedaan met haar, want ze heeft drie medescholieren naar me doorverwezen – om maar niet eens te spreken van twee ouderparen en een doodgewone poedel (die een goed doordacht plan nodig heeft om de Westminster Hondenshow te winnen). Ik moet toegeven dat ik het werk als levenscoach heb gemist. Maar maak je niet druk, Vassar, ik heb hen gezegd dat ik beslist pas buitenshuis ga werken wanneer mijn dochter haar universitaire graad heeft behaald...*
Hmmm...
Papa: *Waar ben je? Volgens mijn berekeningen zouden jullie een week geleden al moeten zijn teruggekeerd van jullie voettocht. Ik laat je moeder maar in de waan dat ik wat van je heb gehoord. (Een terugval kunnen we zeker niet gebruiken.) Reageer alsjeblieft zo snel mogelijk en merk je e-mail als prioriteit aan, zodat ik zeker weet dat ik hem meteen lees. (O, en we hebben je bagage nog niet ontvangen. Hoe heeft Gertrude die verstuurd? Per waterbuffel?) Vergeet niet ons op de dag voordat je vertrekt te bellen om je vlucht te bevestigen. Ik heb tijd nodig om de efficiëntste route naar het vliegveld te plannen, aangezien er weer eens wegwerkzaamheden zijn aan de I-5...*
Ik heb mijn vader gisteren een korte, maar geruststellende e-mail

gestuurd om hem te vertellen dat ik nog leefde en kerngezond was. Maar verder uitweiden zou ik pas doen nadat ik met oma Gerd had gesproken. *Grondig en diepgaand.*

Zodra ik weer zonder steun kon lopen, maakten oma Gerd en ik een langzame wandeling langs de Mekong. Het was de eerste gelegenheid om echt te praten sinds ik achter Het Grote Geheim was gekomen. Er waren zoveel vragen die ik haar al zo lang wilde stellen, dat ik pardoes van start ging.
'Waarom heb je me aan mama en papa gegeven?'
'Ik wist dat ik geen kind kon grootbrengen. In emotioneel opzicht bevond ik me in een zwart gat – ik trok het gewoon niet. Ik had tenslotte altijd gedacht dat ik onvruchtbaar was. Achteraf is pas gebleken dat jouw opa degene was die onvruchtbaar was. In die tijd was dat moeilijk te zeggen. Daarom hebben we Leonardo geadopteerd. Toen ik zwanger raakte van jou, kreeg ik de grootste schok van mijn leven – ik was drieënveertig! Vierenveertig toen jij werd geboren. Over wonderen gesproken. En dan de timing. Althea wist dat ze nooit zwanger zou worden, dus waren Leonardo en zij bezig met adoptie. Toen kwam jij en ik voelde dat ik jou aan hen moest geven – een geschenk.'
Ik, een geschenk.
We gingen op hetzelfde bankje zitten waarop we op Bounmy hadden gewacht. De voettocht leek nu lichtjaren geleden.
'Dus toen je ons in mei belde…'
Oma Gerd streek met haar handen over haar grijze haren. Het leek net alsof ze haar vinger in een stopcontact had gestoken. 'Ik was van plan je ouders te chanteren, zodat ze je deze reis lieten maken. Kijk, op dat moment vond ik dat ik niet rustig op de achtergrond kon blijven en toestaan dan jij in een zelfvoldane, puur op prestatie gerichte tiener veranderde. Over arrogant gesproken – ik wilde iemand veranderen die ik niet eens kende. Bovendien had ik het recht niet, ik had je immers "in de steek gelaten". Ik bewaarde bewust al die jaren afstand, omdat Althea dacht dat dit het beste was. "Met haar biologische moeder in de buurt wordt het allemaal te verwarrend. Te veel variabelen," zei ze. Indertijd

was ik het met haar eens. Ik wilde niet dat jij te maken kreeg met – hoe noemen ze dat ook alweer? O ja, een loyaliteitsstrijd. Toen kreeg ik dat bedankbriefje voor de verjaardagscollage met rubberen bal en dat sloeg werkelijk alles. Ik kon het niet verdragen dat jij zo werd. Opeens begreep ik dat je de band nooit helemaal kunt doorknippen. Hoe scherp de schaar ook is, er blijft altijd een klein stukje vezel over dat je met elkaar verbindt.'

Oma Gerd bukte zich en raapte met rinkelende zilveren armbanden iets op. Een Laos Bier-etiket. Ze wreef de rimpels glad en ging verder:

'Ik zei tegen hen dat ik het geheim zou verklappen als ze weigerden je hierheen te sturen. Een deel van de afspraak was dat ik het je door hen zou laten vertellen *nadat* je was afgestudeerd – wanneer je "volwassen" genoeg was om de waarheid aan te kunnen. Ze wilden niet dat iets jouw "academische verrichtingen in de weg stond".' Ze glimlachte. 'Oeps.'

Ik haalde mijn schrijfblok uit een geweven tas die veel op die van oma Gerd leek en die ik in een winkeltje in Luang Prabang had gekocht. Met een pen schreef ik op: *cocon, geboorte, te jong, rubberen bal, sterft* en *ei* op. Toen overhandigde ik haar het schrijfblok en de pen.

'Dit is wat ik jullie die avond heb horen zeggen. Kun je de gaten in het gesprek voor me opvullen? Een beetje als een Mad Libstaalpuzzel, maar dan in omgekeerde volgorde. Ik word er horendol van. Ik moet het weten, anders krijg ik die woorden nooit meer uit mijn hoofd.'

'Mad Libs? Even kijken of ik het nog weet...' Ze begon te schrijven, maar hield toen even op. 'Het zal niet honderd procent accuraat zijn, maar je wilt de essentie ervan weten, neem ik aan?'

'De essentie is prima.'

Tien minuten later had ze dit:

*Ik: 'Geef het allebei maar toe: Vassar leeft in een COCON. Ik denk dat het goed voor haar zou zijn om naar Zuidoost-Azië te komen. Natuurlijk vertel ik haar de waarheid over haar GEBOORTE niet. Dat laat ik aan jullie over... Nee, ik geloof niet dat ze TE JONG is.*

*Ze is zestien. Het is beter het haar zo snel mogelijk te vertellen in plaats van het uit te stellen – een bul helpt haar echt niet om het sneller te verwerken... Dat bedankbriefje voor de verjaardagscollage met* RUBBEREN BAL *van vorig jaar was overduidelijk een schreeuw om hulp. Jullie weten best dat ze* STERFT *van verlangen om uit die academische wereld te ontsnappen en voor de verandering eens in de echte wereld te leven... Vooruit, jullie zijn me iets verschuldigd. Ze is tenslotte uit mijn* EI *verwekt, Althea. Misschien wil Vassar dat kleine feitje maar al te graag horen...'*

*Leonardo: 'Dat is chantage, dat weet je best!'*

'Eindelijk!' zei ik. Nu was mijn intellectuele nieuwsgierigheid tevredengesteld. Mijn onbekende biologische vader zou altijd een losse draad blijven (wat me, om eerlijk te zijn, best dwarszat), maar er was in elk geval één mysterie opgelost.

En nu ik erover nadacht, was mijn moeders krabbel in haar dagboek geen peer – maar een baarmoeder!

Oma Gerd schraapte haar keel. Ze staarde naar de Mekong en zei: 'Ik hoop dat je niet al te teleurgesteld bent dat Althea en Leon niet je biologische ouders zijn.' Voordat ik antwoord kon geven, ging ze snel verder: 'Kun je me vergeven dat ik je in de steek heb gelaten – ook al was het voor je eigen bestwil?'

'Ja.' Ik meende het ook echt. 'Ik weet niet of het komt omdat het nog niet echt is bezonken of zo, maar ik vind het echt niet erg.'

Opluchting trok over haar gezicht.

Ik keek naar een maagdenpalmblauwe, smalle long tail boat die over de rivier voer en dacht:

*Ik ben niet wie ik dacht dat ik was en ik begrijp niet waarom ik me zo opgelucht voel.*

Mijn identiteit was volledig onderuitgehaald – ik had me juist heel verloren moeten voelen. Verraden. Kwaad. In plaats daarvan voelde ik me *vrij*. Alsof er een zware rugzak vol Latijnse studieboeken van mijn schouders was gevallen.

'Tijd om terug te gaan. Ik wil niet dat je te hard van stapel loopt.'

Oma Gerd stond op.

287

Ik hing de geweven tas om mijn schouder. 'Hoe moet ik je nu noemen?'

'Waarom noem je me niet zoals je me al die tijd hebt genoemd. "Minder variabelen" op die manier. En het maakt het gemakkelijker voor Althea. Ze is tenslotte nog steeds jouw moeder en Leonardo is nog steeds je vader. En jij kunt gewoon weer Vassar zijn. Je bent heel sportief geweest.'

'Och, dat weet ik zo net nog niet,' zei ik. 'Ik vind Frangipane best leuk. Het is "lyrisch, muzikaal en sprookjesachtig tegelijk".'

Ze lachte en sloeg een arm om mijn schouders. 'O, waarom heb ik je ouders verdorie niet eerder gechanteerd?'


De terugkeer naar Malakka leek op een bizarre manier net een thuiskomst. De vertrouwde aanblik en geluiden ontspanden me. Toen ik de lobby van pension De Gouden Lotus binnenstrompelde, had Azizah één blik op me geworpen en gezegd: 'Selamat malam! Welkom in pension De Gouden Lotus. Hebt u gereserveerd?'

'Ik ben het: Frangi – Vassar – Spore. Gertrudes dochter – kleindochter.'

'Wie is dit meisje? En waarom is ze zo vroeg op de ochtend al dronken?' vroeg ze retorisch en ze wapperde woest met haar turkooizen nagels – die uiteraard precies pasten bij haar turkooizen hoofdband, bloes en oogschaduw.

Pas toen oma Gerd eindelijk verscheen met onze rugzakken, kreeg Azizah door dat ik het echt was. 'Wat is er met haar gebeurd? Bandieten? Vollemaansfeest?'

'Dat kun je wel zeggen,' zei oma Gerd.

'Dus jij nu koffers willen?' vroeg Azizah. Ze maakte de deur achter de balie open en onthulde een kast volgepropt met...

Mijn tien koffers met monogrammen!

Oma Gerd haalde haar schouders op en glimlachte schaapachtig. 'Hé, ik moest dit gewoon doen.'

Maar ik was totaal niet van slag.

Nadat ik mijn laptop uit koffer nr. 1 had gehaald, zei ik tegen Azizah: 'Je mag ze houden.'

Ik stak de straat over voor mijn laatste bezoek aan een Zuidoost-Aziatische internetcafé.

Amber: *WAUW! SCHITTEREND! TE GEK! FANTASTISCH!*
Denise: *Over het geheel genomen uitstekend uitgevoerd. De gijzelingsscène is echter erg cliché en politiek incorrect. Opiumkitten in het hier en nu? En we vinden het gegeven over de biologische moeder – hoewel slim – bijzonder ongeloofwaardig. Zou in het echt nooit gebeuren. Eileiders zijn na je veertigste – nagenoeg geheel – afgestorven. Je schrijft echter erg overtuigend en we hebben het in één ruk uitgelezen...*
Laurel: *Goed gedaan. Misschien moet je Het Grote Geheim alleen iets realistischer maken. Maak van de tante een geheim agente of iemand van interpol. De hele Europees-Aziatische onthulling vond ik daarentegen geweldig en ik geloofde <u>alles</u> wat er gebeurde, zelfs toen het tegen mijn gezonde verstand inging...*
Amber: *ZOEN! ZOEN! ZOEN! Nog één, alsjeblieft!?*
Laurel: *Als ze echt bestond, zou ik Meisje Met Stokjes zo adopteren!*
Denise: *O ja, en dat gedoe over de wonderbeha – alsjeblieft, zeg.*
Amber: *We vinden Sarah allemaal VEEL leuker nu ze wat deukjes en kleerscheuren heeft opgelopen. We vinden dat ze Wayne toch wel heeft verdiend.*
Denise: *Wat was trouwens het <u>echte</u> Grote Geheim? Heeft je oma je dat verteld? Ben je erachter gekomen?*
Laurel: *Je hebt een enorme fantasie! Dat je dit allemaal zelf kunt verzinnen – en op zo'n korte termijn nog wel. P.S. Lepels?*
Denise, Amber, Laurel: *HOE LOOPT HET AF?????????*

Wacht maar tot ze hoorden dat het allemaal *echt* was gebeurd. Hoe kon ik hun echter de afloop mailen als ik die zelf nog niet eens wist?

## Hoofdstuk 2

# De collage

Op mijn laatste avond in Zuidoost-Azië denderde oma Gerd in haar geelgroene rijstzakrok door de deur van onze pensionkamer met in haar handen een groot, plat, in bruin papier verpakt pakket. Haar grijze haar was verwarder dan ooit en op haar rechterwang zaten een paar groene verfvlekken. Toen ze me zag, begon ze te stralen.

'Je bent een kind naar mijn hart!'

Hoewel het kriebelde en absoluut niet flatterend was, droeg ik de blauwe rijstzakrok met de roze lotus. Bij wijze van... eerbetoon. 'Hier. Ik wilde je dit nu geven, zodat je het kunt inpakken.' Ze overhandigde me het platte pakket.

Ik scheurde het bruine papier eraf en onthulde:

Een collage die puur en alleen bestond uit afval, herinneringen, aanwijzingen en polaroids van de zomer die met mij te maken hadden. *Alles* was in laagjes op het doek bevestigd: de D-A-I-E-P-T-O-letters, gedroogde frangipanebloesem, Pepto-Bismolta-bletten, Krisknars-wikkels, vlieg- en bullet-boattickets, doppen van Fantaflessen, het pakje Lotussigaretten, de stok van Meisje Met Stokjes, het etiket van mijn plasfles, mijn oranje oordoppen, het Angkorloge, de schets van de Oorknabbelaar, een balletje kleefrijst – en zelfs een van Hanks' bakkebaarden! (Hoe had ze die in handen gekregen?) En polaroids: ik met mijn zonnestelsel van muggenbeten, ik terwijl ik klemzat op de bullet boat, mijn blote enkels, oma en ik met pizzasaus op onze gezichten, de 'Schilderen op nummer'-Jezus, een foto van de apsara, mijn bloes met de akelige vlek, de familie Vang, Bounmy die een sigaret opstak, Hanks met zijn Godings – en de foto van een jonge oma Gerd in de opbollende wijde jurk uit haar Alles-boek.

'In verwachting van mij,' zei ik en ik raakte hem voorzichtig aan.

'In verwachting van jou.'

De verschillende voorwerpen smolten op een of andere manier samen en vormden een kleurrijke kaart van Zuidoost-Azië. Het klinkt bizar, maar om met oma Gerd te spreken: het was sensationeel. Absoluut *sensationeel*.

Hoewel ik normaal gesproken altijd elke foto of herinnering aan mij die niet perfect was het liefst vernietigde, was ik nu blij dat alle onderdelen van mijn reis vertegenwoordigd waren, zowel de goede als de slechte. Inclusief mijn vollemaansbillen.

'Deze hang ik boven mijn bed.' Ik zette de collage tegen de muur en snoot mijn neus.

'Ik dacht dat de collage met de rubberen bal al boven je bed hing,' zei oma Gerd bijdehand.

'Oké, oké. Die heb ik op de dag dat ik haar kreeg weggegooid. Dat was de oude Vassar. De nieuwe Frangipane zal deze *altijd* bewaren.'

'Ja, ja,' zei ze, maar ik kon zien dat ze blij was.

'Is de collage bedoeld om me eraan te herinneren dat het leven op het moment zelf misschien niet altijd even logisch lijkt, maar dat achteraf alle stukjes op hun plek vallen en een samenhangend geheel vormen?'

'Ja, zoiets.' Ze lachte en omhelsde me. Een wolk sandelhout golfde om me heen. 'Zo, je hebt dus een afspraakje met Hanks? Waar gaan jullie naartoe?'

'Ik heb geen idee. En zal ik je eens wat zeggen? Het kan me niet schelen ook. Want ik... LIM.'

'Bravo! Dan heb je in elk geval mijn ene goede eigenschap over-genomen. Misschien neem ik dan wel iets van jouw eigenschap om te plannen over – *niet dus*.' Ze grinnikte. 'Nou, ik ga er van-door – Renjiro bijpraten. Ik weet zeker dat hij door het lint gaat van al die dozen die zich bij MCT opstapelen. Vooral die ene met een complete uit elkaar gehaalde Hmong-hut. Het stuk wordt denk ik eerder een kunstinstallatie dan een collage. Misschien wel ter grootte van de halve lobby. Ach, nou ja. Renjiro krijgt in elk geval waar voor zijn geld.'

'Hoe moet het nu met de focus? Nu je de gerimpelde regenboog- kever niet hebt...'

'Of de apsara.' Ze grijnsde. 'Weet je, Frangi, je had wat dat be- treft gelijk. Soms verdwijnen in mijn zoektocht naar creatieve voldoening bepaalde waarden en normen – *fffwiet!* – zo uit het raam. Als jij er niet was geweest, had ik nu waarschijnlijk in een cel in Phnom Penh gezeten.'

'Maar hoe moet het nu met je focus?'

'Weet je, daar ga ik me niet druk over maken. Ik ga gewoon...'

'LIMMEN!' zeiden we tegelijkertijd.

'Ik wou dat ik kon blijven tot hij af was.'

'O, het gaat maanden duren voordat ik klaar ben. Maak je geen zorgen, ik zal foto's maken. Daarna zit ik echter te denken aan een nieuwe trektocht...'

'Wat? Ben je gek geworden?'

'... door de wildernis van het noordwesten van Amerika.'

'Echt?' zei ik, niet in staat mijn opwinding te onderdrukken. En ik dacht nog wel dat ik haar maandenlang – zelfs jarenlang – niet zou zien.

'Denk je dat je ouders het vervelend zouden vinden om bezoek te krijgen?'

'Ze slaan beslist alle Tums en valiumtabletten in die ze kunnen vinden! Maar kom toch maar.'

'Niets kan me tegenhouden.' Oma Gerd stond al op het punt om de deur achter zich dicht te trekken, maar zei toen: 'Veel plezier vanavond, Frangi. Zeg maar tegen Hanks dat hij boft.'

Best. Maar ik had eerst iets anders aan mijn hoofd: ik moest even iemand bellen.

## Hoofdstuk 3

## Alles of niets?

'Dus we staan zaterdag om 12.35 uur op het vliegveld,' zei mijn vader, wiens vrolijke stem enorm kraakte vanwege de slechte telefoonverbinding.

'Vergeet niet dat deze keer één Volvo genoeg is,' zei ik.

Hij grinnikte. 'Dan neem ik maar aan dat je niet veel souvenirs hebt aangeschaft?'

'Nee. Ik heb wat dat betreft oma Gerds filosofie overgenomen. O, en als ik jou was, zou ik de hoop dat er nog iets van mijn bagage arriveert maar opgeven.'

Toen zei ik luchtig: 'Mama, ik zou het trouwens niet erg vinden als je weer aan de slag ging als levenscoach.'

'Wát zeg je?'

Ik had haar hiermee beslist overvallen.

'Ik kon gewoon niet wachten tot ik weer thuis was en moest je gewoon vertellen hoe trots ik ben op alles wat je voor Amber hebt gedaan – vooral door haar te helpen met haar drammerige ouders. Zó trots dat ik je niet heel egoïstisch voor mezelf wil houden. Ik wil je delen met al die mensen die het minder hebben getroffen en geen doelen hebben, en jouw hulp heel hard nodig hebben.'

Overdreef ik nu te veel?

'Meen je dat echt?' vroeg ze met trillende stem.

Blijkbaar niet.

'Ja, echt,' zei ik ferm.

Ze schraapte haar keel. 'Over "drammerige ouders" gesproken, ik weet dat het misschien vreemd klinkt, maar het is bij me opgekomen dat ik bij tijd en wijle wellicht een tikje te...'

'Althea, dit lijkt me typisch een gesprek voor ons volgende Uur van Reflectie,' zei mijn vader haastig. 'Het gaat vast veel beter in een persoonlijk gesprek – en dat is ook veel goedkoper. Er zijn al twaalf minuten en dertig seconden verstreken. En je weet hoe duur bellen naar het buitenland is. Bovendien is Vassar over minder dan achtenveertig uur weer thuis.'

Net nu het spannend werd!

'Je hebt gelijk, Leon, dit kunnen we veel beter in een persoonlijk gesprek bespreken.'

Voordat ik ophing, moest en zou ik echter even iets uitproberen: 'Zouden jullie het erg vinden als ik een andere naam gebruikte?'

'Waarom zou je dat doen? Spore is een degelijke, robuuste achternaam. En zeer gemakkelijk te spellen,' zei mijn vader.

'Nee, niet Spore. Mijn voornaam. De laatste tijd heb ik een voorkeur gekregen voor – *Frangipane.*'

Gelijktijdig ingehouden adem.

Gevolgd door stilte.

'Hallo?'

'Wat heeft Gertrude je verteld?' vroeg mijn vader behoedzaam.

Ik vertelde hen hoe ik achter mijn tweede voornaam was gekomen.

'Het is dus waar?' vroeg ik.

Ik ving zacht gemompel op. Toen zei mijn vader: 'Ja, het is inderdaad waar. En Gertrude heeft absoluut gelijk – het was niet netjes van ons dat we je tweede naam wettelijk hebben laten vallen zonder het haar te vertellen.'

Mijn moeders onvaste stem voegde eraan toe: 'Heeft ze... heeft ze je nog meer verteld?'

*Zal ik het hen vertellen? Of zal ik wachten tot ik terug ben? Of zal ik hen de waarheid onthouden, zoals zij mij die hebben onthouden?*

Oma Gerd liet het volledig aan mij over of ik mijn vader en moeder alles, of juist niets vertelde.

'Je hebt gelijk, pap. Dit wordt een duur telefoongesprek. En zoals je net al zei: over minder dan achtenveertig uur zie ik jullie weer.'

'Maar...'

'Wacht...'

'Ik hou van jullie allebei – *wat er ook gebeurt*.'

En ik verbrak de verbinding.

Voor het eerst in mijn leven zou ik niet alles van tevoren uitstippelen. Ik zou improviseren en wel zien wat er van kwam.

Ik zou LIMMEN.

## Hoofdstuk 4

## Mijn allereerste laatste afspraakje

Hoe ironisch: dan ben ik eindelijk voldoende genezen om echt met Hanks uit te gaan – en dan vertrekt mijn vliegtuig de volgende dag.

*Hanks is over tien minuten hier, Frangipane. Tijd om een wondertje te verrichten.*

Met wat recentelijk in de kedai naast het pension aangeschafte cosmetica (van het merk Schattige Pracht) maakte ik mijn ogen op en stiftte ik mijn lippen bruinrood. In dit vochtige klimaat liet ik de foundation echter links liggen – ik had mijn lesje geleerd. Door het open raam waaide het geluid van motorfietsen, fietstaxi's en gewone taxi's naar binnen, vermengd met flarden Maleisisch en jammerende muziekklanken. Een kakofonie van getoeter. De geur van gebakken knoedels dreef naar binnen en ging de strijd aan met het zoete aroma van de frangipane op mijn toilettafel. De ventilator aan het plafond blies de warme lucht van de ene kant van de kamer naar de andere.

Ik miste Zuidoost-Azië nu al – en ik was nog niet eens vertrokken.

Ik deed een stap naar achteren en inspecteerde de spiegel. Niet slecht. Ik zag er niet langer uit als het slachtoffer van een overval. Het enige wat was overgebleven van mijn oorlogswonden waren een paar wegtrekkende schrammen op mijn wang en het kleine litteken op mijn neus. Alle muggenbeten waren totaal verdwenen. Mijn vader en moeder zouden me niet herkennen met mijn Schattige Pracht-make-up, opgestoken haar, donkere huid en magere figuur. Als ik mijn reservebril en rijstzakrok niet had hoeven dragen, zou het effect veel exotischer zijn geweest. Hoewel de rok als een stugge koker om mijn benen hing, zag het er in combinatie met mijn nieuwe, witte zijden bloes niet slecht uit...

'Je lijkt net een gigantische tube tandpasta.'

Misschien toch wel.

In de deuropening stond Hanks, gekleed in een donkerblauw jarenzestigpak in de stijl van de *mods* met een dunne, donkerrode das en zwarte *wingtip*-schoenen – en zijn cowboyhoed.

'Orale hygiëne is heel belangrijk. Nieuw pak?'

'Geleend van Renjiro.'

'Wat is daar aan de hand?' Ik wees naar zijn bakkebaarden. Ze waren beduidend ieler dan de gebruikelijke.

'O ja. De oude begonnen te schuren, dus nu laat ik echte groeien. Het stelt nog niet veel voor, maar...'

'Ik vind ze mooi. Heel natuurlijk. En dat pak – gelikt, hoor. Ook mooi.'

Hij gooide zijn hoed op mijn bed, streek met een hand over zijn glanzende, zwarte kuif, trok zijn das recht en slenterde toen naar mij toe.

'En *ik* vind meisjes met een bloemennaam en een klikkende neus mooi.' Hij wiebelde zachtjes met een vinger mijn neus heen en weer – *klik, klik*. En toen zoenden we.

Deze keer was het veel romantischer. Ik hield mijn adem niet in – en had geen urine in mijn hand.

Old Spice.

*Flip flop flip flop flip flop flip flop flip flop flip flop flip flop flip flop flip flop!*

Waarom, o waarom, woont hij nou niet in Seattle? Of waarom woonde ik niet hier? Heb ik eindelijk de perfecte jongen gevonden, blijkt hij helemaal aan de andere kant van de wereld te wonen.

'Wat vinden je ouders ervan als je bezoek krijgt?' vroeg hij toen we elkaar ten slotte loslieten.

'Dat heeft oma Gerd me zelf al gevraagd.' Ik haalde mijn vingers uit zijn haar en streek het weer glad – maar liet een paar decoratieve plukken boven zijn linkeroog hangen.

'Ik heb het over mezelf. Ik zit maar een paar staten verderop. Wyoming. Ik mag van mijn vader toch naar de Little Creek Com-

297

munity College. Ik denk dat Gerd en Renjiro hem er via hersen-spoeling van hebben overtuigd dat ik helemaal eigenhandig jouw leven heb gered of zoiets. En dat ik een "positieve aanmoedi-ging" heb verdiend. Mij best, als het maar werkt.' Hij probeerde nonchalant te klinken, maar het was wel duidelijk dat hij opge-togen was.

Hanks zou maar een paar staten verderop wonen? Ik moest even gaan zitten. De kamer tolde om me heen.

'Wauw,' zei ik, toen ik weer helder kon denken. 'Niet te geloven!'

'Ik neem aan dat je niet al te teleurgesteld bent...'

De zoen die ik hem gaf, gooide hem bijna omver.

'Hou je in,' hijgde hij. 'Bewaar ook wat voor straks.'

Wacht maar tot Denise, Amber en Laurel mijn heuse Maleisische cowboy in levenden lijve ontmoetten! Toen: 'Besef je wel dat dit ons allereerste officiële afspraakje is?'

'Je bedoelt *jouw* allereerste officiële afspraakje. Wat zou John Pepper daar wel niet van zeggen?'

'Kop dicht, cowboy.'

'Ja, mevrouw.'

'En geef me een zoen.'

'Ja, mevrouw.'

Deze was de beste tot nu toe. De kamer tolde weer. Meer *flips*, meer *flops*.

We lieten elkaar los en staarden elkaar aan. We konden bijna niet geloven dat dit ons echt overkwam. *Ons.*

Hij glimlachte en pakte mijn hand vast. Zijn zilveren hoefijzer-ring voelde koel aan tegen mijn huid.

'Klaar, dametje?'

'Wacht.' Ik trok hem mee naar de ladekast om een frangipane-bloem te pakken. Ik rook aan de roomwitte blaadjes en stak hem in mijn haar. Toen trok ik hem mee naar het bed, waar ik zijn cowboyhoed opraapte en die weer op zijn hoofd zette.

'Klaar.'

Hand in hand liepen Sarah en Wayne naar beneden, langs Azizah en haar soaps, de deur uit en de straat op.

## Hoofdstuk 5

## Frangipanes Herziene Levensdoelen

*Non scholae sed vitae discimus*
We leren niet voor school, maar voor het leven. (Seneca)

1. Vierentwintig uur per dag, zeven dagen per week LIMMEN.
2. Met zo min mogelijk bagage reizen.
3. De naam Frangipane officieel weer als doopnaam laten registreren en deze gebruiken in plaats van Vassar.
4. Plannen en doelen = richtlijnen, geen onvoorwaardelijke regels.
5. Mijn eigen leven leiden, niet dat van mijn ouders.
6. Leren om het leren.
7. ALLE universiteiten overwegen, niet alleen Vassar. (Met speciale aandacht voor universiteiten in de omgeving van Wyoming.)
8. De zomers met oma Gerd doorbrengen.
9. Zachte lenzen aanschaffen.
10. Nicotinepleisters naar Bounmy sturen, Polo-cologne naar Vang en op een of andere manier een verzorgingspakketje bij Meisje Met Stokjes zien te krijgen.
11. Meer lezen over Thailand.
12. Meer Godings opsnorren.
13. Meer lezen over God, spiritualiteit, wonderen, wonderbeha's etc.
14. Uit liefde trouwen met een 1 meter 70 lange Chinees-Maleisische cowboy met bakkebaarden.
15. Mijn roman voor Engels voor gevorderden/Engels voor gevorderde gevorderden afronden. ~~En Valedictorian worden.~~

299

~~Lofbetuigingen en Pulitzer volgen.~~ (LIMMEN, Frangi, LIM-MEN!)

16. Op het vliegveld een lepel kopen voor Laurel, want anders vermoordt ze me!

17. NOOIT, MAAR DAN OOK WERKELIJK NOOIT EEN WC MEER ALS IETS VANZELFSPREKENDS BESCHOUWEN.

# Epiloog

'Eenieder moet zijn gedachten maar eens onderzoeken: men zal merken dat die volledig in beslag worden genomen door het verleden of door de toekomst. We denken haast nooit aan de tegenwoordige tijd en als wij eraan denken is het om ideeën op te doen voor onze toekomstplannen. Het heden is nooit ons doel. Het verleden en heden zijn onze middelen, alleen de toekomst is ons doel. Op die manier leven we nooit, maar hopen we te leven, en omdat we altijd plannen maken om gelukkig te zijn, is het niet te vermijden dat we het nooit worden.'

*Gedachten*, Blaise Pascal

# Autumn Cornwells Lijst van Bedankjes

In de stijl van Vassar Spore zou ik graag de namen van degenen die me hebben geholpen om *Carpe diem* te lanceren op een rijtje willen zetten:

1. Mijn ouders, William en Patricia Erickson, die me als missionariskind in Nieuw-Papua de liefde voor de Zuidoost-Aziatische cultuur en voor lezen met de paplepel hebben ingegoten door hardnekkig te weigeren een tv aan te schaffen, waardoor mijn zus en ik uit pure wanhoop iedere week een enorme stapel boeken uit de bibliotheek haalden.
2. Mijn zus Danica Childs, fan van fictieve, nogal onuitstaanbare heldinnen die avonturen beleven op exotische locaties, die me vroeg het boek te schrijven dat wij altijd al wilden lezen.
3. Mijn schoonfamilie met aanhang, die de nog nooit gepubliceerde schrijfster in hun midden altijd hebben gesteund en haar nooit hebben voorgesteld om ander werk te zoeken.
4. Vriendin en collega-schrijfster Ruth Campbell voor haar waanzinnige aanmoedigingen.
5. Kunstenaar Helen Homer die me heeft geleerd om het ongewone in het gewone te zien en echt 'verkeerd heeft geslapen'.
6. Alle vrienden die ik heb gemaakt tijdens mijn reizen en wandeltochten door Maleisië, Vietnam, Cambodja, Thailand, Laos en Birma. Van gidsen en elektriciens tot vluchtelingen en  bergstammen. En met name diegenen die onderdrukt worden.
7. Auteur April Young Fritz die na mijn familie via SCBWI als

302

eerste mijn manuscript heeft gelezen en wier enthousiasme me ertoe heeft bewogen het op te sturen naar...

8. Mijn enthousiaste agent Rosemary Stimola, die het in haar oneindige wijsheid heeft doorgestuurd naar...

9. Mijn enthousiaste redacteur Liz Szabla die Vassar, Hanks en oma Gerd liefdevol opnam en hun avonturen in druk wist om te zetten.

10. En lest best mijn echtgenoot J.C. aan wie ik dit boek op-draag: beste vriend, suikeroom, opbouwend criticus, be-schermheer, cheerleader, zielsverwant, de Grote Baas – die, om met Hanks te spreken, zonder twijfel zou zeggen, 'af-maken die hap.'